CLAUDIA SANTANA

Die schwarzen
TRÄNEN
von
SINES

 aufbau taschenbuch

CLAUDIA SANTANA wurde in Hamburg geboren und lebt heute in Norderstedt. Der Liebe wegen kam sie 2009 zum ersten Mal nach Portugal. Schon bald war sie fasziniert von der Gelassenheit und Freundlichkeit der Menschen in der Hafenstadt Sines, wo die Familie ihres Mannes lebt. Für sie ist das Land wie eine Schatzkiste voller alter Geschichten, morbide und geheimnisvoll.

Im Aufbau Taschenbuch ist von der Autorin lieferbar: »Der Tote von Sines«.

In der Hafenstadt Sines werden bei Ausgrabungen alte Skelette gefunden – und ein Gegenstand, der einem erst kürzlich als vermisst gemeldeten Mann gehört. Kurz darauf wird der Vermisste an den Strand gespült – mit durchgeschnittener Kehle. Inspektor Nuno Cabral übernimmt die Ermittlungen. Als bald darauf eine zweite Leiche mit ähnlichen Verletzungen auftaucht, sucht Cabral fieberhaft nach einer Verbindung. Dabei begegnet er der jungen Teresa Pinto. Sie arbeitet für eine Umweltschutzorganisation, die bei seinen Ermittlungen immer wieder ins Visier gerät. Als er auf einen Zusammenhang zwischen den Toten stößt, muss er befürchten, dass ein weiterer Mord geschieht. Er schmiedet einen Plan, um das zu verhindern – und riskiert dabei mehr als ein Leben.

CLAUDIA SANTANA

Die schwarzen
TRÄNEN
von
SINES

Inspektor Cabral
ermittelt

Ein Portugal-Krimi

atb aufbau taschenbuch

MIX
Papier aus verantwor-
tungsvollen Quellen
FSC® C083411

ISBN 978-3-7466-3595-8

Aufbau Taschenbuch ist eine Marke der
Aufbau Verlag GmbH & Co. KG

1. Auflage 2020
© Aufbau Verlag GmbH & Co. KG, Berlin 2020
Umschlaggestaltung www.buerosued.de, München
unter Verwendung eines Bildes von © mauritius images /
Susan E. Degginger / Alamy
Gesetzt aus der Times durch Greiner & Reichel, Köln
Druck und Binden CPI books GmbH, Leck, Germany
Printed in Germany

www.aufbau-verlag.de

The old man.
He is everywhere.

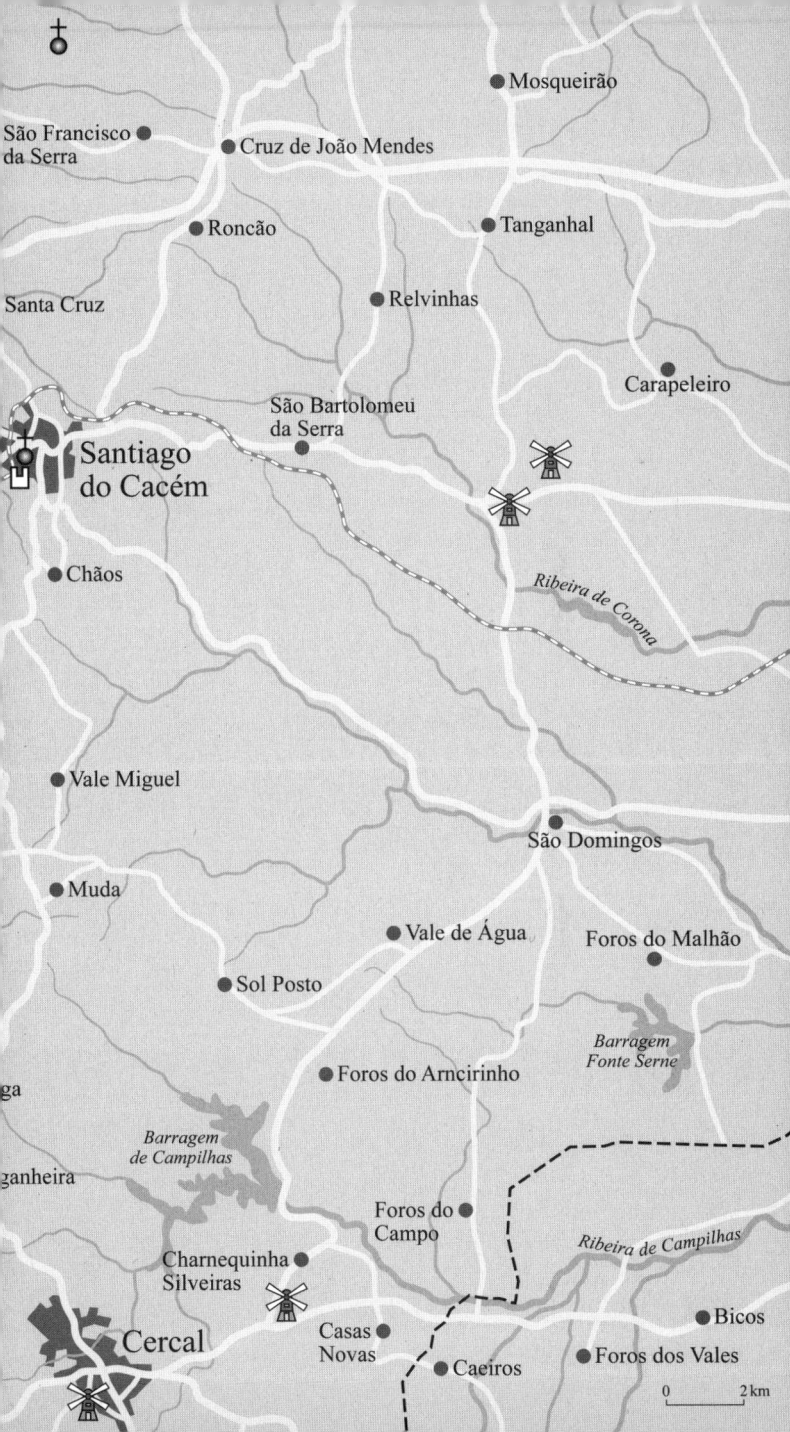

PROLOG

Ein Feuer loderte im Kamin. Die Holzscheite knisterten und knackten, bevor sie schließlich mit einem letzten Aufglimmen zerbarsten und zu Asche zerfielen. Inês legte neue Scheite nach. Ihre Wangen glühten, wenn sie sich nah bei den Flammen aufhielt, doch abgesehen davon war ihr kälter als jemals zuvor. Die Kälte war in ihr. Eine eisige Vorbotin.

Dabei war es ein heiterer Tag. Ihre Tochter war ganz vertieft in ihre Stickarbeit, ihr Zweitältester schaukelte auf seinem hölzernen Schaukelpferd vor und zurück. Er lachte sein helles Kinderlachen. Der Kleinste schlief friedlich in seiner Wiege. Und doch konnte sie die Rückkehr des Mannes, der der Vater ihrer Kinder und ihr ganzes Glück war, heute kaum erwarten.

Ein Poltern am Tor ließ sie erstarren. Jemand hämmerte mit den Fäusten gegen das schwere Holz. Sie vernahm Männerstimmen, unheilvoll und unnachgiebig. Sie rührte sich nicht. Sie war ganz alleine mit den Kindern. Wenn sie so tat, als wären sie nicht da, würden die Männer wieder gehen?

Doch das Holz war nicht schwer genug. Es gab nach, und das Tor flog auf. Die Männer waren jetzt in der Eingangshalle. Mit donnernden Schritten auf dem kalten Stein näherten sie sich.

Inês riss ihren Sohn aus dem Schaukelpferd und drückte ihn an sich. Schützend stellte sie sich vor ihre Tochter und die Wiege mit dem Kleinkind.

Dann waren sie da. Drei Männer. Straffe Haltung, entschlossene Gesichter. Blicke, aus denen Verachtung sprühte, trafen sie. Die völlige Abwesenheit von Mitgefühl. Sie wusste sofort, wer die Männer geschickt hatte. Auch wenn sie bis zu diesem Moment nicht hatte glauben wollen, dass er tatsächlich so weit gehen würde. Dass nun alles vorbei sein sollte.

Wenigstens die Kinder mussten sie verschonen. Die Älteste kauerte weinend in einer Ecke. Ihre Handarbeit war ihr aus der Hand geglitten und lag unbeachtet zu ihren Füßen. Der Kleinste in der Wiege begann zu schreien, obgleich er die Gefahr nicht begriff. Doch er spürte, dass etwas nicht stimmte. Ihr Sohn klammerte sich mit den zarten Kinderarmen und seinem ganzen Gewicht verzweifelt an ihren Hals. Sie drückte ihn an sich, warf sich auf die Knie und flehte die Männer an, sie zu verschonen.

Einer riss das Kind aus ihren Armen. Die beiden anderen packten sie an den Schultern und beugten sie vor. Ihr rotgoldenes Haar löste sich aus den Kämmen und ergoss sich über ihr Gesicht, fiel in Wellen auf den glatten Steinboden. Sie sprachen nicht mit ihr, erklärten nichts. Es war auch nicht nötig, sie wusste alles. Die Klinge an ihrem Hals war kalt wie Eis. Ihr Blut warm und pulsierend, als es aus ihr herausströmte. Wie ihr viel zu kurzes Leben. Ihr letzter Gedanke war, dass er nun zu spät kommen würde. Und dass er mit diesem Wissen weiterleben musste.

1

Cabral war kurz davor einzunicken, als er hörte, wie sich die Tür endlich öffnete und jemand in den Hauseingang trat. Seit einer halben Stunde saß er auf einer der unteren Stufen im Dunkel des Treppenhauses und wartete auf Mário Gouveia, den ehemaligen Präsidenten des Gemeinderats, und dessen Frau Elisabete. Sie wollten gemeinsam zu Mittag essen. Die Metallstäbe des Geländers, an das er sich gelehnt hatte, gruben sich in seinen Rücken und hatten vermutlich bereits tiefe Abdrücke hinterlassen. Auch war ihm das rechte Bein eingeschlafen. Obwohl er nur noch selten Schmerzen verspürte, waren die Muskeln von der monatelangen einseitigen Belastung verhärtet und machten es ihm schwer, sie zu entspannen. Anders als beim linken Oberschenkel, der bei seinem Unfall in Angola unverletzt geblieben war.

Er hatte sich schon halb erhoben, da erkannte er, dass es sich nur um eine Person handelte. Dem Umriss nach war es weder Gouveia noch dessen Frau. Lautlos ließ er sich auf die Stufen zurücksinken.

Der Mann war mittelgroß und von sportlicher Gestalt. Er trug ein übergroßes Sweatshirt mit einer Kapuze, die er tief ins Gesicht gezogen hatte. Beim Betreten des Treppenhauses schien er kurz irritiert. Das trübe Licht hier drinnen stand in starkem Kontrast zu der gleißenden Helligkeit draußen auf der Straße. Für einen Moment musste er innehalten, damit sich die Augen an die neuen Lichtverhältnisse gewöhnen konnten. Er ließ etwas offensichtlich Schweres von seinem Rücken gleiten und schob den unförmigen Gegenstand in eine Ecke des Hausflurs.

Cabral konnte nicht erkennen, was es war. Er musste Gouveia sagen, dass er seinem Hausmeister ein bisschen Dampf unterm Hintern machen sollte, damit der endlich das defekte Oberlicht austauschte. Andererseits war Cabral so nahezu unsichtbar, und irgendetwas sagte ihm, dass das gut war. Er kannte Gouveias Nachbarn, und keiner von ihnen würde ein Kapuzenshirt tragen.

Der Mann brauchte nur wenige Sekunden, um sich zu orientieren. Cabral hatte den Eindruck, dass ihm die Gegebenheiten sogar vertraut waren. Er bewegte sich so sicher, als kenne er jede Ecke und jeden Winkel. Jetzt näherte sich der Eindringling – Cabral hatte sein Urteil über ihn bereits gefällt – zielstrebig ausgerechnet der Tür, hinter der er mit Gouveia und seiner Frau längst am Esstisch sitzen sollte.

Der Mann klopfte. Nichts rührte sich. Er klingelte, aber es blieb ruhig in der Wohnung. Dann bückte er sich, hob die Fußmatte an und tastete die Unterseite ab. Cabral vernahm ein Geräusch. Es hörte sich an, als würde ein Klebestreifen mit einem Ruck von etwas abgezogen. Er fluchte innerlich darüber, dass er nur Schemen in der Finsternis ausmachen konnte.

Der andere hatte einen Schlüssel gefunden, den er ins Schloss steckte und herumdrehte. Cabral wurde es zu bunt. Hier stimmte etwas nicht. Langsam zog er sich am Treppengeländer hoch, damit er dem Einbrecher folgen und ihn auf frischer Tat ertappen und festnehmen konnte. So leise wie möglich setzte er einen Fuß vor den anderen und näherte sich dem Mann. Der öffnete die Tür vorsichtig nur einen Spaltbreit. Er schien zu befürchten, dass von innen eine Sicherheitskette eingehakt sein könnte, die Bewohner sein Klopfen und Klingeln nur nicht gehört hatten und doch zu Hause waren. Seine Hand glitt jedoch ungehindert an der Türkante nach oben. Da war nichts.

Cabral fragte sich, wo Gouveia und Dona Elisabete steckten. Er hatte ihr Handy angerufen, doch wie so oft war es ausgestellt. Gouveia war gerne unerreichbar, besonders wenn er und seine Frau im Café um die Ecke ihre *bica* zu sich nahmen und mit den Nachbarn schwatzten. Doch als Cabral dort vor ihrer Verabredung noch schnell ein Päckchen Zigaretten gekauft hatte, waren sie nicht dort gewesen. Er verstand nicht, wieso sie nicht zu Hause waren. Doch vielleicht war das jetzt ihr Glück.

Der Mann öffnete die Tür ganz und trat ein. Eine eigentümliche Mischung von Gerüchen wogte in das Treppenhaus. Der Geruch von gegrillten Sardinen, der sich über Jahre in jeder Ritze in der Küche eingenistet hatte, verband sich mit dem frischen Duft von Weichspüler. Und dem köstlichen Aroma von etwas, das im Ofen vor sich hin schmorte. Cabral lief das Wasser im Mund zusammen. Zu seiner Anspannung kam Ärger hinzu. Er hatte Hunger. Und dort drinnen wartete sein Mittagessen.

Die Eingangstür öffnete sich erneut. Die vertrauten Stimmen von Gouveia und Dona Elisabete drangen in die Stille des Treppenhauses. Cabral musste handeln. Er durfte die beiden nicht in ihrer Wohnung auf den Einbrecher treffen lassen, der womöglich bewaffnet war.

Ohne Vorwarnung stürzte er aus dem Dunkel. Dona Elisabete stieß vor Schreck einen spitzen Schrei aus.

»Bleiben Sie, wo Sie sind!«, befahl Cabral. »Da ist jemand in …«

Doch es war bereits zu spät. Der Schrei hatte den Mann auf den Plan gerufen. Er trat aus der Wohnung. Mit ausgebreiteten Armen stellte sich Cabral vor seine Freunde, als wäre er ein lebendiger Schutzschild. Und dann ging alles blitzschnell. Der Einbrecher fuhr mit seiner rechten Hand in die Hosentasche. Mit einem Satz war Cabral bei ihm, schlang ihm die Arme um den Oberkörper und rang ihn nieder. Er riss einen Arm auf den Rücken und drückte ihn zu Boden.

Der zarte Duft von Jasmin brachte Cabral kurz aus dem Konzept. Bevor er begriff, glitt dem Einbrecher die Kapuze vom Kopf. Eine Flut dunkler, langer Haare ergoss sich über den Fliesenboden. Eine Frau?

»Was zum Teufel –«

»Sind Sie verrückt geworden?«, presste die Frau aus ihrer unbequemen Position hervor. »Lassen Sie mich sofort los!«

Ein weiterer Schrei von Dona Elisabete gellte bis unter das Dach des Hauses. »Das ist Teresa! Mário, so tu doch etwas.«

Teresa? Cabral lockerte seinen Griff. Gouveia packte ihn von hinten an der Schulter und zog ihn weg von der Person, die sich jetzt aus der Umklammerung wand und panisch auf die Füße sprang.

»Ich bin Chefinspektor Nuno Cabral – «, setzte er an.

Weiter kam er nicht.

»Nuno, lass gut sein.« Gouveia verstärkte den Druck seiner Hand auf Cabrals Schulter.

»Gehen Sie weg von mir!« Die Stimme der Frau klang angstvoll.

»Teresa, Liebes, es ist alles in Ordnung. Nuno ist Polizist. Und … ein Freund«, erklärte Dona Elisabete, aber es klang, als müsse sie sich die letzten Worte mühevoll abringen. »Hast du dir wehgetan? Geht es dir gut?«

Die Frau klopfte sich Schmutz von der Kleidung. »Nichts passiert. Außer dem Schreck.«

»Dann lass dich endlich umarmen!«

Die beiden Frauen fielen sich in die Arme. Cabral verstand gar nichts mehr. Dann hielt Dona Elisabete die Frau eine Armlänge von sich entfernt. Sie ließ den Blick über ihre Gestalt wandern, wie um ihr Gewicht zu prüfen und abzuschätzen, ob sie in letzter Zeit ausreichend zu essen bekommen hatte. Wie sie das machte, war Cabral ein Rätsel, denn bei all dem standen sie immer noch in der Dunkelheit, was ihn zunehmend nervte. Er wollte das Gesicht der Frau sehen.

Gouveia zog Cabral am Arm ein Stück von den beiden weg. »Das ist Teresa, die Tochter von Elisabetes bester Freundin.«

»Und wieso schleicht sie hier herum und bricht bei Ihnen ein?«

»Niemand ist eingebrochen. Sie hat doch den Schlüssel benutzt, oder? Elisabete hatte ihr gesagt, wo sie ihn findet, falls sie ankommt, wenn wir nicht zu Hause sind.«

»Aber sie war schließlich vermummt! Mehr oder weniger.« Cabral hörte Gouveia seufzen. Er wollte sich gerade weiter darüber auslassen, wie leichtsinnig es war, den Schlüssel unter der Fußmatte zu deponieren, als Dona Elisabete sagte: »Es gibt *Bacalhau à Brás*! Das hast du doch früher immer so gern gegessen.«

In Cabral regte sich neuer Unmut. Dona Elisabete hatte dieses Essen eigentlich für ihn zubereitet. Er liebte dieses Gericht aus kleinen Stückchen von Stockfisch, Paprika, Zwiebeln, Tomaten, Kartoffeln und einer spektakulären Menge Olivenöl. Manche gaben noch Eier dazu. Dona Elisabete jedoch verzichtete darauf, genau wie früher seine Mutter.

»Danke, Tia Elisabete, aber ich möchte erst einmal in mein Zimmer und mich ein bisschen ausruhen. Ich hatte eine lange Reise. Und dann gleich so eine Aufregung.« Der vorwurfsvolle Ton, der sich ohne Zweifel an Cabral richtete, war nicht zu überhören. »Ich schaue später bei euch vorbei.«

»Das verstehe ich gut, Kind. So wollten wir dich wirklich nicht willkommen heißen.« Auch das galt ohne Frage ihm. Inzwischen war er froh, dass es so schummrig war. So musste er nicht auch noch ihre tadelnden Blicke ertragen. Die ganze Situation war absurd.

Teresa drückte Gouveia und seine Frau noch einmal und marschierte danach an Cabral vorbei, ohne ihm die geringste Beachtung zu schenken. Sie ging in die Ecke des Treppenhauses, um einen großen Trekking-Rucksack aufzuheben und ihn sich auf den Rücken zu hieven.

Das war es gewesen. Einfach ein Rucksack. Keine professionelle Einbrecher-Ausrüstung.

»Nun mach schon«, drängte Gouveia und stieß ihm auffordernd den Ellenbogen in die Seite. Doch Cabral sah ihr nur nach, wie sie in das strahlende Sonnenlicht hinaustrat und im nächsten Moment verschwunden war wie eine Erscheinung. Er war noch nicht bereit, eine Entschuldigung auszusprechen. Er fühlte sich immer noch im Recht.

2

Anfänglich aßen sie schweigend. Dona Elisabete vermied beharrlich jeden Blickkontakt mit Cabral. Nur einmal hatte sie ihre Augen auf ihn geheftet. Vielmehr auf seine Arme, nachdem er die Hemdsärmel vor dem Essen aufgekrempelt hatte und seine Tätowierungen zum Vorschein gekommen waren. Er hatte sich so unbehaglich gefühlt, dass er die Ärmel wieder heruntergekrempelt hatte. Wenn auch mit leisem Unmut.

So war das eben mit Tattoos. Die malte man sich nicht auf und wusch sie wieder ab, wenn man auf die Vierzig zuging, so wie er.

Stumm füllte sie danach ihre Teller auf, setzte sich wieder, strich sich über die dezent in Wellen gelegten Haare und aß weiter. Gouveia zog die Augenbrauen in einer Weise hoch, die ihm bedeuten sollte, dass er selbst schuld war an dieser Situation und besser ganz vorsichtig mit allem wäre, was er noch sagen würde an diesem Tag. Selbst sein Versuch, Dona Elisabete zu schmeicheln, war kläglich gescheitert.

»Phantastisch, diese goldbraune Kruste! Ich könnte gleich aus der Pfanne essen«, hatte er ausgerufen beim Anblick des köstlich schmorenden Stockfischs hinter der Ofenklappe. Einsatzbereit hatte er einen Löffel in der Hand gehalten. Dona Elisabete hatte ihm lediglich wortlos mit dem Geschirrhandtuch auf die bereits ausgestreckte Hand geschlagen.

Cabral fühlte sich sehr unwohl. Aber auch ein leichter Ärger regte sich in ihm. Er hatte es nur gut gemeint, seinen Job gemacht. Dennoch war er derjenige, der wie ein Verbrecher behandelt wurde. Gouveia schien das zu spüren. Er startete ein Ablenkungsmanöver.

»Was ist da an der Burg los?«, fragte er. »Ich habe gehört, sie haben die Arbeiter abgezogen. Schon wieder ein Problem mit Schwarzarbeit?«

»Sie haben Knochen gefunden.«

Dona Elisabete ließ den Arm mit der Gabel, die sie gerade zum Mund führen wollte, wieder sinken. Gouveia aß voller Hingabe weiter, sah ihn aber erwartungsvoll an.

»Am Largo Poeta Bocage. Oder am Largo do Castelo. Wie man es will. Kaum ein Mensch kennt ja den korrekten Straßennamen, aber wir bei der Polizei müssen natürlich –«

Er brach ab. Was redete er bloß für einen Blödsinn. Das war nicht das, was die beiden interessierte. Er fing noch einmal an.

»Die haben den Boden aufgerissen, um neue Elektroleitungen zu verlegen. Für den Lift, der zur Avenida Vasco da Gama unten am Strand hinunterführen soll. Und da sind Knochen in der Erde. Nicht ein oder zwei einzelne, verstreute Knochen, sondern komplette Skelette.«

»Alt oder neu?«, fragte Gouveia mit vollem Mund.

Dona Elisabete zuckte kurz zusammen.

»Da sind schon irgendwelche Archäologen aus Lissabon

vor Ort. Alles ist abgesperrt, und die Arbeiten an den Leitungen sind erst einmal eingestellt. Jetzt buddeln sie vorsichtig weiter, um weitere Funde möglichst nicht zu zerstören, sondern stattdessen zu sichern. Demnach wohl alt.«

»Musst du dorthin nach dem Essen?« Gouveias Augen hatten einen eigentümlichen Glanz angenommen.

»Ich muss gar nicht. Das ist keine Sache für die Polícia Judiciária. Die GNR hält die Schaulustigen auf Abstand, damit sie nicht überall herumtrampeln, wo sie nichts zu suchen haben. Ich schaue da nur so vorbei.«

Cabral erzählte nicht, dass sein Arbeitsalltag seit Monaten recht unausgefüllt war. Er bestand fast ausschließlich aus Auseinandersetzungen mit prügelnden Ehemännern. Häusliche Gewalt galt in weiten Teilen der portugiesischen Gesellschaft immer noch als Naturgesetz. Cabral verabscheute diese Betrachtungsweise. Und davon abgesehen langweilte es ihn.

»Großartig! Ich komme mit und mache Fotos«, sagte Gouveia.

»Mário!« Die Miene von Dona Elisabete verfinsterte sich. In der Mitte ihrer Stirn bildete sich ein steiles V.

»Was denn für Fotos?«, fragte auch Cabral nicht ohne Befremden.

»Stockfotos.«

»Was bitte?«

»Stockfotos. Die verkaufe ich dann.«

Dona Elisabete schlug die Hände zusammen. »Hat man so was schon gehört. Nuno, so sag doch was!«

Auf einmal konnte sie wieder mit ihm reden.

Gouveia holte zu einer Erklärung aus. »Es gibt jede Menge Plattformen, bei denen man Fotografien und Videofilme hochladen kann. Andere Leute, die nach einem Foto zu irgendeinem bestimmten Thema suchen, können es wiederum gegen Bezahlung herunterladen. Und der Fotograf bekommt einen gewissen Prozentsatz von diesem Download-Preis.«

Immer noch sahen ihn beide eher skeptisch an.

»Ich gebe euch ein Beispiel. Wenn Elisabete das nächste Mal kocht, werde ich sie dabei fotografieren. Natürlich hauptsächlich das Ergebnis, wie dieses Bacalhau-Gericht. Und vielleicht stolpert ein Koch darüber, der ein Foto für seine Speisekarte sucht. Jemand möchte vielleicht seinen Blog oder seine Webseite gestalten, Flyer drucken oder ein Kochbuch illustrieren.«

»Und wer sollte Verwendung für Fotos von ein paar alten Knochen haben? Ein Bestatter?«

Niemand lachte über Cabrals Scherz. Im Gegenteil. Der kurze Moment der Versöhnung mit Dona Elisabete war ruiniert. Sie räumte schweigend den Tisch ab und begann mit dem Abwasch. Allein. Das war Frauensache in Portugal. Immer noch. Wenigstens in ihrer Generation.

Cabral bedankte sich für das Mittagessen und wollte sich verabschieden, doch Gouveia hielt ihn auf.

»Warte, ich brauche noch mein Stativ.«

»Das ist nicht Ihr Ernst, Mestre.« Er verwendete immer noch diese respektvolle Anrede und siezte Gouveia, während der ihn schon sein ganzes Leben lang duzte. Anders konnte Cabral es sich aber auch nicht vorstellen.

»Aber natürlich. Hab ich doch gesagt.« Gouveia packte kurz ein paar Gegenstände in einen Rucksack, den er sich auf den Rücken schnallte. Dann hängte er sich eine Tasche über die Schulter, die aussah wie ein Pfeilköcher.

»Sekunde. Das geht so nicht. Ich hab gedacht, Sie machen einen Spaß.«

Doch Gouveia hörte ihm gar nicht zu. Er rief seiner Frau einen kurzen Gruß zu und spazierte zur Tür hinaus. Cabral folgte ihm kopfschüttelnd. Er wunderte sich eigentlich nicht über Gouveias Begeisterung. So kannte er ihn. So war er als Präsident der Junta de Freguesia gewesen, und so verbrachte er seine Zeit nach der Pensionierung. Als Hüter der Stadtgeschichte. Typisch für ihn wäre eigentlich, auf eigene Faust herausfinden zu wollen, wessen Gebeine dort unerwartet ausgebuddelt worden waren. Mit Sicherheit hatte er genau das auch vor. Das ganze Gerede über die Stockfotos war garantiert nur ein Vorwand gewesen.

3

Der Menschenandrang am Largo do Castelo war nicht mehr so groß wie am Vormittag. Ein paar ältere Männer standen herum und fachsimpelten über den Fund. Cabral war froh, dass das Spektakel bereits wieder beendet zu sein schien.

»*Boa tarde*, Inspektor.« Einer der Männer tippte sich mit vom Rauchen gelben Fingern zum Gruß an die Stirn. »Nach dem Rechten sehen?«

»Verdauungsspaziergang.« Cabral grinste.

Es wehte kein Lüftchen. Das gelb-weiße Flatterband mit der Aufschrift *GNR-Àrea interdita* hing schlaff zwischen den metallenen Haltestäben, die das Areal absperrten. Dahinter klaffte ein tiefes Loch im Asphalt. Gouveia bewegte sich zielstrebig darauf zu, was Cabral in leichte Unruhe versetzte. Aber ehe er eingreifen konnte, wurde er von einem Cabo der GNR angesprochen, der ihm vom aktuellen Stand der Dinge berichten wollte, obwohl Cabral weder sein Vorgesetzter noch im Dienst war.

»*Boa tarde*, Inspektor. Sie haben was verpasst. Mit Transportern sind die angefahren gekommen, um die Knochen wegzubringen. Die Instrumente, die die dabeihatten, habe ich noch nie vorher gesehen …«

Cabral hörte nur halbherzig zu. Er beobachtete Gouveia. Der trat gerade noch näher an den Fundort heran.

Die ganze Szenerie erinnerte an eine altertümliche Ausgrabungsstätte. Zwei junge Männer, die aussahen wie Studenten, hockten in dem Loch und brachten an verschiedenen Stellen Markierungsstäbe in die Erde. Nachdem sie
mit zierlichen Pinseln mal hier und mal da herumgewischt
und mit Spateln herumgekratzt hatten, beschrifteten sie sie.
Was sie schrieben, konnte Cabral nicht erkennen.

Genau genommen war das Loch eigentlich gar kein
Loch, sondern eher ein Graben mit einer Länge von zwanzig bis fünfundzwanzig Metern und einer Breite von anderthalb Metern. Der Graben erstreckte sich hinunter bis
zu dem kleinen Vorplatz der Igreja Matriz de São Salvador. Die Kirche thronte gemeinsam mit dem Kastell auf der
Klippe über der breiten, palmengesäumten Avenida Vasco
da Gama, die dort unten parallel zum Stadtstrand verlief.

Eine Frau in den späten Fünfzigern, in Kostüm und mit
einer bis auf die Nasenspitze vorgeschobenen Brille, lief
außerhalb der Grabungsstelle zwischen den beiden Studenten hin und her. Sie gab Anweisungen, wobei sie sich gebärdete, als wäre sie sehr wichtig. Große, nahezu dramatische
Gesten begleiteten jeden ihrer Sätze. Mit strenger Miene
und nur mühsam verborgener Empörung ging sie auf Gouveia zu, als sie sah, dass er einfach das Flatterband hob und
sich gefährlich nahe an die Ausgrabungskante bewegte.

»Treten Sie bitte zurück, Senhor. Sie dürfen sich hier
nicht aufhalten. Was glauben Sie, wofür das Absperrband
da ist?«

»*Boa tarde*«, erwiderte Gouveia seelenruhig. Er nahm
seine Stativtasche von der Schulter und ließ den Rucksack

vom Rücken gleiten. Bäuchlings legte er sich auf den Boden an den Rand des Grabens. Die Frau schnappte nach Luft.

»Presse«, log Gouveia, ohne mit der Wimper zu zucken. »Wenden Sie sich an den Chefinspektor. Der kann Ihnen das bestätigen. Dort drüben.« Er wies zu Cabral.

Im Stechschritt marschierte die aufgeregte Frau auf Cabral zu. Wie ein Stier senkte sie den Kopf zum Angriff. Er war augenblicklich genervt. Was hatte er hier überhaupt zu suchen? Noch bevor sie vor ihm zum Stehen kam, forderte sie ihn bereits auf, für Ordnung zu sorgen und Gouveia zu entfernen. Er hätte ihr ja auch alles hoch und heilig versprochen, nur um sie so schnell wie möglich wieder loszuwerden. Doch auch beim dritten Versuch, etwas zu sagen, fiel sie ihm ins Wort. Ihm platzte der Kragen.

»Ruhe!«

Sie hielt inne, holte jedoch gleich wieder tief Luft, und schon sprudelten die Worte wieder aus ihr heraus. Am Rande vernahm Cabral etwas von Nachspiel und Konsequenzen, Vorgesetzten und Beschwerden.

»Hören Sie, Sie wissen wohl nicht, mit wem Sie es zu tun haben! Hören Sie mir überhaupt zu?«

Cabral blieb ihr die Antwort schuldig. Erstaunt beobachtete er Gouveia, wie er nach und nach eine sehr professionell aussehende Ausrüstung aufbaute. Vor kurzem hatte er seinen einundsiebzigsten Geburtstag gefeiert. Aber wurde er im Alter vernünftiger? Davon konnte keine Rede sein. Insgeheim bewunderte Cabral ihn dafür. Er hatte sich immer gewünscht, sein Vater hätte ein klein wenig von Gouveias Neugier und Begeisterungsfähigkeit gehabt.

Der lag immer noch auf dem Bauch im Dreck, vor sich ein dreibeiniges Stativ. Oben aufgeschraubt befand sich eine kleine digitale Kamera. Er veränderte seine Lage, schob das Stativ vor und zurück, neigte den Kopf zur Seite. Er war so in seinem Element, dass er um sich herum nichts mehr zu bemerken schien. Im Bruchteil einer Sekunde traf Cabral eine Entscheidung, die er sich später selbst nicht mehr erklären konnte.

»Senhora, dieser Mann ist autorisiert. Er macht die offiziellen Tatort-Fotos.«

»Tatort? Aber es ist doch kein Verbrechen geschehen. Wir haben einen archäologischen Fund sichergestellt.«

»Das ist polizeiliche Routine. Bitte beruhigen Sie sich und lassen Sie ihn seine Arbeit machen.« Warum tat er das? Weil er seinem Freund und Mentor nicht den Spaß verderben wollte? Oder weil ihm einfach das Gehabe dieser Frau zuwider war?

Sie schnaubte vor Wut und marschierte davon, wobei sie kleine Staubwolken aufwirbelte. Cabral ging zu Gouveia. Er erhaschte einen Blick auf dessen Gesicht, das sich zu einem Grinsen verzog. Er hatte alles mitbekommen. Cabral gab ihm einen sanften Tritt mit der Stiefelspitze in die Seite. Gouveia lachte leise in sich hinein. Cabral beschloss, in nächster Zeit besser ein Auge auf ihn zu haben.

4

Zurückgelehnt starrte Cabral auf die Wand vor sich. Notizzettel, Computerausdrucke, Zeichnungen, Fotografien.

Alles aus Fällen vor seiner angolanischen Phase, wie er die Zeit nannte, in der er dort an der Polizeischule gearbeitet hatte. Seiner angolanischen Trotzphase, wie Mário Gouveia es nannte. Für ihn war seine Flucht nach Afrika nichts anderes gewesen. Weglaufen, sich verweigern, sich unsichtbar machen. Trotz. Vor allem seinem Vater gegenüber. Cabral wusste, dass es das allein nicht gewesen war. Es war auch seine Trauerzeit gewesen, nachdem seine Mutter bei dem tragischen Unfall auf den Klippen ums Leben gekommen war.

Der Kreis hatte sich geschlossen. Er war wieder in Sines. Er war jetzt Chefinspektor. Mit gerade einmal vierzig Jahren. Alles war doch gut. Was war bloß mit ihm los?

Das Telefon klingelte. Er nahm ab.

»Chefinspektor Nuno Cabral, Polícia Judiciária Sines.«

»Gouveia. Hast du Zeit?«

»Wofür?« Zeit hatte er mehr als genug, auch wenn er im Dienst war.

»Ich hab mir die Fotos angesehen, die ich gestern gemacht habe.«

»Und?«

»Ich hab mir die Bilder am Computer auf die doppelte Größe gezoomt. Da ist etwas drauf, das da meiner Meinung nach nicht hingehört.«

Cabral stöhnte auf. »Was denn? Ein alter Goldschatz?«

»Gar nicht so falsch.«

»Ach, Mestre, hören Sie doch auf.«

»Kannst du herkommen und es dir ansehen?«

»Nein, wirklich nicht. Ich bin im Dienst, und Ihr Anruf ist nicht wirklich ein Notruf.«

»Mário! Caracóis!« Das war Dona Elisabete im Hintergrund. Es war Mittagszeit. Caracóis, Schnecken mit viel Knoblauch in Öl gedünstet. Auf einmal war Cabral sehr hungrig.

»In zehn Minuten bin ich da.«

Ungewohnt hastig raffte er seine Sachen zusammen und machte sich auf den Weg. Von seinem leeren Magen getrieben schaffte er die Strecke in acht Minuten, für die er normalerweise zwanzig brauchte, wenn er alle paar Meter ein paar Worte mit jemandem wechselte und eine Zigarette rauchte.

Die Eile hatte sich gelohnt. Als ob Dona Elisabete gewusst hatte, dass er mit Sicherheit kommen würde, hatte sie eine extragroße Portion für ihn mit zubereitet. Jetzt nahm er den Rest des würzigen Öls auf seinem Teller mit frischem Brot auf und putzte ihn damit blank. Cabral liebäugelte mit dem Sofa in der anderen Zimmerecke. Er konnte eine Siesta gebrauchen. Doch Gouveia gönnte ihm diese kleine Pause nicht.

»Komm her und sieh dir das an«, sagte er, deutete auf

den zweiten Stuhl und forderte Cabral auf, sich neben ihn zu setzen, damit er ebenfalls auf den Bildschirm blicken konnte.

»Ich hab mir die Fotos angesehen«, fuhr Gouveia fort. »Knochen wären interessanter gewesen, aber die waren schon geborgen worden.«

»Na, dann …«, meinte Cabral desinteressiert und wollte sich umgehend wieder erheben.

»Warte!« Gouveia packte ihn am Arm und hielt ihn fest. Cabral mochte das nicht und machte sich los. »Ich habe aber etwas anderes gefunden. Siehst du das hier?«

Gouveia deutete mit der Spitze eines Bleistiftes auf einen kleinen hellen Fleck auf der Fotografie.

»Und was soll das sein?« Cabral kniff die Augen zusammen.

»Du brauchst eine Brille«, konstatierte Gouveia tonlos. Er vergrößerte noch mehr, was aber leider auch dazu führte, dass das Bild an Schärfe verlor. »Das ist etwas Metallenes. Sieht aus wie Messing oder sogar Gold. Es könnte eine Münze sein, aber da ist noch etwas dran. Sieht aus wie ein Haken.«

»Woher wollen Sie denn wissen, dass das Metall ist?«, meinte Cabral skeptisch. »Ich sehe nur einen hellen Fleck. Mestre, Sie haben zu viel Phantasie.«

»Ich sage dir«, fuhr Gouveia ungerührt fort, »das ist Metall. Und was macht das in diesem Ausgrabungsloch?«

Er stieß Cabral mit dem Ellenbogen zweimal in die Seite. Cabrals Blutdruck stieg.

»Dafür kann es tausend Gründe geben. Vielleicht gehört

es zu einem Werkzeug, das die Leute dort zum Graben benutzt haben.«

»Hier ist doch eine Prägung zu sehen«, insistierte Gouveia. Er pikste die Bleistiftspitze auf den Bildschirm.

»Der Herstellername?«, entgegnete Cabral unbeeindruckt.

»Lass uns gehen«, sagte Gouveia.

»Gehen? Wohin?«

»Zu dem Ausgrabungsloch natürlich. Ich will diesen Gegenstand da rausholen.«

»Sind Sie verrückt geworden? Ich bin im Dienst und werde mich jetzt wieder an die Arbeit machen.«

»Dann gehe ich alleine. Ist da noch immer alles abgesperrt?«

»Ja, sicher. Die Leute vom Museum sind weg, aber die haben alles mit Planen abgedeckt. Je nachdem, was sie über die Knochen herausfinden, werden die sicher in den nächsten Tagen wieder da sein. Vielleicht schon morgen. Also beruhigen Sie sich und fragen Sie sie einfach beim nächsten Mal.«

Gouveia schüttelte den Kopf. »Fragen? Auf keinen Fall. Ich will das Ding da selbst rausholen. Wenn es sich um ein Artefakt, zum Beispiel eine Münze, handelt, welches Aufschluss über kulturhistorische Zusammenhänge unserer Stadt gibt, dann sind es auch die Menschen in Sines, die ein Anrecht darauf haben. Wenn diese Dinge aber erst einmal nach Lissabon gebracht werden, landen sie am Ende im Nationalmuseum, und wir sehen sie nie wieder. Du warst ja noch nicht einmal geboren, als 1966 der Schatz von Gaio gefunden wurde. Was glaubst du, wie lange es gedauert hat, bis beschlossen wurde, dass die Schmuckstücke ins archäologische Museum in Sines gehören? Nein, mein lieber Nuno. Ich gehe. Mit dir oder ohne dich.«

5

Der komplett mit grauen Kunststoffplanen abge-
deckte Graben war für die Bewohner von Sines nicht mehr
interessant genug, um herumzustehen und darüber zu
schwadronieren. Außerdem war durch die großzügige Absperrung der Durchgang vom Largo do Castelo zum Kir-
chenvorplatz versperrt. Fußgänger mussten den Umweg
über die Rua Teófilo Braga machen. Nicht einmal der Pos-
ten der GNR war noch vor Ort.

Cabral und Gouveia waren also die einzigen Menschen,
die sich um die Absperrung nicht scherten und geradewegs
auf das verhüllte Loch zusteuerten. Sollte womöglich doch
jemand einen flüchtigen Blick in die Gasse werfen, würden
sie Cabral als Chefinspektor erkennen und beruhigt sein.

Er hatte Gouveia begleitet, um zu kontrollieren, was dieser vorhatte. Er hatte das Gefühl, dass der Ex-Präsident genauso gelangweilt war wie er selbst. Begierig stürzte der
sich auf irgendetwas, in der Hoffnung auf eine sich eventuell offenbarende Sensation.

»Es geht ganz schnell«, sagte Gouveia. »Ich weiß ziemlich genau, wo die Stelle ist. Du brauchst nur die Plane anzuheben, und ich schlüpfe darunter.«

»Sie schlüpfen darunter ...«, wiederholte Cabral brummig. »So etwas Bescheuertes. Wenn das jemand sieht ...
Verdächtiger geht es nicht.«

»Dann heben wir sie eben einfach hoch und schlagen sie zurück. Ganz offen, wenn du meinst, dass das besser aussieht. Aber nun mach schon. Ich glaube, hier müsste es sein. Es war ziemlich nah an dem obersten Ende in Richtung der Burgmauer.«

Cabral blickte sich noch einmal um, bückte sich und nahm die Plane in die Hand. Gouveia ging in die Hocke und duckte sich darunter. Er machte einen kleinen Satz und war verschwunden. Plötzlich hörte Cabral Schritte hinter sich. Er ging ebenfalls in die Hocke und begann an der Plane zu ziehen und zu zerren. Ein alter Mann mit einem krummen Krückstock tauchte innerhalb der Absperrung hinter ihm auf. Er blieb stehen und sah ihm über die Schulter.

»Alles verrutscht hier«, fluchte Cabral. »War wohl zu windig.«

Windig. Was rede ich für einen Schwachsinn. Seit Tagen weht kein Lüftchen.

Aber der alte Mann gab nur einen unbestimmten Brummlaut von sich und entfernte sich wieder. Cabral atmete auf.

»Was ist denn jetzt?«, rief er verhalten in Gouveias Richtung. Der gab keine Antwort, was ihn beinahe auf die Palme brachte. Nach zwei oder drei weiteren zermürbenden Minuten war Gouveia wieder da. Wie ein Wiesel, das aus seiner unterirdischen Höhle auftauchte. Er grinste, sagte aber nichts. Sorgfältig deckten sie alles wieder ab. Cabral fühlte sich, als wäre er nicht Polizist, sondern ein Verbrecher, der seine Spuren verwischt. Anschließend machten sie sich davon, als wäre nichts geschehen.

»Wohin wollen Sie denn jetzt? Nun sagen Sie doch etwas!« Cabral folgte Gouveia, der leichtfüßig und augenscheinlich zehn Jahre jünger die Gasse hinuntertrabte. Es musste ein außergewöhnlich interessanter Fund sein.

»Zu Azevedo.«

»Dem Zahnarzt?«

»Zahntechniker.«

»Von mir aus auch das. Und was soll das?«

»Wirst du schon sehen.«

Sie erreichten den kleinen Platz Largo 5 de Outubro und bogen an der ersten Häuserecke scharf rechts ab. Vor der dritten Tür in der Reihe stoppte Gouveia. Die Fassade des Hauses war vollständig mit Keramikfliesen verkleidet. Bedauerlicherweise nicht mit kunstvollen Azulejos, die Landschaften oder Pflanzenornamente zeigten und manchmal in kunstvollen Bildern die Geschichte des Landes erzählten. Blau-weiß waren diese zwar auch, aber das Dekor war billig, an vielen Stellen verblasst und mit Rissen durchsetzt wie ein trockenes Flussbett.

Gouveia klopfte zweimal, dann noch mal und wiederholte das Ganze ein weiteres Mal. Es war, als ahmte er einen Herzschlag nach. Cabral ahnte, was das zu bedeuten hatte.

Die Tür öffnete sich, und ein alter Mann erschien. Kurz wirkte er erstaunt, dann breitete sich Freude auf seinem Gesicht aus. Er war so schmal und wirkte so fragil, dass Cabral befürchtete, ein kräftiger Wind vom Atlantik auf offener Straße würde ihn wahrscheinlich aus den Schuhen wehen. Weißes Haar umrahmte sein Gesicht. Kluge kleine

Knopfaugen hinter einer Brille mit feuerroter Fassung sahen sie an. Er breitete die Arme aus, und Gouveia umarmte ihn herzlich. Cabral hatte Sorge um die Knochen des Mannes, der zart wie ein Vögelchen schien.

»Nuno, ich möchte dir Marco Azevedo vorstellen«, sagte Gouveia, als er von dem anderen abließ. »Er ist …«

»… ein alter Freund von Ihnen. Natürlich.« Das ungewöhnliche Klopfzeichen hatte Cabral bereits ahnen lassen, dass auch der alte Azevedo, genau wie Gouveia, Acacio Fernandes von der Busstation und seine Pensionswirtin Dona Augusta, zu den Kämpfern der Resistência gegen Salazar gehört hatte.

»Lass uns in deine Werkstatt gehen«, drängte Gouveia. Azevedo ging voraus in einen angrenzenden Raum, ohne nach dem Grund zu fragen. »Du hast doch sicher Lupen, oder?«

Jetzt dämmerte Cabral, was hier vor sich ging. Azevedo fertigte in seiner Werkstatt Zahnersatzteile aller Art an, und natürlich hatte er für die Feinarbeiten neben seinen Werkzeugen auch Lupen. Azevedo drehte sich im Kreis in die eine und wieder in die andere Richtung, als schien er sich plötzlich in seiner eigenen Werkstatt nicht mehr auszukennen. Dabei schmiss er sich die Enden seines Schals wie ein Operntenor über die Schulter. Gouveia ließ ihm Zeit, bis er sich gesammelt hatte.

»Setzt euch hierher«, sagte Azevedo und zog zwei Stühle an den Arbeitstisch heran. Über allem lag feiner weißer Schleifstaub. Azevedo baute eine Lupe auf, die wie eine Leselupe aussah, hinter die sich Menschen mit eingeschränkter Sehfähigkeit ein Buch klemmen konnten. Die Vergrößerung war enorm.

Nun endlich zog Gouveia seinen Fund aus der Hosentasche. Er hielt ihn in der geschlossenen Hand wie nach einem Beutezug triumphierend in die Höhe, dann öffnete er die Faust. Auf seiner flachen Hand lag ein Manschettenknopf.

»Mestre«, stöhnte Cabral. Die Show, die Gouveia abzog, nervte ihn.

Gouveia legte das Schmuckstück hinter das Vergrößerungsglas. Deutlich trat eine Prägung hervor.

»Mein Gott, ist der hässlich«, stieß Cabral hervor. Gouveia und Azevedo wandten sich beide gleichzeitig zu ihm um. »Ich meine ja nur. Wer trägt denn Manschettenknöpfe mit Löwenköpfen? Wer trägt heutzutage überhaupt noch Manschettenknöpfe, wenn man es genau nimmt? Nicht einmal ich …«

»Ältere Herren?«, warf Gouveia ein.

»Oder Geldsäcke«, ergänzte Cabral.

»Zuhälter.« Cabral und Gouveia sahen Azevedo an. Dass der so viel Phantasie hatte, überraschte sie.

»Wir sind uns doch wohl einig, dass so ein Manschettenknopf nicht schon Hunderte von Jahren in der Erde gelegen hat«, überlegte Gouveia laut. »Die Studenten tragen so etwas nicht bei der Arbeit. Also muss jemand unbefugt dort unten gewesen sein, nachdem das alles aufgerissen worden ist.«

»Geldsäcke und Zuhälter kriechen bestimmt nicht zum Spaß in dem Loch herum. Schon gar nicht in einem Aufzug, zu dem dieses Schmuckstück passen würde«, meinte Cabral. »Ältere Herren ebenso wenig. Es sei denn …«

»Was?«

»Ach, nichts.« *Es sei denn, sie heißen Mário Gouveia,* wollte er sagen, aber er verkniff es sich.

»Da sind Buchstaben auf der Rückseite. Ihr habt euch nur die Vorderseite mit diesem entsetzlich geschmacklosen Tierkopf angesehen.«

Gouveia nahm ihm den kleinen Gegenstand aus der Hand und hielt ihn erneut hinter das Vergrößerungsglas, nur andersherum.

»Tatsächlich«, sagte er. »Hier ist etwas eingraviert. Sieht aus wie ein E und ein N. Nein, kein E. Der eine Strich ist nur ein Kratzer. Das ist ein F. F und N. FN. Ganz sicher Initialen.«

»Dann seht mal zu, wie ihr das Rätsel löst.« Azevedo nahm eine Zigarette aus der Packung, ein Feuerzeug und ging vor die Tür. Cabral und Gouveia blieben sitzen, obwohl Cabral es dem alten Mann nur zu gerne gleichgetan hätte. Doch er versuchte diesmal ernsthaft, sich das Rauchen abzugewöhnen. Dona Augusta wurde nicht müde, ihm dazu zu raten. Aus gesundheitlichen Gründen und weil sie der Geruch des kalten Rauchs störte, der in seinen Klamotten hing, wenn er vom Dienst kam. Sie befürchtete wahrscheinlich, dass sich dieser Geruch irgendwann auch in den Wänden ihrer ehrenwerten Pension einnisten würde. Cabral respektierte die alte Dame, daher gab er sich wirklich Mühe, sich selbst zu disziplinieren.

»Was können wir tun?«, fragte Gouveia. »Mich würde

sehr interessieren, wer der Besitzer von dem Ding ist.« Er drehte den schimmernden Knopf in den Fingern hin und her.

»Steigern Sie sich da in nichts hinein, Mestre. Das mag völlig uninteressant und banal sein«, erwiderte Cabral nüchtern.

»Kann sein. Kann aber auch anders sein. Du hast gedacht, ich hab sie nicht alle, als ich Fotos machen wollte, und auch, als ich den Fleck auf den Bildern gesehen habe. Aber ich habe Recht behalten. Und ich schwöre dir, da steckt noch mehr dahinter. Es tut doch keinem weh, ein paar Nachforschungen anzustellen. Wenn nichts dabei herauskommt, bitte sehr, dann ist das Thema erledigt. Aber wenn doch …«

»Und wie stellen Sie sich das vor?«

»Ich könnte hiervon noch ein paar gute Close-ups machen. Die stelle ich auf meine Facebook-Seite und frage, ob jemand dieses Ding schon einmal gesehen hat.«

Close-ups? Facebook? Schnappte Gouveia jetzt über?

»Wollen Sie dort etwa auch noch verraten, wie Sie da rangekommen sind? Womöglich handeln Sie sich eine Anzeige von der Museumstante ein. Die war schon sauer genug wegen der Fotos.«

»Schlag was Besseres vor.«

Cabral presste zwei Finger auf seine Nasenwurzel. Gouveia ließ ihm Zeit zum Nachdenken.

»Bevor wir uns auf diese Weise Ärger einhandeln, behaupte ich lieber, wir haben den Manschettenknopf bereits gefunden, als die Arbeiten noch in Gang waren. Sie

hätten ihn aus der Grube gefischt und der GNR übergeben. Ganz offiziell. Cabo Parreira hatte Dienst an der Ausgrabungsstätte. Ich werde sehen, ob er mit sich reden lässt
und bei dieser Version mitspielt. Er scheint mir nicht so
kooperativ wie Cabo Santana zu sein, aber ich kann es versuchen.«

»Hast du etwas von ihm gehört?«

»Von Cabo Santana? Er macht sich gut bei der PJ in
Lissabon. Die ersten Prüfungen hat er bereits erwartungsgemäß gut abgelegt.«

»Schon?« Gouveia schien überrascht.

»Er bringt alle Voraussetzungen mit, die die Ausbildung
erfordert«, erklärte Cabral, der den Unteroffizier der GNR
überhaupt erst auf die Idee gebracht und ihn beim Bewer-
bungsverfahren unterstützt hatte. Schließlich hatte er bei
seinem inoffiziellen Einstand in Sines dessen Qualitäten
bei der Ermittlungsarbeit kennenlernen können.

»Und wie geht es dann weiter?«, fragte Gouveia.

»Die GNR wird dieses Ding zu Protokoll nehmen und
danach an mich übergeben, damit wir wegen … sagen wir,
wegen versuchter Grabräuberei ermitteln.«

»Ich? Grabräuberei?«

»Nein, nicht Sie, Mestre.« Cabral verdrehte die Augen.
»Auch wenn ich gerade große Lust dazu habe. Natürlich
derjenige, der den Knopf bei einem unautorisierten Auf-
enthalt in der Grube verloren hat. Gott, wie bescheuert sich
das alleine schon anhört.«

»Und wenn jemand fragt, warum ich es nicht den Aus-
grabungsleuten ausgehändigt habe, werde ich sagen, dass

ich es nicht der Ausgrabung zugeordnet habe. Sieht ja schließlich jeder, dass es sich um einen Gegenstand aus der heutigen Zeit handelt.«

Cabral sah Gouveia nur an. Er wusste nicht, was er zu der ganzen Sache noch sagen sollte. Vor allen Dingen konnte er nicht fassen, wie der Ex-Präsident ihn dazu hatte bringen können mitzumachen. Nun musste er allen Ernstes versuchen, den Besitzer eines Manschettenknopfes zu ermitteln. Weiter bergab konnte es mit ihm kaum gehen.

Er fragte sich, wie der Arbeitsalltag von Leonel Bernardes, seinem Erzrivalen bei der PJ in Setúbal aussah. Er würde es wohl nie erfahren, denn fragen würde er ihn ganz sicher nicht. Die beiden waren sich spinnefeind.

»Habt ihr nicht auch so etwas wie eine Verbrecherkartei?«, wollte Gouveia wissen.

»Hoah, langsam, Mestre. Sie sind jetzt aber schon ganz woanders.«

»Wieso? Du hast die Initialen. Es ist doch nichts leichter, als mal kurz einen Abgleich mit der Kartei zu machen und herauszufinden, ob ihr da jemanden mit einer passenden Vorgeschichte habt.«

»Passend wozu denn? Es liegt doch keine Straftat vor. Kein Diebstahl, kein Vandalismus. Und zum In-der-Erde-Herumkriechen braucht es keine verdächtige Vorgeschichte. Dafür reicht es aus, ein ehemaliger Präsident der Junta de Freguesia zu sein, wie es scheint.«

»Hör auf Mário«, mischte sich Azevedo ein, der wieder in die Werkstatt getreten war. Er klopfte Cabral aufmunternd auf die Schulter. »Er hat die Nase für so etwas.«

»Komisch«, sagte Cabral mit einem schiefen Grinsen. »Ich dachte bisher, der Polizist wäre ich.«

Azevedo ließ nicht locker. »Das bleibst du ja auch. Aber die Rätsel löst nun einmal Sherlock, und der ist kein Polizist.«

»Nein, der ist ein schräger Egozentriker«, rutschte es Cabral heraus.

Für eine Sekunde waren die beiden älteren Männer wie erstarrt. Cabral war zu weit gegangen. Immer seine verdammte große Klappe. Gouveia lächelte betont munter, was aber nicht verbergen konnte, dass er sich getroffen fühlte.

»Nun aber raus, ihr Spürhunde. Ich muss arbeiten. Noch ein paar Gebisse fertigstellen.« Azevedo klapperte mit den Zähnen und scheuchte sie mit wildem Gefuchtel Richtung Ausgang. Zum Abschied umarmten Gouveia und er sich noch einmal. Dann schloss er die Tür hinter ihnen.

»Ich gehe in die Station und rede mit Cabo Parreira. Ich gebe Ihnen Bescheid«, sagte Cabral.

Gouveia nickte, drückte ihm fest seine Hand auf die Schulter und ging in die andere Richtung davon. Cabral war erleichtert über diese Geste. Gouveia war nicht nachtragend. Dennoch wünschte er, sich manchmal besser im Zaum zu haben.

6

Cabral war davon überzeugt, dass jeder Mensch einen Ort hatte, wo er ganz bei sich war, Trost fand oder seine umherspringenden Gedanken zur Ruhe bringen konnte. Für ihn war dieser Ort die Terrasse des Küstenzollamts. Die Terrasse selbst war nicht etwa besonders hübsch angelegt. Es war ein schmuckloser Betonvorplatz, eingefasst von einem Metallgeländer. Das allerdings genau die richtige Höhe hatte, um sich bequem mit dem Oberkörper draufzulehnen.

Was ihn aber zu einem besonderen Ort machte, war das Panorama, das sich Cabral dort bot. Wenn er nach links blickte, sah er das alte ockerfarbene Fort, das vor nicht allzu langer Zeit einen Käufer gefunden hatte und aufwendig renoviert worden war. Jetzt wurden die Zimmer vermietet. Gleich dahinter befand sich das imposante Vasco da Gama-Monument vor der lehmgelben Burgmauer und der angrenzenden Igreja Matriz. Noch ein Stückchen weiter schließlich leuchtete das Gebäude *Casa do Médico* in der Sonne. Das Altenheim für pensionierte Ärzte hatte man mit einem Anstrich in dunklem Himbeerrot versehen. Die weißen Fensterrahmen setzten sich strahlend davon ab.

All diese Bauwerke befanden sich hoch oben auf den Klippen, auf denen die Stadt erbaut worden war. Sie waren markante Farbkleckse, die vom Wasser aus betrachtet sofort ins Auge fielen. Vielleicht hatten sie sogar irgendwann einmal als Orientierungshilfe für die Fischer gedient.

Aber die Szenerie, die Cabral wirklich faszinierte, tat sich unterhalb davon auf. Dort verlief der weißsandige, sichelförmige Stadtstrand, der zur Linken durch einen kleinen Sportboothafen begrenzt wurde. Dahinter konnte er die ersten Anlagen des Industriehafens ausmachen. Zur Rechten endete der Strand am Fischereihafen. Die bunten Fischerboote tanzten auf der in der Sonne glitzernden Wasseroberfläche. Die Männer im Hafen rund um die Fischhalle rannten hin und her. Rufe schallten bis zu Cabral herauf. Es wimmelte nur so vor Geschäftigkeit.

Wenigstens sah es von hier oben so aus. Cabrals Augen machten unendlich viele Dinge gleichzeitig aus. Sie zwangen seinen Geist, die vielfältigen Eindrücke schnell zu verarbeiten. Aber kam er dem Geschehen näher, verringerte sich die hektische Betriebsamkeit des Gesamtbildes, und hervor trat die typisch alentejanische Langsamkeit, mit der die Männer die Netze sortierten und flickten, die Decks der Boote mit Wasser abspritzten, sich in den Schatten setzten, um sich eine Zigarette anzuzünden. Cabral liebte die Urwüchsigkeit und Geradlinigkeit der Männer des Meeres, die Sparsamkeit im Umgang mit Worten, die Fähigkeit, mit diesen wenigen Worten das Wesentliche auszudrücken und sich immer auf das zu konzentrieren, was als nächstes zu tun war.

Er machte sich mit Bedauern auf den Weg zu seinem Büro. Dabei tastete er nach dem Manschettenknopf in seiner Hosentasche. Wie sollte er nur aus diesem Schlamassel wieder herauskommen? Am liebsten würde er Gouveia erzählen, dass er das Ding verloren hatte. Das würde der ihm allerdings niemals glauben. Also würde er wenigstens so tun, als unternähmen sie Anstrengungen, um den Besitzer ausfindig zu machen. Aber wie sollte er dabei vorgehen, ohne es tatsächlich zu tun? Mit seinen exzellenten Kontakten bis in alle Bereiche der Stadt und der gesamten Verwaltung würde Gouveia im Handumdrehen herausfinden, dass Cabral log und gar nichts unternahm.

Was aber, wenn Gouveia recht hatte? Wenn der Fund in irgendeiner Weise in Verbindung mit einer kriminellen Handlung stand? Dann würde er ein hilfreiches Indiz unterschlagen und sträflich seine Pflicht vernachlässigen.

Cabral betrat die Wache der GNR, in der auch er mit seinen beiden Dienstzimmern untergebracht war. Anfangs aus der Not geboren, da nicht schnell genug andere Räumlichkeiten zur Verfügung gestanden hatten, hatte sich diese Lösung schnell als praktisch herausgestellt. Die Kommunikationswege zwischen der Einheit der Nationalgarde und ihm, dem Vertreter der Kriminalpolizei, waren kurz.

Cabral grüßte den diensthabenden Kollegen am Besucherempfang und fragte nach Cabo Parreira.

»Der ist nicht im Dienst. Sonderurlaub.«

»Sonderurlaub? Wieso das denn? Und wie lange?«

»Zwei Wochen. Er ist zum zweiten Mal Vater geworden.«

»Glückwunsch«, murmelte Cabral. Das hatte ihm jetzt noch gefehlt. Er brauchte den Cabo als Verbündeten. Er ging in sein kleines Büro und ließ die Jalousie herunter. Die Sonne blendete ihn.

Er setzte sich an den Computer und öffnete eine Datenbank. Sie beinhaltete Fundstücke, Beweisstücke und beschlagnahmte Gegenstände. Eine Online-Asservatenkammer. Er legte einen neuen Datensatz an, und es dauerte nicht lange, bis er herausgefunden hatte, wie er die chronologische Reihenfolge so manipulieren konnte, dass das Datum des vorgestrigen Tages angezeigt wurde, als die archäologischen Arbeiten noch in vollem Gange gewesen waren. Es blieb im nichts anderes übrig, als sich selbst als denjenigen einzutragen, dem das Objekt ausgehändigt worden war, jetzt wo er auf Parreira nicht zählen konnte.

Er hatte es fast geschafft. Er musste nur noch Santos von der Kriminaltechnik bitten, Fotos zu machen. Die würde er dem Vorgang hinzufügen. Er nahm den Hörer ab und wählte.

»Cabral hier. Schickt mir doch mal Santos für ein paar Minuten rüber.«

»Geht leider nicht, Chefinspektor. Santos hat sich krankgemeldet«, erwiderte der Mann am anderen Ende.

»Krankgemeldet? Was fehlt ihm denn?«

»Ein Sportunfall. Im Fitnessclub. Hat sich wohl was gezerrt. Er kommt erst übermorgen wieder.«

»Übermorgen … Das nützt mir nichts.« Er legte auf.

Verflucht! Es ging aber auch alles schief. Er musste noch einmal die Vorschrift umgehen und auch noch die Fotos selber machen. Wo hatte er denn sein Smartphone? Er musste den verdammten Vorgang endlich abschließen. Er sprang auf, riss die Tür auf und brüllte über den Korridor.

»Melo! Sousa! Ich brauche mal irgendjemanden mit einem Smartphone, um Fotos zu machen von so einem goldenen Dings aus dem bescheuerten Ausgrabungsloch. Sofort!«

Erst da bemerkte er die Frau, die auf einem der Stühle im Besucherbereich saß. Mit Leichenbittermiene schob sie ihre Brille mit dem Zeigefinger wieder hoch bis zur Nasenwurzel, bevor sie sich erhob und wie ein General auf Cabral zu marschierte.

Foda-se, dachte er. Die Museumstante.

7

Tio Higino lachte laut und wiehernd, so lange, bis er zu husten begann. Ein paar Meter weiter flatterten Möwen auf.

»Das hast du jetzt davon«, schimpfte Cabral. Der fand es nämlich überhaupt nicht komisch, dass sich sein Großonkel seit Minuten ausschüttete vor Lachen und die Aufmerksamkeit sämtlicher Menschen auf dem Largo Marquês de Pombal auf sich zog. Er wartete einen Moment. »Geht es wieder?«

»Alles klar«, antwortete der alte Mann. Er tastete jedoch mit einer Hand nach etwas in seiner Hosentasche. Ein Asthmaspray kam zum Vorschein. Er war sichtlich erleichtert, für den Notfall gerüstet zu sein. »Und du hast sie nicht gesehen?«

»Dann wäre das ja wohl nicht passiert«, entgegnete Cabral. »Sie hat ein Riesentheater gemacht, mit Anwälten und Klagen gedroht, weil wir angeblich archäologische Funde unterschlagen.«

»Ein Manschettenknopf!«, rief Tio Higino prustend.

»Jedenfalls hatte ich einfach keine Wahl mehr. Ich musste dagegenhalten und behaupten, wir würden einem Hinweis zu einem Verbrechen nachgehen und das Objekt einbehalten. Und dass wir vorschriftsmäßig erst einmal versuchen müssten, den Eigentümer ausfindig zu machen.«

»Warum gibst du ihr das Ding nicht einfach zurück? Dann sieht sie doch, dass ihre Anschuldigungen Quatsch sind.«

»Wie sollte ich es rechtfertigen, das Ding an mich genommen zu haben, wenn es jetzt plötzlich keine Rolle spielt, wer es hat, und ich es einfach aushändige? Und wie steht die Polizei da? Lässt sich von solchen Androhungen einschüchtern? Nein, das wäre ein Gesichtsverlust, den ich gegenüber der Direktion in Lissabon nicht erklären könnte.«

»Verstehe.«

»Als sie auch noch anfing zu kreischen, wie wir denn das machen wollen, den Besitzer ausfindig machen, habe ich gesagt, wir werden die Bilder veröffentlichen.« Cabral stöhnte gequält.

»Mário Gouveia freut sich«, fuhr sein Großonkel fort.

»Dem habe ich es noch gar nicht erzählt.«

»Tja, so ist das. Wenn man einmal lügt, verstrickt man sich immer weiter, alles wird immer komplizierter ...«

Cabral wollte protestieren. Er hatte ja gar nicht vorgehabt zu lügen, aber ...

Tio Higino griff plötzlich hinter sich, zog einen Stockschirm hinter der Bank hervor und klappte ihn auf. Verdattert sah Cabral ihn an.

»Zu heiß«, erklärte Tio Higino. Mit einer ausholenden Armbewegung, die den gesamten Platz beschrieb, machte er Cabral darauf aufmerksam, dass er nicht der Einzige war, der sich so vor der unbarmherzigen Mittagssonne schützte. Alle älteren Herren, die sich auf dem quadratischen Platz auf die Parkbänke verteilt hatten, hielten aufgespannte schwarze Schirme über sich. Es sah aus, als wären sie von einem Aktionskünstler so arrangiert worden.

»Mein Junge, ich will das alles ja nicht noch schlimmer machen«, sagte Tio Higino, »aber sag doch mal ehrlich. Wenn diese Frau vom Museum so überreagiert wegen dem Ding, ist das nicht verdächtig? Die wollen das vielleicht in ihren Besitz bringen, um etwas zu vertuschen.«

»Wer weiß. Allmählich halte ich die Reaktion dieser Frau auch nicht mehr für angemessen. Ich muss abwarten, was die Veröffentlichung der Bilder bringt.«

»Morgen in der *Notícias de Sines*?«

»Ja, regional reicht. Und nur online. Landesweit ist mit nichts zu rechtfertigen. Ich mach mich doch nicht zum Gespött der PJ in ganz Portugal.« Ein Lächeln schlich sich auf Cabrals Gesicht. »Schade, dass Joana das Wiederaufleben der Zeitung nicht miterlebt. Auch wenn sie sich sicher eine größere Auflage wünschen würde.«

»Das ist diese Journalistin, die du in die Wüste geschickt hast, oder?«

Cabrals Lächeln verschwand. »Hab ich nicht. Ich hab von Anfang an mit offenen Karten gespielt und ihr gesagt, dass aus uns nichts wird.«

»Hast du mal wieder etwas von ihr gehört?«

»Nur eine E-Mail, gleich nach ihrer Ankunft in Luanda. Mit Grüßen von Cuco. Falls Gouveia mehr weiß, erzählt er jedenfalls nichts.«

Ein Telefon klingelte. Irritiert blickte Cabral sich um. Tio Higino legte ihm beruhigend eine Hand auf den Arm, was ihn noch mehr verwirrte. Es klingelte erneut. Außer ihm schien niemand sonst Notiz davon zu nehmen.

»Das ist das öffentliche Telefon«, erklärte Tio Higino. »Lass es einfach …«

Doch Cabral zog die Augenbrauen hoch und sprang auf. Mit wenigen Schritten war er bei dem öffentlichen Münzfernsprecher an der Zufahrt zum Largo. Er nahm den Hörer ab und hielt ihn sich ans Ohr.

»Das Essen ist fertig!«, rief eine weibliche Stimme in den Hörer.

»Was?«

Tio Higino verdrehte die Augen.

»Ich weiß ja nicht, wer du bist, aber sag Senhor Higino, ich kann die Makrelen nicht ewig auf dem Grill lassen.«

Es wurde aufgelegt. Cabral stand auf dem Largo und starrte den Hörer an. Er hängte ein und setzte sich wieder zu seinem Großonkel auf die Bank.

»Und was war das bitte?«, fragte Cabral.

Der alte Mann erhob sich ungelenk und grinste. »Nicht, dass es dich irgendetwas anginge, mein lieber Nuno, aber ich will es dir verraten. Das war Andressa, meine brasilianische Haushälterin. Sie kocht für mich, hält das Haus in Schuss …«

»Du hast sie angestellt?«

»Was denkst du denn?«

»Aber sie ist nicht …«

»Nein, sie ist nicht. Wie ich schon sagte, sie kocht. Und zwar ganz ausgezeichnet. Wir haben verabredet, dass sie das Telefon hier klingeln lässt, wenn sie weiß, dass ich hier bin und zum Essen kommen kann. Ganz einfach.«

Das erklärte, warum niemand außer Cabral Notiz davon genommen hatte. Tio Higinos Kumpel vom Largo wussten allesamt Bescheid. Cabral schüttelte den Kopf, konnte sich aber ein Grinsen nicht verkneifen.

»Nicht, dass ich dein Foto noch eines Tages auf der Webseite einer Single-Börse entdecke«, neckte er seinen Großonkel.

»Wieso? Treibst du dich da etwa herum?«, konterte der geistesgegenwärtig.

»Nein, sicher nicht.«

»Wäre aber mal eine gute Idee.« Er kicherte.

»Ich fahre jetzt zurück nach Sines und suche die Redaktion auf.« Cabral umarmte seinen Großonkel. »Mach es gut, Tio. Und wenn du etwas brauchst, ruf mich an. Ich helfe dir auch ohne Bezahlung, hörst du?«

Wenige Minuten später saß er in seinem Auto. Er fragte sich, ob er sich um seinen Tio sorgen oder ihn für einen Schwerenöter halten sollte. Darüber würde er später weiter nachdenken.

8

Die *Notícias de Sines* hatte die Meldung vom Fund des Knopfes online gestellt. Mit einem Foto, das die eingravierten Initialen deutlich zeigte. Seitdem spielte die Wache verrückt. Das Telefon stand nicht mehr still. Brauchbare Hinweise waren jedoch nicht darunter. Es waren nur die üblichen Verrückten, die die Leitungen blockierten. Ein Mann, der seine Dienste als Wünschelrutengänger anbot, um weitere Goldfunde aufzuspüren. Jemand, von dem Cabral sich fragte, ob er mit dem Museum in Verbindung stand. Er behauptete, die Polizei würde den Fund nur ins Spiel bringen, um von einer viel sensationelleren Entdeckung abzulenken. Wie auch immer die hätte aussehen sollen.

Als Cabral die Nase voll gehabt hatte, war er in die Pastelaria *A Queijadinha* auf der gegenüberliegenden Straßenseite geflüchtet. Auch weil er den Blick von Daniel Freire nicht mehr ertragen konnte, der eine Mischung aus Vorwurf und Flehen darstellte. Der Inspektor in Ausbildung war ihm von der Distrikthauptstadt Setúbal zugeteilt worden. Doch Cabral wusste nichts mit ihm anzufangen. Er langweilte sich doch selbst.

Gerade hatte er noch eine doppelte *bica* bestellt, als sein Telefon klingelte. Daniel Freire.

Und wenn er einfach nicht abnahm?

»Cabral. Was gibt es?«

»Chefinspektor, hier ist eine Frau, die Sie sprechen möchte.«

»Sagen Sie ihr, dass ich sie später zurückrufe.«

»Sie ist hier, in Ihrem Büro. Es scheint dringend.«

»Hat sie gesagt, worum es geht?«

»Um den Manschettenknopf.«

Cabral stöhnte. »Was will sie? Eine Séance in der Grube abhalten, um mit Geistern in Verbindung zu treten?«

»Sie sagt, sie weiß, wem der Knopf gehört.«

»Na schön, ich komme rüber.«

Cabral stürzte den zu heißen Kaffee hinunter und verspürte ein schmerzhaftes Brennen in der Speiseröhre. Er hinterließ ein paar Münzen auf dem Tisch, bevor er die Pastelaria verließ und sich im Zickzack einen Weg durch den laufenden Verkehr auf die andere Seite bahnte.

Cabral trat in sein Büro, murmelte einen Gruß und nickte knapp. Freire saß auf einem Stuhl im Hintergrund. Er war gerade dabei, seine Nickelbrille mit einem Tuch zu putzen, das beißenden Zitronenduft verströmte. Auf seinem Oberschenkel lag einsatzbereit ein aufgeklappter Notizblock.

Die Frau war in den Dreißigern und stellte sich als Cristina Neves vor. Sie war eine unauffällige, aber nicht unattraktive Erscheinung. Ihre Kleidung wirkte konservativ, war fast ein wenig bieder, aber von guter Qualität. Winzige stoffbezogene Knöpfe schlossen eine Seidenbluse eng am Hals. Die Nägel waren gepflegt und mit dezentem Glanz überzogen.

»Senhora Neves, erzählen Sie uns bitte, was Sie über

den Manschettenknopf wissen«, forderte Cabral sie auf. Er fühlte sich wie in einer schlechten Komödie.

»Er gehört meinem Bruder. Filipe Neves.«

Cabral wurde hellhörig. Die Initialen FN.

»Sind Sie sicher? Die Initialen könnten Zufall sein.«

»Nein, auf keinen Fall.« Sie schüttelte vehement den Kopf, so dass ihre akkurat gekürzten Ponyfransen über die Stirn flogen, bis sie sie mit einer geübten Handbewegung wieder in Form strich. »Ich hab sie ihm ja geschenkt. Zu seinem letzten Geburtstag.«

»Und wie kommt der Knopf in die Ausgrabungsstätte?«

»Ich weiß es nicht. Das macht mir ja solche Sorgen.«

»Warum kommt Senhor Neves nicht selbst zu uns?«

»Er hat sich seit ein paar Tagen nicht bei mir gemeldet. Genauer gesagt, seit dem letzten Wochenende. Da haben wir zusammen gegessen, wie jeden Sonntag. Aber seitdem habe ich nichts von ihm gehört. Ich wollte ihn bereits vorgestern als vermisst melden, aber man sagte mir, dass noch nicht genug Zeit vergangen wäre. Er sei ja kein Kind. Aber nun dieser Knopf …«

Sie hatte sehr schnell gesprochen. Cabral hatte nicht einmal die Möglichkeit gehabt, ihr zu sagen, dass sie sich ruhig Zeit lassen solle. Hinter ihm sog Freire scharf die Luft ein.

»Ist das denn so ungewöhnlich? Wie alt ist ihr Bruder?«, fragte Cabral.

»Er ist zweiundvierzig. Wir telefonieren sehr regelmäßig miteinander.«

»Aber Sie wohnen nicht zusammen?«

»Nein. Wir haben beide unsere eigene Wohnung.«

»Haben Sie Freunde Ihres Bruders kontaktiert? Oder Kollegen? Was macht Ihr Bruder beruflich?«

»Er arbeitet als Sicherheitsberater in der Raffinerie. Ich habe alle seine Freunde und Kollegen bereits angerufen. Die, die ich kenne. Er ist auch nicht zur Arbeit erschienen. Aber keiner weiß etwas.« Sie zögerte einen Moment. »Er hat eine Verlobte.«

Die Art und Weise, wie sie das letzte Wort betonte, ließ Cabral aufhorchen. Er hatte den Eindruck, dass Senhora Neves die Verlobte keinesfalls als zukünftige Schwägerin betrachtete.

»Haben Sie sich auch mit ihr in Verbindung gesetzt?«

Cristina Neves schüttelte abermals den Kopf. »Meine Familie hat keinen engen Kontakt zu ihr. Eigentlich gar keinen.«

»Können Sie uns wenigstens den Namen und eine Adresse geben?«, fragte Cabral. Er griff hinter sich. Leise schnippte er mit den Fingern, damit Freire ihm seinen Notizblock überließ. Dann schob er ihn Cristina Neves über die Tischplatte. »Schreiben Sie auch Ihre Telefonnummer dazu, damit wir uns mit Ihnen in Verbindung setzen können, wenn wir noch weitere Informationen von Ihnen benötigen.«

Schwungvoll notierte Cristina Neves die gewünschten Angaben und gab den Block zurück an Cabral.

»Vielen Dank für Ihre Hilfe«, sagte sie. »Ich höre hoffentlich bald von Ihnen.« Sie nickte ihm abschließend zu und ging.

Cabral drehte sich zu Freire um.

»So, Freire. Ich schätze, jetzt haben wir einen verdammten Fall.« Er sah einen Glanz in den Augen des jungen Mannes, den er fast besorgniserregend fand.

9

Cabral lenkte den Wagen in den Kreisverkehr um den hoch aufragenden Wasserspeicher, ohne das Tempo wesentlich zu verlangsamen. Freire griff nach dem Haltebügel über sich. Cabral verkniff sich eine spöttische Bemerkung über seine Ängstlichkeit. Doch darüber hinaus nervte ihn sein junger Kollege auch noch mit seiner Fragerei.

»Aber diese Straße hier«, sagte er und deutete auf den Zettel in seiner Hand, »die liegt im Bairro Marítimo. Was soll denn immer dieses Gerede über Indien?«

Beinahe hätte Cabral laut losgelacht. »Bairro das Índias. So hieß das Bairro Marítimo bis zu den sechziger Jahren.«

»Und wieso hat es einen anderen Namen bekommen?«

»Weil man den Namen für nicht mehr angebracht hielt. Das waren die Vorläufer von Political Correctness.«

»Verstehe ich nicht«, sagte Freire lahm.

»Als ich ein Junge war, hat es verschiedene Versionen über den Ursprung des Namens gegeben. Eine war so fragwürdig wie die andere.« Sie waren an der angegebenen Adresse angekommen. Cabral parkte den Wagen am Seitenrand. »Lassen Sie uns gehen.«

»Aber –«

»Später.«

Sie klingelten zweimal, bis ihnen geöffnet wurde. Vor

ihnen stand eine junge Frau in neonfarbener Sportkleidung, die Cabral an Aerobic-Videos erinnerte. Argwöhnisch blickte sie sie an.

»Fátima da Costa?«, fragte Cabral.

»Und wer will das wissen?«, blaffte sie.

Cabral zog seine Dienstmarke aus der hinteren Hosentasche und hielt sie ihr hin. Freire tat es ihm nach. Ungelenk. Er hatte noch nicht viele Gelegenheiten dazu gehabt. Fátima da Costa kniff die Augen zusammen, als trüge sie normalerweise eine Brille.

»Wir würden Ihnen gerne ein paar Fragen stellen. Drinnen, wenn es Ihnen nichts ausmacht.«

Andernfalls auch hier draußen vor all den Nachbarn, fügte er in Gedanken hinzu.

Sie zog die Tür weiter auf und trat einen Schritt zurück, um Cabral und Freire hineinzulassen. Die kleine Küche, in die sie sie führte, roch nach kaltem Zigarettenqualm und Essigreiniger. Sie bot ihnen keinen Platz an, setzte sich auch selbst nicht, sondern lehnte sich gegen die Kühlschranktür, an der etliche Zettel, Postkarten und Fotos mit Magneten fixiert waren. Cabral sah, wie Freires Augen flink über das Sammelsurium glitten.

»Wir möchten mit Ihnen über Filipe Neves sprechen. Seine Schwester hat ihn vermisst gemeldet.« Ihr abweisender Gesichtsausdruck veränderte sich nicht. »Soweit uns bekannt ist, sind Sie mit ihm verlobt. Ist das richtig?«

»Als ich ihn das letzte Mal gesehen habe, war das so.«

Verstohlen überprüfte sie immer wieder das Display ihres Smartphones. Von Zeit zu Zeit tippte sie etwas ein, wobei auch immer die Spitze ihres Fingernagels, den ein Strasssteinchen zierte, auf die Oberfläche traf. Cabral konnte das Geräusch nicht ertragen. Am liebsten hätte er ihr das Telefon aus der Hand gerissen. Darüber hinaus schätzte er es nicht, wenn man ihm nicht die volle Aufmerksamkeit schenkte.

»Und wann war das?«, fragte er nach.

»Letzten Sonntag. Spät am Abend.«

»Und seither?«

»Nichts.«

»Sehe ich es demnach richtig, dass Sie nicht zusammenwohnen?«

»Das war das Problem.« Fátima da Costa gab ein Schnauben von sich. »Ich wollte am Montag eine Wohnung mit ihm besichtigen. Filipe dagegen wollte sich noch Zeit lassen. Aber verstehen Sie, nach einem Jahr, da konnte ich doch wohl erwarten –«

Cabral fiel auf, dass sie die Vergangenheitsform benutzte. »Sie hatten sich also gestritten. Wie hat sich so etwas denn üblicherweise bei Ihnen abgespielt?«

Fátima da Costa starrte ihn feindselig an. »Wieso denn üblicherweise? Sie tun ja gerade so, als ob das bei uns normal gewesen wäre.«

»War es das?«

»Nein.«

»Wenn das der erste Streit dieser Art zwischen Ihnen war, macht es Ihnen keine Sorgen, dass Sie seitdem nichts mehr von ihm gehört haben? Haben Sie keine Angst, dass er die Beziehung als beendet betrachten könnte?«

»Es könnte ja auch andersherum sein. Vielleicht habe ich die Nase voll.«

Da hatte sie natürlich recht. »Haben Sie danach mit Kollegen oder Freunden von ihm gesprochen?«

»Ich kenne seine Freunde nicht. Auch mit seiner Familie habe ich nichts zu schaffen. Das wurde immer schön voneinander getrennt.«

»Warum, glauben Sie, ist das so?«, fragte Cabral, der allerdings bereits eine Vermutung hatte. Er rief sich das Bild von Cristina Neves ins Gedächtnis und blickte dann unauffällig an Fátima da Costa hinab. Kaschmir und Polyester. Das passte einfach nicht. Im Gegenteil. Rieb man die beiden Materialien aneinander, erzeugten sie eine knisternde, statische Aufladung.

Auch Fátima da Costa schien sich darüber im Klaren zu sein. »Das hier«, sagte sie und beschrieb mit der Hand einen großen Kreis, »ist nicht gut genug für ihn und seine Familie.«

»Dennoch hat er sich mit Ihnen verlobt.«

»Was heißt das schon. Gar nichts. Sieht man ja jetzt. Nur für eines war ich gut genug.«

Sie musste nicht näher ausführen, wovon sie sprach. Kaschmir und Polyester. Das Knistern. Cabral war alles vollkommen klar. Er zog eine zerknitterte Visitenkarte aus der Hosentasche.

»Wenn Sie irgendetwas von Senhor Neves hören oder Ihnen einfällt, mit wem wir uns noch in Verbindung setzen könnten, rufen Sie mich an.«

Fátima da Costa griff einen Magneten in Form einer breit

lachenden Zitrone und befestigte die Karte inmitten des papiernen Durcheinanders am Kühlschrank. Es erstaunte Cabral, dass sie sie nicht gleich in den Papierkorb warf.

10

Freire hatte schon ein Bein im Innenraum des Dienstwagens, als Cabral ihn wieder herauswinkte. Ein winziges Grinsen zuckte um seine Mundwinkel. Nicht lange genug, dass Freire es hätte bemerken können.

»Lassen Sie uns etwas trinken«, sagte er. »Ich könnte eine *bica* gebrauchen. Der Laden dort drüben hat eine kleine Bar. Da bekommen wir sicher etwas.«

Sie überquerten die Straße, wobei ihnen in gebührendem Abstand zwei herumstreunende Hunde folgten. In Sines gab es viele von diesen bedauernswert abgemagerten Straßenhunden. Neben den Wachhunden, die fast jeder Hausbesitzer besaß. Meist lagen sie irgendwo auf dem Grundstück an Ketten. Die fürsorglicheren Besitzer schufen wenigstens provisorische Unterstände mit Wellblechdach, das die Tiere vor Regen oder bei glühender Hitze vor der Sonne schützte. Vertreter beider Hundegruppen lieferten sich hasserfüllte Duelle im Bellen, so dass Cabral sich immer fragte, welchen Nutzen die Wachhunde eigentlich noch hatten. Wer würde dem Gekläffe in der Nacht Aufmerksamkeit schenken und sich alarmiert fühlen, wenn man es schon den ganzen Tag über hörte?

Auf dem Bürgersteig vor dem kleinen *Mercado* saßen vier ältere Herren, aufgereiht wie Perlen an einer Schnur, und starrten auf die Straße. In den Händen hielten sie

Weingläser, in denen das Dunkelrot in der späten Nachmit-
tagssonne schimmerte. Cabral bestellte für sich und Freire
Kaffee. Er zog zwei Hocker heran und setzte sich zu den
Männern, ohne zu fragen. Freire folgte etwas zögerlich.

»*Boa tarde*, Senhores«, rief Cabral gut gelaunt.

Die Männer antworteten wie im Chor, rührten sich jedoch nicht einen Millimeter. Sie saßen dort ähnlich fest-
gewachsen wie die Gruppe alter Männer, mit denen sich
Tio Higino auf dem Largo Marquês de Pombal oder vor der
Bar Arsénio täglich traf.

»Was gibt es Neues im Bairro das Índias?«, fragte Cabral in die Runde.

»Da! Schon wieder!«, rief Freire. »Sie schulden mir
noch eine Antwort.«

Cabral lachte. »Lassen Sie mich überlegen. Wieso hat
das Bairro Marítimo früher Bairro das Índias geheißen ...«

Das schnarrende Lachen eines der Männer folgte. »Sind
wohl nicht von hier, was?«, richtete er seine Frage an
Freire. Der schüttelte den Kopf.

»Wegen der Frauen!«, warf ein anderer ein. Grinsend gab
er den Blick auf eine sehr unvollständige Zahnreihe frei.

Cabral lehnte sich zufrieden zurück. Es hatte funktioniert.

»Weil die Frauen aus diesem Viertel genauso laut auf
der Straße herumkeiften wie die einfachen Frauen auf den
Straßen in Indien«, sagte ein Dritter. Die Männer lach-
ten keckernd. Freire zog die Augenbrauen zusammen, als
schien er das Ausmaß der Geringschätzung gegenüber beiden Seiten zu erfassen.

»Aber eigentlich stimmte das nicht. Das kam von den Indianern in Nordamerika«, sagte Mann Nummer Vier.

Cabral schloss die Augen und ließ sich die Sonne ins Gesicht scheinen.

»Weil hier nur arbeitslose Faulpelze lebten, die den ganzen Tag in der Sonne lagen«, fuhr der Alte fort. »Die hatten nie Geld und immer Hunger. Sie ließen sich von der Sonne speisen. Deshalb hatten sie die dunkel gebräunte Haut.«

»Wie die Indianer!«, ergänzte nun wieder Mann Nummer Eins. Er brach in schallendes Gelächter aus, das in schleimiges Husten überging.

»Da haben Sie Ihre Antwort auf die Frage, warum das Viertel umbenannt wurde.« Cabral erhob sich und warf ein paar Münzen auf einen Tisch. »Lassen Sie uns gehen.«

»Und was ist die Wahrheit?«, fragte Freire knurrend, als sie wieder im Auto saßen. »Wer hat hier gelebt?«

»Was die Männer erzählt haben, ist nicht unwahr. Das Viertel ist gegen Ende des 19. Jahrhunderts entstanden. Damals klaffte eine große Lücke zwischen der wohlhabenden Oberschicht der Stadt und den einfachen Leuten.«

»Damals?« Freire lachte, aber es klang nicht belustigt.

Cabral zog eine Augenbraue nach oben. So arglos war sein Inspektorenpraktikant also doch nicht.

»Besonders die Fischer hatten es schwer«, fuhr er fort. »Im Winter konnten sie wegen der Wetterbedingungen oft nicht aufs Meer hinausfahren. Kein Fang, kein Geld. Manche von ihnen fanden für die Wintermonate eine Beschäftigung als Träger im Hafen oder auf dem Land als Helfer

bei den *corticeiros*. Die konnten jede helfende Hand gebrauchen, um den Kork zu verarbeiten, den sie im Sommer
geerntet hatten.«

»Und die anderen?«, fragte Freire düster und ahnte wohl,
dass es nicht für alle einen guten Ausgang gegeben hatte.

»Die anderen verloren Hab und Gut und mussten ihre
bescheidenen Häuser verlassen. Sie bauten sich in den Dünen aus den angespülten Materialien, die sie am Strand
fanden, provisorische Behausungen. Ein bisschen Holz,
ausgediente Netze, Agavenblätter. Ernährt haben sie sich
von Weintrauben und Feigen, die sie nachts bei den Bauern
stahlen.«

Cabral beendete seine Ausführungen. Er fühlte sich ein
bisschen wie ein Oberlehrer, der eine Geschichtslektion er-
teilt hatte. Doch dann bemerkte er Freires Gesicht. Seine
Augen fixierten ihn.

»Alles in Ordnung? Atmen Sie noch?«, fragte Cabral.

»Kennen Sie noch mehr solche Geschichten?«

Bilder aus Cabrals Erinnerung tauchten auf. Er sah sich
selbst, wie er vor beinahe zwanzig Jahren ebenso aufmerksam den Ausführungen Gouveias gelauscht und nicht genug bekommen hatte von den Geschichten, die sich die
Männer in den Tascas und Weinschenken erzählten. Jetzt
war er derjenige, der erzählte. Und Freire hörte zu.

War dies so ein Moment, in dem man realisierte, dass
man alt wurde? Blödsinn. Cabral schüttelte den Gedanken
ab. Erneut blieb er Freire eine Antwort schuldig.

»Haben Sie übrigens den Zettel am Kühlschrank gesehen?«, fragte Freire plötzlich.

»Bei Fátima da Costa? Welchen denn? Mit den ganzen Zetteln, die da hingen, könnte man ein Buch füllen.«

»Ein Infoblatt von einer Selbsthilfegruppe. Mit den Terminen für die Gruppentreffen.«

»Worum ging es da?«

»Das war so eine Frauengruppe. Die diskutieren scheinbar Themen wie Trennung, Scheidung, Beziehungsprobleme und Gewalt in Beziehungen.«

Cabral pfiff durch die Zähne. »Wie hat das Infoblatt ausgesehen? Alt oder neu?«

»Alt. Definitiv. Da waren handschriftlich ein paar Notizen drauf über Terminverschiebungen, neue Anfangszeiten und so etwas. Die geht da öfter hin, ganz bestimmt.«

»Dann war das wohl doch nicht der erste Streit in der Beziehung von Fátima da Costa und Filipe Neves.« Cabral nickte Freire zu. »Gute Arbeit.«

11

»Nuno, wo steckst du denn? Kommst du nicht runter zum Strand?«

Gouveia schrie in das Telefon. Im Hintergrund hörte Cabral das vergnügte Lachen und Reden vieler Menschen, kreischende Möwen und das Rauschen des Windes vom Atlantik.

Er hatte es vergessen. *Banho 29.* Eigentlich hätte ihm längst auffallen müssen, wie leer die Straßen waren. Die halbe Stadt war am Praia Vasco da Gama zum traditionellen Bad am 29. August versammelt.

»Ich habe gerade eben erst Freire wieder an der Wache abgesetzt. Eigentlich wollte ich jetzt nach Hause.«

»Ach. Nach Hause? Nach Porto Covo?«

»Nicht schon wieder.« Cabral atmete sehr tief ein und ließ die Luft ganz langsam wieder entweichen.

»Ich wundere mich nur über jemanden, der Besitzer zweier Häuser ist und dennoch bereits monatelang in einer Pension wohnt und diese sein Zuhause nennt.«

»Wie schön, dass das meine Entscheidung ist. Ich bin gleich da.« Bevor er noch lange mit Gouveia am Telefon diskutierte, ging er lieber an den Strand mit ihm einen trinken.

Schon als er an der Hauptkirche São Salvador um die Ecke bog, wehten die Klänge von Trommeln und Akkordeons vom Strand zu ihm herauf. Bunte Knäuel aus Menschen in Nachthemden, Schlafanzügen oder gestreiften Badeanzügen, wie sie in den zwanziger Jahren getragen wurden, tollten über den weißen Sand. Es war Cabral ein Rätsel, wie sich das als Tradition irgendwann einmal entwickelt hatte. Nicht einmal er, der bekannt war für seine manchmal extravagante Kleiderwahl und die Vorliebe, sich im Fundus des Teatro do Mar nach ausrangierten Teilen umzusehen, wäre je auf die Idee gekommen, so am Strand herumzulaufen.

Unter die Einwohner von Sines hatten sich etliche Touristen gemischt, die mitfeierten, vermutlich ohne die Bedeutung des *Banho 29* überhaupt zu kennen. Die Einwohner selbst waren sich ja nicht einmal sicher, wo dieses Ritual seinen Ursprung hatte. Manche sagten, es sei die Fortführung traditioneller Reinigungsbäder auf See, andere wiederum behaupteten, es wäre ein Ritual zu Ehren der Nymphen und anderer vorrömischer Gottheiten des Wassers. An eines jedoch glaubten sie alle: dass der Teufel am 29. August am helllichten Tag umherspazierte und das Böse unter die Menschen brachte. So wurden die reinigenden Bäder meist gegen Mitternacht genommen, wenn man sicher sein konnte, dass er wieder verschwunden war.

Auch Cabral hatte als Kind daran geglaubt. Er erinnerte sich, wie am 29. August die Menschen aus dem Landesinneren nach Sines kamen, ihre Schafe, Ziegen und Esel mitbrachten und sie unter angstvollem Geschrei und Geblöke die Klippen hinunter ins Wasser trieben. Dort wurden sie einer Waschung unterzogen, die sie vor Luzifer schützen sollte. Allerdings am Tag, weil es weniger gefährlich war, bei Tageslicht mit dem Vieh über die Landstraßen in die Dörfer zurückzukehren.

Heute brachte niemand mehr seine Tiere an den Strand. Dafür gab es Musik, Gesang und gegrillte Sardinen. Der Wein wurde aus Fässern gezapft, und der *Vendedor de bolas de Berlim* machte das Geschäft seines Lebens. Vermutlich fand der Gebäckverkäufer an keinem anderen Tag des Jahres so viele Abnehmer für die Teigballen, die mit der typischen Mischung aus Eiern, Butter, viel Zucker und Vanille gefüllt waren.

Auch Cabral konnte nicht widerstehen und kaufte dem Mann gleich zwei der klebrigen Berliner ab. Die dicke, gelbe Creme quoll an der Seite hervor und lief ihm über die Finger. Er biss gerade in den ersten Ballen, da entdeckte er Gouveia in der Menge. Bei ihm stand Acacio Fernandes, der Vorsteher des Busbahnhofs und beste Freund Gouveias.

»*Boa tarde* zusammen«, sagte Cabral mit vollem Mund, als er bei ihnen angekommen war.

»*Boa tarde*, Nuno.« Die beiden Männer antworteten im Chor. Sie freuten sich sichtlich, dass Cabral doch noch zu ihnen gestoßen war.

»Dienstfrei heute?«, fragte er Fernandes.

»Ich habe heute die Verantwortung für die Station in die Hände meines zukünftigen Nachfolgers gelegt. Irgendwann muss ich damit ja mal anfangen.«

»Recht so«, sagte Cabral. »Noch wie viele Monate?«

»Noch vier Monate, dann setze ich mich zur Ruhe.«

»Und Sie zählen schon die Wochen herunter, Mestre?«, wandte sich Cabral an Gouveia.

»Wir werden die freie Zeit gut auszufüllen wissen, falls du das meinst«, antwortete Gouveia und lächelte.

In diesem Moment drehten sich die Köpfe der Feiernden alle in eine Richtung um. Sie blickten zur Treppe, die von der Avenida Vasco da Gama zum Stadtstrand hinunter in den Sand führte. Eine Handvoll Menschen entrollte dort zu beiden Seiten etwas, das aussah wie ein etwa fünfzehn Zentimeter breiter roter Strickschal. Unten angekommen drapierten sie ihn im Kreis über den Sandstrand und schufen so einen abgegrenzten Bereich.

»Die Aktivisten von der *Linha Vermelha*«, seufzte Gouveia.

»Die haben sich einen prima Tag ausgesucht, um auf ihre Sache aufmerksam zu machen«, meinte Fernandes. »So viele Leute bekommst du so schnell nicht mehr zusammen an den Strand.«

»Ist ja auch eine Sache, die alle angeht«, wurde Fernandes von einer älteren Frau belehrt, die gerade an ihnen vorbeiging. »Haben Sie sich mal überlegt, welche ökologischen Auswirkungen es hat, wenn hier weiter exzessiv Öl gefördert wird?«

»An Arbeitsplätze denkst du wohl nicht?«, mischte sich ein Mann in den Dreißigern ein. Ein mehrfach tätowierter Typ, der die Frau distanzlos duzte.

»In Portugal haben wir in dieser Branche keine qualifizierten Arbeitskräfte. Die kommen aus Spanien herüber. Daher würde es nicht viele Arbeitsplätze schaffen«, konterte sie. »Auf der anderen Seite wird es aber bestehende Arbeitsplätze in Tourismus, Fischerei und Landwirtschaft zerstören.«

Inzwischen hatten die Leute von der *Linha Vermelha* Zuwachs bekommen. Und der jagte Cabral beinahe einen Schauer über den Rücken. Etwa ein Dutzend von Kopf bis Fuß schwarz bemalte Gestalten hielt Transparente in die Höhe. Die Kernbotschaft lautete *»Não ao furo, sim ao futuro«*. Nein zu jedem weiteren Bohrloch, ja zur Zukunft. Andere Aktivisten taumelten über den Sand im rot begrenzten Kreis, ließen sich dann zu Boden fallen, zuckten noch ein paarmal und blieben regungslos liegen. Es war bizarr.

»Gott, was haben die sich denn auf die Haut und in die Haare geschmiert?«, fragte Fernandes.

»Tintenfischtinte«, sagte Gouveia knapp. »Hab ich in der Zeitung gelesen. Die bekommen sie eimerweise von den Fischhändlern.«

Der bullige Typ von vorher hatte inzwischen Gesellschaft von Gleichgesinnten bekommen. Die kleine Gruppe bahnte sich einen Weg durch die Menge, bewegte sich immer näher an die Aktivisten heran. Ärger lag in der Luft, und alle schienen es zu spüren. Mütter zerrten ihre Kinder aus dem Weg. Die Musik verstummte.

Cabral bemerkte auf den T-Shirts einiger der Männer das Firmenlogo der Galp Energia, Portugals größtem Öl- und Erdgasunternehmen. Und ihm fiel noch etwas auf. Ein wenig abseits stand eine Gruppe Männer in Anzügen und Krawatten. Völlig unpassend für eine Feier am Strand. Und sie waren mit den Arbeitern, die eher wie Hooligans auftraten, in Kontakt. Von Zeit zu Zeit löste sich aus deren Gruppe eine Person, ging zu den Anzugträgern hinüber und schien von ihnen Anweisungen zu bekommen. Manchmal verständigten sie sich auch nur mit Handzeichen oder durch Blicke über die Köpfe der Strandbesucher hinweg.

Hier stimmte etwas nicht. Cabral zog sein Smartphone aus der Tasche und wählte die Nummer der GNR. Falls die Stimmung noch hitziger wurde, bräuchten sie hier ein paar Männer, die für Ruhe sorgen konnten. Knapp gab er ein paar Anweisungen durch und wandte sich dann der Menge zu.

»Jetzt ist Schluss mit dem Zirkus hier. Ihr hattet alle euren Spaß, und jeder hat klargemacht, was er will und was nicht. Damit ist es genug für heute.«

Niemand hörte auf ihn. Selbst die bisher unbeteiligten Familien, Teenager und Senioren ergriffen jetzt Partei für die eine oder andere Seite. Kinder schrien, hier und da gab es erste kleine Rangeleien. Einer der Arbeiter bedrängte eine Aktivistin. Sie verpasste ihm eine schallende Ohrfeige.

»Du Schlampe!«, brüllte der, was eine zweite Frau auf den Plan rief. Sie setzte ihn mit einem kernigen Tritt zwischen die Beine außer Gefecht. Er jaulte auf, sackte zusammen und fiel auf die Knie.

Cabral wollte dazwischengehen, doch ihn traf ein schwerer Stoß in den Rücken, als hätte sich jemand gegen ihn geworfen. Sand brach unter seinen Füßen weg, er verlor das Gleichgewicht und fiel ungebremst vornüber. Die Landung war unsanft, er war für einen Moment benommen. Er hatte Sand im Mund, spuckte aus und fluchte gleichzeitig.

Was zur Hölle war das gewesen? Er schüttelte sich, wirbelte herum und wollte aufstehen. Doch seine Augen blieben an schwarz bemalten Beinen in zerfransten Shorts hängen, die sich vor ihm aufgebaut hatten. Sein Blick wanderte an ihnen empor. Ein vor Zorn lodernder Blick aus einem schwarzen Gesicht hielt seinem ungerührt stand.

»Das war ein tätlicher Angriff gegen einen Polizisten!«, rief Cabral.

Die Frau drehte sich wortlos um und verschwand in der Menge. Er konnte ihr nicht nachsetzen. Alles ging so schnell, und er war noch immer perplex über die Attacke. Er hatte keine Chance.

Aber etwas an der durch die Tinte schwer zu lesenden Mimik hatte ihn irritiert. Hatte sie es explizit auf ihn abgesehen? Oder bildete er sich das ein?

»Ruhst du dich ein bisschen aus?« Eine Hand streckte sich ihm entgegen. Gouveia. Cabral ergriff sie und rappelte sich auf. Sand rieselte aus seinen Haaren. Er schüttelte die Hosenbeine aus und zog sich das T-Shirt zurecht.

»Haben Sie das eben gesehen, Mestre? Ich brauche einen Zeugen für den Vorfall.« Gouveia schüttelte bedauernd den Kopf. »Verdammter Sch-«

Ein Schrei gellte über den Strand. Außer den Aktivisten, die im Sand liegen blieben, als wären sie wirklich von der Flut angespülte und an Land verendete Quallen, schauten alle in die Richtung, aus der der Schrei gekommen war. Cabral drängelte sich den Weg frei, lief so schnell er konnte, was im tiefen, weißen Sand nicht so einfach war. Gouveia und Fernandes blieben irgendwo hinter ihm zurück. Unruhiges Gemurmel schwappte wie eine Welle durch die Menge. Es trennten Cabral nur noch wenige Meter von der Wasserkante, da sah er es auch.

Ein Mann trieb rücklings im Wasser. Die ausgestreckten Arme und Beine steckten in einem Anzug, dunkle Flecken zeichneten sich auf dem ehemals weißen Hemd ab. Die Krawatte hatte sich wie eine Wasserpflanze um den Hals gewickelt. Rhythmisch wurde er von der Brandung immer wieder Richtung Land gespült. Dabei drehte er sich um sich selbst. Ganz in Cabrals Nähe begann jemand zu lachen.

»Coole Performance!«, rief ein anderer. Der Mann zückte sein Smartphone. Er hielt den Anblick fest, der ganz sicher in wenigen Sekunden in den sozialen Netzwerken landen würde.

»So ergeht es nicht nur den Fischen, wenn hier weiter gebohrt wird. So wird es eines Tages auch den Menschen ergehen. Euren Kindern!«, rief jemand.

»Und auch euch!« Jemand zeigte mit dem Finger auf die Anzugträger, die angewidert auf die geschmacklose Darbietung blickten. Offensichtlich sollte der im Wasser treibende Mann die Oberen in den Geschäftsetagen der Energieunternehmen repräsentieren.

Cabral hatte die Nase voll. Er stapfte ins Wasser, das ihm bis über das Knie reichte, um dem Spektakel ein Ende zu bereiten.

»Komm schon raus, es reicht«, sagte er und packte den Mann am Anzugärmel. Der reagierte nicht. Die Krawatte wurde zur Seite getrieben. Da erst sah Cabral genau hin. Und begriff: Der Mann konnte nicht reagieren. Er war tot.

12

Cabral umkreiste den Toten wie eine Hyäne ihre Beute. Vorsichtig hatten sie den Mann an Land gezogen. Der Strand war inzwischen von der GNR geräumt worden. Um den Toten herum hatten sie einen Windschirm aufgebaut, der ihn vor neugierigen Blicken und klickenden Kameras der Schaulustigen auf der Avenida Vasco da Gama schützen sollte. Daniel Freire war eingetroffen, und auch den Rechtsmediziner in Santiago do Cacém hatte man bereits benachrichtigt.

Cabral hatte sich Einmalhandschuhe übergezogen. Er löste vorsichtig einen Hemdknopf am Hals des Toten, damit er einen besseren Blick auf die Wunde hatte. Ein Schnitt, mindestens zwanzig Zentimeter lang, klaffte am Hals des Mannes.

Freire wurde blass um die Nase. »Sieht aus, als fehlt ein keilförmiges Stück Hals. Hat das jemand herausgeschnitten? Wer macht denn so was?«

»Das sieht nur so aus. Wenn die vordere Muskulatur durchtrennt wird, fällt der Kopf aufgrund seines Gewichts zurück. Zusätzlich zieht ihn die Nackenmuskulatur nach hinten, wenn die Leichenstarre einsetzt. Folglich klappt der Hals vorne so auf. Dieser Schnitt hier ist außerdem ziemlich tief.«

»Wie bei einer Hinrichtung.«

»Ja, könnte man tatsächlich annehmen. Bei Selbstbei-bringung hätte er sich Krawatte und Kragen sehr wahr-scheinlich vorher abgenommen, beziehungsweise geöff-net. Auch der Schnittverlauf weist nicht auf einen Suizid hin. Der Schnitt würde in dem Fall oben links beginnen und nach unten rechts verlaufen. Oder andersherum.«

»Dann hätten wir ihn wohl auch nicht im Wasser gefun-den. Sieht ja so aus, als hätte der Täter ihn entsorgen wol-len«, sagte Freire.

»Wahrscheinlich. Aber tatsächlich gehen auch viele Selbstmörder auf Nummer sicher. Schneiden sich die Puls-adern auf und erhängen sich dann am Dachbalken. Falls das eine fehlschlägt …«

Freire schüttelte sich. »Damit dürfen sich später die Her-ren aus Santiago beschäftigen.«

Cabral schlug das Jackett des Toten zur Seite, um die Innentaschen zu überprüfen. Sie waren leer. Anschließend klopfte er die Taschen der Hose ab. Mit demselben Ergeb-nis.

»Freire, helfen Sie mir mal. Heben Sie ihn hier an der Hüfte etwas an.« Freire schob zögernd eine flache Hand unter die Leiche und hob sie ein Stück an, so dass Cabral die Gesäßtaschen abtasten konnte. »Nichts. Wäre ja auch zu schön gewesen.«

»Die haben ihm bestimmt alles abgenommen.«

»Er könnte Papiere, Smartphone, einen Schlüssel oder irgendetwas anderes aber auch im Wasser verloren haben. Die Strömung und die Wellen sind zu stark. Wir haben ihn auch nur deshalb zuerst mit dem Gesicht nach oben gese-

hen, weil er von der Brandung immer wieder gedreht wurde. Wasserleichen treiben normalerweise mit dem Gesicht
nach unten im Wasser. Nicht gelernt auf der Polizeischule?«

»Er trägt auch keinen Ring oder eine Armbanduhr«,
sagte Freire enttäuscht. Mit dem Bleistift, den er sonst
für seine Notizen verwendete, hatte er erst den linken und
dann den rechten Ärmel ein wenig nach oben geschoben.
»Er trägt nur – « Freire pfiff durch die Zähne.

»Was ist?«, fragte Cabral.

»Chef, hier ist der zweite Manschettenknopf.«

»Filipe Neves?«

»Sieht ganz so aus.«

»*Foda-se.*«

Cabral ließ sich in den Sand sinken. Er fuhr mit beiden
Händen durch seine Haare. *Dona Augusta hat recht*, dachte
er. *Sie sind schon wieder zu lang.* Er zog eine Zigarette
aus der Packung und steckte sie sich zwischen die Lippen.
Doch er fand sein Feuerzeug nicht. Er sprang wieder auf,
suchte mit den Augen den Sand am Fundort ab.

»Was suchen Sie?«

»Mein Feuerzeug. Haben Sie eins?«

»Nichtraucher.« Freire zuckte mit den Schultern. »Aber
direkt neben der Leiche dürfen Sie sowieso nicht rauchen.
Sie verunreinigen den Leichnam. Gelernt auf der Polizeischule.«

Cabral starrte ihn an. Er war kurz davor, die Geduld zu
verlieren. »Melo? Sousa? Irgendjemand hier mit einem
Feuerzeug? Das habe ich bestimmt vorhin verloren, als
diese verdammte Aktivistin – «

»Was war mit der Aktivistin?«

»Schhhh!« Wie ein Dirigent wischte Cabral mit einer einzigen Bewegung durch die Luft. Freire war augenblicklich still. Cabral schloss die Augen.

Neves arbeitete für die Galp. Mit seiner Kleidung hätte er perfekt in die Gruppe der Anzugträger von vorhin gepasst. Er wird getötet, und ausgerechnet als die Aktivisten gegen die Galp protestieren, wird seine Leiche genau hier, genau zum richtigen Zeitpunkt angespült. Eine Warnung an die anderen Galp-Typen? Wären die Aktivisten wirklich so dämlich oder so dreist, sich auf diese Weise ins Visier der Polizei zu begeben?

Und die Aktivistin. Sie hatte ihn attackiert und zu Boden gerissen, als er dazwischenging, nachdem der Galp-Arbeiter den Tritt der anderen Frau abbekommen hatte. Vor Einsatz von Gewalt schreckte diese Gruppe demnach nicht zurück.

»Freire, wir überlassen Filipe Neves jetzt der GNR und der Rechtsmedizin. Hier können wir nichts mehr tun. Sie fahren ins Büro und beschaffen uns Informationen über diese Umweltschützer. Anzeigen, Beschwerden, Verstöße. Und ich will wissen, wer die Köpfe dieser Kampagne sind.«

»Kommen Sie nicht mit?«

»Nein. Ich muss nachdenken.« Und endlich eine Zigarette rauchen.

»Und die Angehörigen? Wer informiert die?«

Cabral seufzte. Ja, das musste auch noch getan werden. Er hatte es fast vergessen. Vergessen wollen. »Das mache ich. Wir sehen uns morgen früh.«

Cabral hatte zuerst Cristina Neves aufgesucht, um ihr für die Identifizierung des Toten Fotos auf seinem Smartphone zu zeigen. Sie war nicht allein. Eine zufällig anwesende Freundin wiegte die fassungslos schluchzende Frau im Arm wie ein Kind. Cristina Neves war außer sich. Ihr Fragen zu stellen über eventuelle Feinde ihres Bruders, Probleme, die er gehabt haben könnte oder sonstige Dinge, die für die Ermittlung von Bedeutung sein könnten, war unmöglich. Cabral war nichts anderes übriggeblieben, als es auf den nächsten Tag zu verschieben.

Jetzt stand er zum zweiten Mal an diesem Tag vor der Tür von Fátima da Costa im Bairro das Índias. Doch auch nach mehrmaligem Klingeln rührte sich drinnen nichts. Nur eine neugierige Nachbarin steckte im Nebenhaus den Kopf aus dem Fenster, als er auch noch mit Nachdruck an die Haustür zu klopfen begann.

»Die ist nicht da. Ist weggefahren.«

»Weggefahren?«

»Mit dem Fahrrad. Zusammen mit einer von den Frauen, die manchmal kommen. Ich kenn die nicht.«

»Danke«, sagte Cabral und ging zurück zum Auto. *Eine von den Frauen.* Er wählte Freires Nummer.

»Cabral hier. Sagen Sie mir noch mal, was für ein Flyer das genau war, den sie in der Küche von Fátima da Costa gesehen haben. Der von dieser Frauengruppe. Stand da eine Adresse drauf?«

»Das war ein simpler Ausdruck auf DIN A5-Papier. Und es war etwas handschriftlich an den Rand gekritzelt. Irgendwas mit Atelier.«

»Atelier? Was für ein Atelier?«

»Keine Ahnung.«

»Wenn das eine Gruppe von Frauen ist, die ihre Erfahrungen mit häuslicher Gewalt austauschen, machen die das doch sicher nicht an einem öffentlichen Ort. Also weder im neuen Centro de Artes noch im alten Centro Cultural Emmerico Nunes. Auch sicher nicht in einem der Gemeinderäume in der Junta de Freguesia oder dem Rathaus.«

»Ist ja auch kein Atelier«, warf Freire ein.

»Ja, danke für den Hinweis«, murrte Cabral. »Die Adressen von Frauenhäusern sind meist geheim. Es kann also kein Atelier sein, wo Maler, Fotografen, Kunststudenten oder Schüler ein und aus gehen.«

»Und wenn das mit Absicht doch so ist? Tagsüber Künstleratelier, abends geheime Gruppentreffen getarnt als Kunstkurs oder so? Wäre das nicht eine perfekte Verkleidung?«

»Eine perfekte was?«

»Verkleidung hab ich gesagt.«

Verkleidung.

»Blöder Vergleich, ich weiß. Ich meinte – «

»Freire, seien Sie doch mal still.«

»So blöd ja nun auch wieder nicht.«

»Ruhe!« *Verkleidung.* Cabral ließ die Hand mit dem

Telefon sinken. Das *Atelier do Carnaval de Sines*. Das alte Lagerhaus in der *Zona de Indústria Ligeira 2*, einem von drei Industriegebieten an den Rändern von Sines. Dieses lag im Osten der Stadt auf einer Fläche von mehr als einem halben Quadratkilometer. Dort waren Tischlereien, metallverarbeitende Betriebe, Autowerkstätten und Firmen, die Fisch konservierten, ansässig. Und das *Atelier do Carnaval de Sines*.

»Chef, ist alles in Ordnung?« Freire quäkte aus dem Telefon auf der Höhe von Cabrals Oberschenkel.

Er hob das Telefon an sein Ohr. »Ich weiß, wo die Treffen stattfinden. In dem alten Atelier, wo das gesamte Equipment für den Karneval gelagert wurde, bis das Dach bei einem Sturm weggeflogen ist. Umzugswagen, Kostüme. Dieses ganze Zeug. Ich fahr da hin.«

»Aber Sie wissen doch gar nicht, ob da heute – «

Cabral legte auf. Er startete den Motor und lenkte den Wagen über die Rua Maria Lamas, vorbei an den schmutzig weißen Mauern des Friedhofs, über die steinerne Köpfe von Engeln und Madonnen hinwegragten. Er jagte durch zwei Kreisel, bog an der Feuerwache nach rechts in das Industriegebiet, passierte eine Motorradwerkstatt und das Gebäude, in dem seine Lieblingspastelaria Galegos eine Backstube betrieb. Dann war er da. Er umrundete das Gebäude, denn der Haupteingang lag ganz unüblich an der Rückseite. In ein paar Metern Entfernung stellte er den Motor ab und stieg aus. Andere dort abgestellte Autos ließen Cabral vermuten, dass er auf der richtigen Fährte war.

In riesigen Buchstaben waren die Worte *Atelier do Carnaval* auf die Fassade gepinselt. Das Wort *Carnaval* leuchtete in gelben, blauen, roten und grünen Buchstaben unter dem Schmutz hervor. Es erinnerte an den Schriftzug einer bekannten Suchmaschine. Das Dach überspannte noch zur Linken den Bürotrakt, in dem Cabral die Gruppe vermutete, sowie den rechten äußeren Teil der Lagerhalle. Die Mitte fehlte. Ein wütender Sturm hatte damals etliche Bäume entwurzelt, das Dach zu einem Drittel abgedeckt und in die Seite eines gegenüberliegenden Gebäudes krachen lassen. Das Dach war nie repariert worden. Sämtliches noch brauchbares Material für den jährlichen Karnevalsumzug im Februar war auf andere, kleinere Lagerräume in der Stadt verteilt worden.

Cabral ging auf das Wellblechtor zu, das jemand seitlich aufgedrückt hatte. Er sah hindurch auf den trostlosen Rest eines Ortes, an dem einst gehämmert, geschweißt und gepinselt worden war, damit die monströsen Umzugswagen immer noch ein wenig schöner, größer und bunter wurden als im Jahr davor. Hier waren die Puppen und Kostüme geflickt, Nähte ausgebessert, Federn aufgeklebt und Pailletten aufgestickt worden. Heute sah er auf die zerschmetterten Träume der Sambatänzerinnen und Karnevalsköniginnen. Aufgeweichtes Pappmaché, zersplittertes Holz, leere Farbdosen, verblasste Stoffreste. Vor dem Tor ein überquellender Müllcontainer, Teile eines verrosteten Bettgestells, das hier entsorgt worden war.

Die Eingangstür des Bürotrakts wurde geöffnet. Cabral hatte richtig vermutet. Zwölf Frauen traten eine nach der anderen ins Freie. Sie waren unterschiedlichen Alters und gehörten augenscheinlich auch unterschiedlichen Gesellschaftsschichten an. Er machte das fest an der Art und Weise, wie sie sich kleideten, sich frisierten. Und vor allen Dingen auch daran, welchem geparkten Auto sie zuströmten, als die Gruppe sich auflöste.

Fátima da Costa zog einen Schlüssel aus ihrer Hosentasche und öffnete das Schloss eines klapprigen Fahrrads, das an der Hauswand lehnte. Sie hatte ihn noch nicht bemerkt.

»*Boa noite*, Senhora da Costa.« Cabral machte ein paar Schritte auf sie zu.

Sie schrak zusammen. Sofort waren die Frauen wieder bei ihr, drängten sich eng um sie. Cabral erschien der Vergleich grotesk, aber es erinnerte ihn an die Herden der afrikanischen Büffel, die er damals entlang des Okavango im Südosten von Angola beobachtet hatte. Sie ordneten sich ähnlich an, bildeten einen Kreis, senkten die Köpfe und zeigten ihre Hörner, um sich vor Angreifern zu schützen. Insbesondere die schwächeren Mitglieder, die sie in ihre Mitte nahmen.

»Was wollen Sie hier?«, fragte Fátima da Costa.

Ihre wachsamen Augen verkleinerten sich zu misstrauischen Schlitzen.

»Ich möchte mit Ihnen sprechen.«

»Wer sind Sie?«, fragte eine andere Frau aus der Gruppe, die sich in der ersten Reihe positioniert hatte.

»Chefinspektor Cabral, Polícia Judiciária Sines.«

»Können Sie sich ausweisen?«

Er zog den Dienstausweis aus seiner Gesäßtasche und hielt ihn der Frau hin. Während sie die Marke ausgiebig betrachtete, als wolle sie jedes Detail auswendig lernen, ließ Cabral seinen Blick über die Gruppe schweifen. In einigen Blicken las er Feindseligkeit und Angriffslust, in den Augen anderer nur Leere, Trauer und Resignation. Auch bemerkte er die Furcht mancher Frauen, die reflexartig den Kopf zwischen die Schultern gezogen, sich kleiner gemacht hatten.

»Was wollen Sie von Fátima?«

»Das würde ich gerne mit ihr allein besprechen.«

Die Frau sah sich um. Ein kaum merkliches Nicken von Fátima da Costa genügte, und die Frauen traten zur Seite. Cabral steckte seinen Dienstausweis wieder ein.

»Lassen Sie uns ein Stück gehen.« Sie entfernten sich etwa zwanzig Meter von der Gruppe, bis Cabral das Gefühl hatte, außerhalb der Hörweite zu sein. »Senhora da Costa, ich muss Ihnen mitteilen, dass wir Filipe Neves gefunden haben.«

»Ach ja?« Es sollte wohl trotzig klingen, aber ihre Stimme zitterte.

»Wir haben ihn tot aufgefunden. Er wurde ermordet.«

Fátima da Costa schnappte nach Luft. Ein winziges Japsen, ein hastiger Blick hinüber zur Gruppe. Dann wendete sie sich ab, blickte umher, als suche sie nach einer Möglichkeit, sich zu setzen.

Tat sie das nur, um seinem Blick auszuweichen?

Energisch schob sie ihre Hände in die Taschen ihrer Jeans.

»Was wollen Sie jetzt von mir hören?«, fragte sie. Ihre Stimme hatte ihre Festigkeit zurückgewonnen. Sie hatte sich schnell gefangen.

»Nichts«, antwortete Cabral. »Ich wundere mich nur darüber, dass Sie diese Nachricht offenbar kalt lässt.«

»Wir hatten uns getrennt.«

»Das haben Sie mir bei unserem letzten Gespräch nicht gesagt. Sie haben nur von einem Streit gesprochen.«

»Ich muss Ihnen ja nicht alles auf die Nase binden.«

»Sie haben eine Information unterschlagen, die für unsere Ermittlungen wichtig sein könnte.«

»Doch wohl nur, wenn ich ihn umgebracht hätte.«

»Haben Sie?«

Ein kurzes Auflachen. Wieder ein rascher Blick hinüber zu den anderen Frauen, die noch immer zu ihnen herübersahen.

»Kann ich jetzt gehen? Oder fragen Sie mich noch nach meinem Alibi?«

»Sobald ich den Todeszeitpunkt oder wenigstens einen Zeitraum kenne, werde ich mich wieder bei Ihnen melden. Auch mit der Frage nach Ihrem Alibi.«

Sie zögerte keinen Moment, sah Cabral nicht mehr an, sondern ging zurück zu der Gruppe.

»Noch etwas, Senhora da Costa«, rief Cabral ihr auf halbem Wege hinterher. »Haben Sie eine Idee, wie ein Manschettenknopf Ihres Verlobten in eine Grube bei den Ausgrabungen an der Burg geraten sein könnte?«

Sie drehte sich um, zögerte einen Moment, bevor sie antwortete. »Nein, ich habe keine Ahnung.«

Eine der Frauen löste sich aus der Gruppe, ging auf Fátima da Costa zu und legte ihr den Arm um die Schulter. Sie führte sie zu einem Auto. Fátima da Costa wies mit einer lahmen Handbewegung auf ihr Fahrrad, doch sie wurde mit sanftem Druck in den Wagen bugsiert.

Cabral wunderte sich noch immer über die ausgebliebenen Tränen. Aber er hatte solche Momente schon oft genug erlebt, um zu wissen, dass der durch eine Todesnachricht ausgelöste Schock viele Formen annehmen konnte. Manche brachen gleich zusammen, wie Cristina Neves. Bei anderen konnte es Tage oder sogar Wochen dauern, bis sich die Starre löste und das Entsetzen dann umso stärker zuschlug. Selbst bei der ruppigen Fátima da Costa würde das früher oder später der Fall sein.

14

Cabral erreichte die Pensão Rodrigues, als die Sonne bereits untergegangen war. Gelbliches Laternenlicht hatte sich über das Kopfsteinpflaster gelegt. Fledermäuse sausten wie Pfeile über die Dächer. Von irgendwoher beschallte ein Fernseher die Gasse. Cabral hörte die Stimme des Moderators Vasco Palmeirim, der den Gästen seiner Show »Joker« gerade die nächste Quizfrage stellte. Er leitete sie immer mit den gleichen Worten ein: *E a pergunta é* ... Und die Frage ist …

Die Frage war, wer Interesse daran hatte, Filipe Neves zu beseitigen. Die Frage war, ob die Umweltschützer fanatisch genug waren, einen Mord zu begehen, um ein Exempel zu statuieren. Eine Warnung auszusprechen. Die Frage war, warum sich Fátima da Costa für die Selbsthilfegruppe interessierte, wo sie sich doch bereits aus der Beziehung gelöst hatte. Die Frage war, was der verdammte Manschettenknopf in dem Ausgrabungsloch zu suchen hatte. Die Frage war, warum Cabral noch immer in der Pension wohnte. Die Frage war, warum er in all den Monaten nicht in der Lage gewesen war, Freundschaften zu schließen. Warum er nur Gouveia, Fernandes, Dona Augusta und Tio Higino hatte, die allesamt doppelt so alt waren wie er.

Längst hatte er einen eigenen Schlüssel und musste nicht mehr an die Scheibe klopfen, damit Dona Augusta ihn durch das Fenster nach draußen reichte. So konnte er kommen und gehen, wann er wollte, ohne sie zu wecken. Doch scheinbar konnte sie wieder einmal nicht schlafen. Durch die nur angelehnten Fensterläden fiel ein schwacher Lichtschein. Cabral blickte durch einen Spalt und sah Dona Augusta, die sich über ein Buch beugte. Wie sie so dasaß, das Haar im Nacken mit einem zierlichen Kamm zusammengesteckt und die kleine Lesebrille auf der Nasenspitze, erinnerte sie Cabral an seine Großmutter. Oft hatte sie bis tief in die Nacht über Liedtexten und Noten gesessen, versunken in die Zeilen, immer mit dem schwarzen Schal der Fadosängerinnen, der *fadistas*, um die Schultern. Den sie auch noch getragen hatte, als sie längst nicht mehr auftrat.

Cabrals Atem ging ganz gleichmäßig. Wärme durchströmte ihn, obgleich er eben noch gedacht hatte, dass es frisch geworden war. Und dieses verdammte Ziehen in der Magengegend. Sollte er doch weniger Kaffee trinken? Er gab sich einen Ruck und trat ein.

»*Boa noite*, Senhora.«

»Senhor Cabral, wie sehen Sie denn aus?«, rief die alte Dame. Wie immer wirkte sie in ihrem Ohrensessel majestätisch, Strickzeug und Gedichtband ersetzten Zepter und Krone. »Ich beginne mich ja an Ihren wunderlichen Kleidungsstil zu gewöhnen, aber bisher sind Sie wenigstens sauber nach Hause gekommen.«

»Kleiner Dienstunfall«, sagte Cabral. Er grinste müde.

»Dienst? In dem Aufzug?« Dona Augusta schnalzte mit der Zunge.

»Müsste ich bei der Polícia Judiciária Uniform tragen, wäre das ein Grund, sofort den Dienst zu quittieren.«

Er sah an sich herab. Fasern aus der Hanfsohle seiner blau-weiß gestreiften Espadrilles hatten sich gelöst. Seine zweifach umgeschlagene, ehemals cremefarbene Sommerhose zierten schlierige Tintenflecke, die die Aktivistin hinterlassen hatte. Das ausgeleierte schwarze T-Shirt gab zu viel Blick frei auf seine Tattoos und wurde daher sowieso schon von Dona Augusta missbilligt. Jetzt war es außerdem sandig und zerknittert, was von dem unfreiwilligen Intermezzo am Strand herrührte. Die zweireihige Nadelstreifenweste, die er dem Fundus des Teatro do Mar abgeluchst hatte, weil ihm das Spiel des Dandys in einer ihrer Aufführungen so gut gefallen hatte, sah auch nicht besser aus.

»Aber Sie sind doch in Ordnung, oder?«, fragte sie ihn dann mit besorgtem Blick über den Rand ihrer Brille hinweg.

»Ja, kein Grund zur Sorge. Was ist mit Ihnen, Senhora? Können Sie wieder nicht schlafen?«

»Im Alter braucht man nicht mehr so viel Schlaf. Machen Sie sich einen Tee und setzen Sie sich einen Augenblick zu mir.«

»Tee?«

Dona Augusta blickte erst streng, doch schnell löste sich die Härte auf und machte Einverständnis Platz. »Sie wissen ja, wo Sie etwas finden.«

Cabral ging in die Küche zu dem Schränkchen mit den Spirituosen. Er hatte bereits die Hand um den Hals der Flasche mit dem klaren Tresterschnaps geschlossen, den man laut Dona Augusta nur zum Desinfizieren von Wunden verwenden konnte, als er sie rufen hörte.

»Lassen Sie uns einen *Ginja* trinken.«

Cabral wäre um ein Haar die Flasche aus der Hand geglitten und auf den Steinboden gefallen. Noch nie hatte er erlebt, dass Dona Augusta Alkohol trank. *Ginja.* Der aus Sauerkirschen hergestellte Likör war nicht nach seinem Geschmack, doch Dona Augusta zuliebe würde es wohl gehen.

Vorsichtig nahm Cabral ihr gegenüber auf dem samtbezogenen Sofa Platz. Es hatte so heimtückische Sprungfedern, dass er jedes Mal Angst hatte, wieder abgeworfen zu werden wie von einem bockenden Pferd. Man durfte sich auf keinen Fall mit zu viel Schwung draufsetzen.

»Gibt es etwas zu feiern?«, fragte er.

»Mein Sohn kommt morgen zurück.« Über Dona Augustas Gesicht legte sich ein Schatten.

Das war es also. Das Gegenteil von Feiern. Es würde wieder einmal um die Zukunft der Pension gehen, die seit drei Generationen von Dona Augustas Familie geführt wurde. Ihr einziger Sohn jedoch war kein Hotelier und würde auch keiner mehr werden. Lourenço Rodrigues war studierter Botaniker. Er lebte für die Pflanzenwelt.

Cabral hatte erst wenige Male kurz mit ihm gesprochen, wenn er ausnahmsweise sein Farmhaus auf dem Land verlassen hatte. Lourenço überragte ihn noch um einen halben Kopf und kleidete sich unspektakulär in sorgsam aufeinander abgestimmte Farben. Aus Gesprächen mit Dona Augusta wusste Cabral, dass ihr Sohn vor zwei Jahren seinen fünfzigsten Geburtstag gefeiert hatte. Er gehörte zu den Männern, über die man gerne sagte, dass ihm die grauen Schläfen ein gewisses Etwas verliehen. Cabral machte er mit seinem gleichmütigen Auftreten eher wahnsinnig.

»Und Ihre Schwiegertochter?«, fragte er vorsichtig. »Kommt sie denn nun wirklich nicht zurück?«

Dona Augustas Gesicht nahm noch traurigere Züge an. »Das Scheidungsverfahren läuft schon. Jetzt kümmert sich niemand mehr um die Geschäfte. Es ist noch nicht so weit, dass wir Buchungen ablehnen, aber für meinen Sohn ist jeder Tag, den er nicht mit seinen Pflanzen verbringen kann, ein verlorener Tag.«

»Warum stellen Sie niemanden mit ein bisschen Hotelerfahrung ein, der die Geschäfte regelt?«

»Ein Gehalt zahlen ... Ich glaube, dazu ist mein Sohn nicht bereit.«

»Will er denn einfach alles verkaufen, was Ihre Familie aufgebaut hat?« Cabral war selbst überrascht über den Ärger, den das in ihm auslöste.

Dona Augusta zuckte zusammen.

»Bei uns ist doch nichts mehr zeitgemäß, Senhor. Die Zimmer haben keine eigenen Badezimmer, wir bieten kein Frühstück an ...«

Die Treppenstufen knarrten. Cabral blickte sich um, aber sah niemanden kommen. Vermutlich das alte Gebälk, das sich ab und an regte, als würde es sich einfach mal strecken müssen.

»Sie müssten jemanden finden, der gerade diesem ganz

speziellen Charme erliegt«, sagte er und zwinkerte ihr zu, was sie aufmuntern sollte. Doch irgendwie zeigte es nicht die gewünschte Wirkung.

»Junge Leute wollen so etwas nicht.«

»Mir gefällt es hier schließlich auch. Und Sie wollen doch wohl nicht behaupten, dass ich nicht mehr jung bin.«

Noch ein Versuch. Ein Lächeln glitt über ihr Gesicht, wenigstens für eine Sekunde.

»Sie sollten sich besser darauf einstellen, in Kürze eines Ihrer beiden Häuser zu beziehen«, sagte sie. »Das hätten Sie sowieso schon längst tun sollen.« Sie hatte wieder zu ihrem gewohnten Ton zurückgefunden.

»Und Sie nehme ich mit«, scherzte Cabral.

»Lieber Senhor Cabral, reden Sie keinen Unfug. Eines Tages werden Sie ausziehen müssen. Ob Sie wollen oder nicht.«

Cabral schwieg. Am Ende hatte sie ja recht.

Diesmal hörte er ganz deutlich Schritte auf der Treppe. Jemand hängte einen Schlüssel an den Haken der verwaisten Rezeption.

»Ich gehe noch einmal weg. *Boa noite*, Senhora!«, rief eine Frauenstimme. Die Tür zur Straße öffnete sich und wurde einen Moment später wieder ins Schloss gezogen. Absätze klapperten über das Steinpflaster. Cabral verrenkte sich, um einen Blick aus dem Fenster hinter Dona Augustas Sessel zu werfen. Er sah nur für einen winzigen Moment ein Blumenkleid um die Hausecke flattern, dann war die Frau in die Gasse verschwunden.

Dona Augusta hatte beide Augenbrauen in die Höhe gezogen, als Cabral sich wieder ihr zuwandte. Er zuckte nur mit den Schultern.

»Neuer Gast?«, fragte er stattdessen. »Meine berufliche Neugier. Das bringt der Job einfach mit sich.«

»Senhor Cabral, versuchen Sie nicht, mich für dumm zu verkaufen«, sagte Dona Augusta. Tadelnd sah sie ihn an.

»Für länger hier?« Er ließ nicht locker.

Ihre Augenbrauen veränderten ihre Position dramatisch. Ärgerlich zogen sie sich zusammen. »Hoffentlich nicht lange genug, um am Ende wie Senhora Joana mit gebrochenem Herzen abreisen zu müssen.«

Das war nicht fair. Das mit Joana war ganz anders gewesen, als immer noch alle dachten. Sie hatte nie die Hoffnung aufgegeben, dass aus ihnen beiden eines Tages doch noch ein Paar werden würde, obwohl er fast brutal deutlich gemacht hatte, dass es dazu nicht kommen würde.

Aber er sagte nichts. Auch nicht, dass er sicher war, dass die Frau im Blumenkleid ihr Gespräch belauscht hatte. Er hatte sich nicht getäuscht mit den knarrenden Treppenstufen, dem plötzlichen Innehalten, der Stille auf der anderen Seite der Tür und dem abrupten Abschiedsgruß.

15

Cabral fühlte sich wie beflügelt. Es war der erste richtige Fall seit seiner inoffiziellen Ermittlung im letzten Jahr, als ein kapverdischer Einwanderer ermordet worden war. Früher als sonst war er heute Morgen aufgestanden, nahezu aus dem Bett gesprungen und hatte sich auf den Weg zur Wache gemacht. Entgegen seiner Gewohnheit hatte er sich nicht einmal die Zeit genommen, seine *Tosta Mista* bei Galegos zu essen. Selbst auf die Gefahr hin, dass der heiße, geschmolzene Käse auf dem Weg ein wenig von seiner Köstlichkeit einbüßen würde, hatte er sie sich zum Mitnehmen einpacken lassen. Jetzt stopfte er sich den letzten Bissen in den Mund und fegte die Krümel mit der Hand von seinem Schreibtisch. Er stürzte eine doppelte Bica hinterher und wählte die Handynummer von Freire. Zu seinem Erstaunen hörte er das Klingeln genau vor seiner Bürotür. Er stand auf, öffnete sie und sah seinen Assistenten vor sich.

»*Bom dia*, Freire. Was machen Sie denn schon hier?«

»Ich bin doch immer um diese Zeit hier.« Verdutzt sah er ihn an.

»Tatsächlich? Das ist mir noch nicht aufgefallen.«

»Natürlich nicht. Weil Sie ja nie – « Freire brach ab.

Cabral ignorierte die Andeutung. »Lassen Sie uns anfangen«, sagte er und setzte sich wieder. Freire nahm ihm gegenüber Platz. »Können Sie mir etwas zu diesen Aktivisten sagen?«

Wie ein Privatdetektiv zog Freire einmal mehr ganz klassisch einen Notizblock aus der Innentasche seiner Jacke und klappte den Deckel auf. Cabral fragte sich, von welchem Filmschnüffler er sich das wohl abgeguckt hatte.

»Die Aktivisten gehören zu einer Bewegung, die sich *Linha Vermelha* nennt«, begann Freire.

»*Linha Vermelha*. Rote Linie. Wie diese Stoffbahnen, die sie ausrollen.«

»Genau genommen sind das keine Stoffbahnen, sondern gestrickte Quadrate.«

»Was?« Cabral hätte fast laut losgelacht. »Gestrickte Quadrate?«

»Genau, Chef. Die *Linha Vermelha* demonstriert gegen neue Pipelines, Fracking, den Ausbau der Raffinerie et cetera. Jeder, der diese Kampagne unterstützt, strickt oder häkelt ein rotes Quadrat von fünfzehn mal fünfzehn Zentimetern. Sie werden den Organisatoren geschickt und aneinandergereiht, bis sie eine Gesamtlänge von zweiundfünfzig Kilometern ergeben. Damit würden sie in das Guinness-Buch der Rekorde eingetragen werden und so eine Menge öffentliche Aufmerksamkeit bekommen.«

»Fällt ja jetzt schon auf, wenn die damit irgendwo auftauchen.«

»Stimmt«, sagte Freire. »Diese rote Linie aus Wolle ist so etwas wie deren Markenzeichen geworden. Gehen Sie mal auf die Webseite und schauen sich das Logo an.«

Cabral tippte den Namen in eine Suchmaschine ein. Er

bekam auf Anhieb eine Flut von Beiträgen angezeigt, auch die Webseite der Kampagne. Ungläubig starrte er auf einen Bohrturm, um den sich ein roter Wollfaden wickelte wie eine Würgeschlange, die ihr Opfer fest im Griff hatte.

»Wer sind die Köpfe der Gruppe?«, fragte er.

»Das Ganze ist mal von zwei Ehrenamtlichen ins Leben gerufen worden. Die sind aber nicht die Bosse oder so. Es scheint keine feste Struktur zu geben. Das ist eine Bewegung, bei der jeder mitmachen kann. Und das scheint genau deren Strategie zu sein. Leute ansprechen und ins Boot holen, die eigentlich keine Aktivisten sind. Es gibt in Portugal zehn feste Strickgruppen, eine davon in Sines. Sie haben mit ihrer Kampagne nicht nur überregional Unterstützer mobilisiert, die kriegen inzwischen diese Wolldinger schon aus der ganzen Welt geschickt.«

Freire ließ sich gegen seine Stuhllehne zurücksinken, als hätte ihn sein Vortrag vollends erschöpft.

»Wenn das keine Organisation mit festen Mitgliedern ist, wird es schwierig für uns«, sagte Cabral. »Unter die Aktivisten können sich spielend leicht auch Leute mischen, die radikaler vorgehen, als es die Kampagne eigentlich zum Ziel hat.«

Freire nickte resigniert. »Und wie geht es jetzt weiter?«

»Wir wechseln das Thema. Bis wir den ungefähren Todeszeitpunkt von Neves aus der Rechtsmedizin in Santiago bekommen, will ich mehr über diese Frauengruppe erfahren.«

»Sie haben mir noch gar nicht erzählt, was gestern –«

»Später.« Cabral winkte ab. »Ich will wissen, ob es wenigstens da Verantwortliche gibt. Irgendjemand muss diese Treffen organisieren. Und ich glaube kaum, dass die wie Ärzte an eine Schweigepflicht gebunden sind. Ich will wissen, seit wann Fátima da Costa diese Treffen aufsucht und warum. Alles klar?«

»Und Sie?«

»Ich werde ...« Cabral wurde unterbrochen. Einer der Uniformierten von der GNR riss die Tür auf.

»Chefinspektor, Sie sollten sich das ansehen. Da ist was über Sie im Fernsehen.« Seine Bestürzung stand ihm ins Gesicht geschrieben.

Cabral und Freire sprangen auf und folgten ihm in das Dienstzimmer der Einheit. Die Jalousie war halb heruntergelassen worden, um die blendende Sonne auszusperren. Vor dem Bildschirm hatten sich augenscheinlich alle Diensthabenden versammelt, die gerade nichts anderes zu tun hatten. Das Fernsehbild flackerte durch das Halbdunkel. Im nächsten Moment verschlug es Cabral die Sprache.

Die Museumstante. In der Nachrichtensendung von RTP. Ihre auftoupierten Haare wirkten ebenso steif wie der blütenweiße Kragen der Bluse unter ihrer Kostümjacke. Mehrere Mikrofone schwankten vor ihrem Gesicht hin und her.

»Und so kann ich nur noch einmal wiederholen, dass Chefinspektor Cabral von der Polícia Judiciária in Sines unsere Arbeit in beispiellos verantwortungsloser Weise behindert hat und wir noch nicht absehen können, welcher Schaden sich daraus womöglich ergibt.«

»Was zum Teufel ...«　Cabrals Blutdruck stieg. In seinen Ohren rauschte es. Freire warf ihm einen Seitenblick zu.

»Erste Untersuchungen anhand alter Dokumente und Karten aus den historischen Archiven in Sines und Lissabon haben ergeben, dass es sich bei dem Areal von etwa achtundfünfzig Quadratmetern um einen verschütteten Friedhof handeln muss. Es wurden neununddreißig Grabstellen freigelegt.«

»Neununddreißig?«　Freire riss ungläubig seine Augen auf.

»Bei einem der Skelette haben wir Grabbeigaben in Form von fünfundzwanzig Silbermünzen gefunden, die wir auf den Zeitraum 1590 bis 1605 datieren können und die zu der Zeit ein Vermögen darstellten. Die Zähne des Toten, der sich in unmittelbarer Nähe der Münzen befand, weist durch Feilung gekürzte Frontzähne auf. Diese rituelle Deformierung der Zähne ist uns aus afrikanischen Ländern und einigen wenigen Gebieten in Südamerika bekannt. Wir haben daher die Vermutung, dass es sich um einen Sklavenhändler gehandelt haben könnte.«

Ein Raunen ging durch die kleine Gruppe. Cabrals Fuß tippte ungeduldig auf den Boden.

»Wir werden unsere Untersuchungen bestmöglich weiterführen, auch wenn durch das Eingreifen von Chefinspektor Cabral und sein unbefugtes Betreten der Ausgrabungsstelle bedeutendes Material zerstört worden sein kann. Wir können nicht mit Gewissheit sagen, ob es ohne unser Wissen und unsere Autorisierung nicht noch zu weiteren Manipulationen gekommen ist.«

Der Sender gab zurück ins Nachrichtenstudio. Der Sargento der GNR schaltete das Gerät ab.

»Die haben das auf allen Kanälen gebracht.«

»Danke, Sargento.« Cabral klopfte dem Mann ruhig und nach außen gelassen auf die Schulter und verließ das Dienstzimmer. Freire folgte ihm betreten. Cabral überquerte den Korridor, ging in sein Büro und schloss die Tür hinter sich, ohne ein Wort zu sagen. Freire ließ er wie ein ausgesetztes Hündchen vor der Tür stehen.

Er stoppte vor dem Aktenschrank, holte mit seinem Fuß aus wie Ronaldo beim Freistoß, und trat mit Wucht dagegen. Die metallene Tür sprang auf und knallte gegen seine Beine.

»*Foda-se*!«, brüllte er. Der Schmerz zog bis in die Zehenspitzen. Er war kurz davor, noch einmal zuzutreten. Stattdessen zwang er sich zur Ruhe und ging zur Tür.

»Kommen Sie rein, Freire.«

»Alles in Ordnung, Chef?« Freire wirkte ein wenig ängstlich. Klebte da sogar eine Strähne seiner widerspenstigen Locken auf einer schweißnassen Stirn? Oder war das nur die Augusthitze?

Sicher war sein Wutausbruch bis ins Dienstzimmer zu hören gewesen. Freire schien nicht genau zu wissen, ob es vorbei war oder ob er mit weiteren Eruptionen rechnen musste. Cabral wusste es selbst nicht so genau. Sein Fuß schmerzte ungeheuer.

»Bestens. Setzen Sie sich. Was glauben Sie, ist der Grund dafür, dass die ... die ... Wie heißt diese Museumstante eigentlich?«

»Isaura Cardoso.«

»Isaura. Na, bravo. Also, was glauben Sie, wieso die so ein Theater veranstaltet? Es wurde nichts entwendet, was auch nur im Entferntesten mit irgendeinem Schatz oder Grabbeigaben oder dem ganzen Schnickschnack zu tun hat. Auch sind wir da nicht rumgetrampelt. Die Arbeiten waren abgeschlossen und die verdammten Skelette alle weg.«

Cabral verzog das Gesicht und streifte sich unter dem Tisch den Schuh ab. Mit beiden Füßen packte er den Papierkorb, drehte ihn herum und lagerte den geprellten Fuß darauf. Freire verlor den Faden, als er den ziselierten Silberring sah, der auf dem Zeh neben dem großen steckte.

»Also?«, fragte Cabral.

»Eine Ablenkung?« Freire sah nicht sehr glücklich aus, so als hielte er selbst überhaupt nichts von seiner Antwort. Doch Cabral spann den Gedanken weiter.

»Wäre möglich. Weil sie vielleicht selbst etwas hat mitgehen lassen. Oder einer ihrer Studenten, und sie muss den Deckel draufhalten, damit ihr das ganze Projekt nicht um die Ohren fliegt.«

»Oder die brauchen die öffentliche Aufmerksamkeit, um Geldgeber zu generieren?«

»Das wäre eine merkwürdige Strategie. Sowohl öffentliche als auch private Fördermittel fließen sicher eher in eine Institution, in der es nicht drunter und drüber geht. Der Fund allein ist beeindruckend genug, um neue Gönner aufzureißen. Da braucht sie nicht so eine Show abzuziehen.« Freire sah entmutigt aus. Das konnte Cabral nun gar nicht gebrauchen. »Aber wer weiß. Man soll auch nicht die Sensationslust der Leute unterschätzen. Vielleicht zieht sie gerade das an.«

Für eine Weile sagte keiner der beiden etwas. Bis Cabral plötzlich seine flache Hand auf die Schreibtischoberfläche knallte. Freire schrak zusammen.

»Ich möchte eine ausführliche Überprüfung dieser Dame. Sie übernehmen das. Sie fahren nach Lissabon –«

»Aber ich sollte doch diese Frauengruppe überprüfen«, protestierte Freire.

»Das muss warten. Oder ich übernehme das. Erst ist die Ziege vom Museum dran. Ich will, dass Sie alles auf links drehen, jedes Detail abspeichern. Das bezieht sich auch auf das Privatleben der gnädigen Frau. Jedes kleine Skandälchen, ein noch so unbedeutendes Gerücht. Bringen Sie mir alles mit. Senhora Cardoso wird es noch bereuen, mit dieser ausgemachten Scheiße vor die Kameras getreten zu sein. Und Sie starren verdammt nochmal endlich woanders hin. Ist ja nicht so, dass ich mir den Ring durch die Nase gezogen habe.«

Freire wurde rot. Cabral konnte sich ein Grinsen nicht verkneifen. Zuletzt öffnete er seine Schreibtischschublade, zog eine zerknickte Visitenkarte heraus und hielt sie Freire hin.

»Das ist die Lissaboner Adresse von Cabo Santana. Vielleicht kann er behilflich sein. Oder gehen Sie wenigstens ein Bier mit ihm trinken und sagen Sie ihm einen Gruß von mir. Und jetzt machen Sie sich auf den Weg.«

16

Den Nachmittag verbrachte Cabral mit dem Versuch herauszufinden, wer die Leitung der Selbsthilfegruppe innehatte. Er telefonierte mit psychotherapeutischen Praxen, Krankenhäusern, Frauenhäusern in Odemira und Setúbal und natürlich den vermeintlich zuständigen Stellen im Rathaus und der Junta de Freguesia in Sines. Niemand konnte ihm weiterhelfen. Es war, als wäre Cabral am Vortag einer Gruppe von Geistern begegnet, die nicht wirklich existierte. Da klingelte sein Telefon.

»Cabral hier.«

»*Boa tarde*, Chefinspektor. Hier spricht Doutor Passos. Nach Abschluss der relevanten Untersuchungen kann ich Ihnen einen ungefähren Todeszeitpunkt nennen.«

»Schießen Sie los.«

»Der Tod ist nicht lange vor dem Auffinden der Leiche eingetreten. Neben anderen Merkmalen weist der Tote noch keinerlei Verwesungsmerkmale auf. Ich lege mich fest auf maximal drei bis fünf Stunden vor Auffinden.«

»Ich danke Ihnen, Doutor Passos. Mit dieser Angabe kann ich etwas anfangen.«

»Da ist noch etwas. Der Tote hat eine frische Wunde im Nacken.«

»Sicher von dem Messer oder was auch immer.«

»Nein, keine Stich- oder Schnittverletzung. Eine Brand-

wunde. Es sieht aus, als hätte ihm jemand eine Art Brandzeichen verpasst.«

»Was? Aber was soll das denn sein? Schon wieder Initialen?« Cabral ging beinahe der nötige Ernst abhanden.

»Ehrlich gesagt weiß ich nicht genau, was das sein soll.
Buchstaben scheinen es aber nicht zu sein. Mehr wie ein ...
wie ein Logo vielleicht.« Cabral vertuschte sein Lachen
mit einem ausgiebigen Husten. »Alles in Ordnung, Chefinspektor Cabral?«

»Alles bestens. Ich schaue mir das selbst an. In einer halben Stunde bin ich da. *Até já.*«

Cabral hatte nichts dagegen, das Büro für eine Weile zu
verlassen. Er fuhr auf die Autoestrada A26, weg von der
Küste ins Landesinnere. Ausgedehnte Wälder prägten das
Landschaftsbild. Eukalyptus- und Olivenbäume wechselten sich ab mit den Pinien, die so gleichmäßig und sym-
metrisch wuchsen, dass sie mit den nahezu kugelrunden
Kronen aussahen wie übergroße Rasierpinsel. Und dann
sah er die Korkeichen. Ihm wurde abwechselnd schwer
und auch wieder ganz leicht ums Herz, als er sich an das
erinnerte, was seine Mutter ihm erklärt hatte, als er noch
ein Junge war. Dass die Ernte alle neun bis zwölf Jahre er-
folgte und der Stamm nach der Schälung der graubraunen
Borke eine rotbraune Farbe annahm, die später nachdun-
kelte. Und dass es deshalb so aussah, als trügen die Bäume
Kniestrümpfe. Bei länger zurückliegender Schälung in
elegantem Schwarz, andernfalls in gewagtem Rot. Cabral
musste lächeln.

Eine Viertelstunde später parkte er seinen Wagen vor

dem Hospital do Litoral Alentejano in Santiago do Cacém. Er betrat die Eingangshalle durch die gläserne Schiebetür, die mit einem leise seufzenden Geräusch auseinanderglitt. In der rechtsmedizinischen Abteilung begrüßte ihn Doutor Passos mit einem kräftigen Handschlag. Er reichte ihm Haar- und Mundschutz, Überzieher für die Schuhe und zuletzt Latexhandschuhe. Als die beiden Männer alles angelegt hatten, führte Passos Cabral an den Seziertisch, auf dem Filipe Neves aufgebahrt war.

Sie beugten sich über den Toten. Cabral war froh, dass sie Neves so früh gefunden hatten und der Verwesungsprozess noch nicht eingesetzt hatte. Wasserleichen waren nicht nur ausgesprochen schwer zu identifizieren, oft blieben als Anhaltspunkt nur die Zähne, ihr Anblick war auch einer der schauerlichsten in der Rechtsmedizin. Insbesondere wenn die Verseifung des Körperfetts und Bildung von Leichenlipid bereits eingesetzt hatten.

Passos legte behutsam die Hände unter den Kopf des Toten, hob ihn leicht an und drehte ihn zur Seite, so dass Cabral der Blick auf den Nacken möglich war.

»Sehen Sie die Wunde? Ganz nah am Haaransatz«, sagte Passos.

»Ja, sehe ich. Haben Sie eine Lupe?«

»Hinter Ihnen auf dem Tisch.«

Cabral drehte sich um und suchte den Tisch ab, auf dem Instrumente lagen, von denen kein normaler Mensch wissen wollte, wozu sie gebraucht wurden. Er fand die Lupe.

»Das sieht aus wie ein Kleeblatt. Aber nur ein dreiblättriges. Bei vier Blättern hätte er vielleicht mehr Glück gehabt.« Er sah Passos die Stirn runzeln. »Eines der Blätter sieht außerdem aus wie herausgerupft. Sehen Sie das? Das ist lose.«

»Sie haben eine seltsame Phantasie«, brummte Passos. »Aber etwas Besseres fällt mir dazu tatsächlich auch nicht ein.«

»Haben Sie davon Fotos gemacht?«

»Selbstverständlich. Ich schicke sie Ihnen per Mail.«

»Danke, Doutor.«

Cabral ging. Er hatte jetzt einen Todeszeitraum und konnte Fátima da Costa nach ihrem Alibi fragen. Ebenso Isaura Cardoso. Wen er im Kreis der Umweltaktivisten dazu befragen sollte, war ihm hingegen noch nicht klar.

Die Sonne stand bereits tief am Himmel, als er sich der Küste näherte. Nach der Umrundung sanfter Hügel, hinter denen immer mal wieder das dunkelblaue Meer aufblitzte, kam Sines ins Blickfeld. Schornsteine der petrochemischen Anlagen spuckten schmutzige Wolken in den roséfarbenen Aquarellhimmel. Kräne des Containerhafens schoben sich unbarmherzig vor den Horizont. Es war nicht so, dass er die Bedenken der Aktivisten nicht teilte. Die Frage war nur, wie weit diese für das Erreichen ihrer Ziele gehen würden.

Und wie weit würde die Galp für ihre Sache gehen? Bisher hatten sie sich Wohlwollen nur erkauft, durch finanzielle Unterstützung bei der Durchführung des FMM, des alljährlich stattfindenden Festival Músicas do Mundo. Aber würden sie weiter gehen?

Er musste unbedingt mit Leuten aus dieser Bewegung sprechen.

17

Die Pensão Rodrigues war hell erleuchtet, als Cabral eintraf. Warmer Lichtschein fiel durch die Fenster in
die Gasse. Stimmen mehrerer Personen drangen nach draußen. Cabral trat ein, und die Köpfe von Gouveia, Dona Elisabete und Acacio Fernandes drehten sich zu ihm um.

»Hab ich einen Geburtstag vergessen?«, fragte Cabral.
Er hoffte inständig, dass es nicht der von Dona Augusta
wäre.

»Senhor Cabral, da sind Sie ja«, rief sie in diesem Moment.

Cabral ging weiter durch ins Wohnzimmer. Er bemerkte,
dass Dona Augustas Wangen von einer unerklärlichen Aufregung gerötet waren. Gouveia öffnete eine Weinflasche.
Ein Tropfen aus Dona Augustas Bestand für besondere Gelegenheiten. Es wurde immer rätselhafter.

»Was ist denn nun der Grund für diese Zusammen-
kunft?«

»Mein lieber Senhor Cabral, mir war danach, meine
Freunde heute Abend zum Essen hierher zu bitten. Einfach
so.« Sie machte eine winzige Pause. »Vielleicht gibt es
sehr bald gute Neuigkeiten, aber die behalte ich noch für
mich, bis alles abgemacht ist.«

»Wenn ich raten müsste …« Cabral sah sie mit zur Seite
geneigtem Kopf an.

»Sie brauchen gar nicht so zu gucken, Senhor. Von mir werden Sie nichts erfahren.«

Das glaubte Cabral ihr sogar. Wer sich in den Verhören der PIDE lieber die Knochen zerschlagen ließ, als die Kameraden der Resistência zu verraten, der würde sich von ihm nichts aus der Nase kitzeln lassen. Also beschloss er, es gar nicht erst zu versuchen.

Gouveia übernahm das Verteilen der gefüllten Weingläser. Als er vor Cabral stand, sah er ihn fragend an.

»Und? Wie weit ist die PJ mit den Ermittlungen?«

»Es geht langsam vorwärts«, gab Cabral zu. »Wirkliche Verdächtige haben wir noch nicht.«

Dona Augusta ließ sich von Fernandes ihre Krücken reichen. »Wir gehen ins Esszimmer. Teresa hat dort alles vorbereitet.«

Teresa? Wo hatte er den Namen kürzlich gehört?

Fernandes reichte Dona Augusta einen Arm, um ihr aus dem tiefen Sessel zu helfen, in dem sie immer zu versinken schien. Cabral gesellte sich zu Gouveia und seiner Frau, die ihn freundschaftlich unterhakte.

»Sehen Sie, Dona Augusta? Es passt perfekt. Farbe und Größe.«

Cabral blieb wie vom Donner gerührt stehen. Aus dem Büro von Dona Augustas Sohn trat eine Frau. In einer Hand schwenkte sie ein Quadrat aus roter Wolle, als hätte sie das Banner eines verfeindeten Heeres erstritten. Mit der anderen Hand hielt sie ein meterlanges Wollgebilde, das sich wie eine Schlange um ihren Arm wickelte.

Ihm stand der Mund offen. Das durfte doch nicht wahr

sein. Er erkannte das bunt bedruckte Kleid. Es war die Frau, die am Vorabend seine Unterhaltung mit Dona Augusta belauscht hatte. Auch sie blieb wie angewurzelt stehen. Doch nur für einen kurzen Moment, dann starrte sie trotzig zurück, als wollte sie klarstellen, dass sie ebenfalls das Recht hatte, hier zu sein. Doch es war die Art und Weise, wie sie auch noch den Rücken durchdrückte und ihr Kinn anhob ... Cabral fiel es wie Schuppen von den Augen.

»Sie!« Er zeigte mit dem ausgestreckten Finger auf die Frau. Gouveia, Dona Elisabete, Fernandes und Dona Augusta blickten sich erst gegenseitig, dann ihn erstaunt an. »Sie waren das am Strand! Dona Augusta, sie ist verantwortlich dafür, dass ich gestern aussah wie nach einem Ringkampf.«

»Senhor Cabral«, begann Dona Augusta.

»Nuno, was soll denn das wieder – «, mischte sich Gouveia ein.

Cabral ignorierte beide, so aufgebracht war er. Er trat zu der Frau, griff nach der roten Wollschlange und versuchte, sie ihr zu entreißen.

Dona Augusta schwankte und musste von Fernandes gestützt werden.

»Nuno!« Gouveia wurde laut. Er zog Cabral am Arm.

Die Frau gab nicht nach. Cabral war bewusst, welch kindisches Bild sie beide gerade abgaben, und es ärgerte ihn, denn er war schließlich Polizist und hatte doch das Recht ...

»Lassen Sie los, verdammt nochmal!«, rief sie und versuchte, ihn von sich wegzuschubsen. Sie rammte ihm die

Schulter in die Seite. So hatte sie ihn schon am Vortag zu Fall gebracht, doch das war auf dem sandigen Untergrund gewesen. Cabral geriet nicht einmal ins Schwanken. Dafür erschnupperte er etwas, das ihm vage bekannt vorkam.

»Teresa, lass doch um Himmels Willen los!«, rief Dona Elisabete.

Da machte es Klick. Teresa.

Das durfte doch nicht wahr sein. Cabral ließ los, doch durch das plötzliche Nachgeben fiel seine Kontrahentin mit Schwung hintenüber und landete auf dem Hosenboden. Ein Schrei entfuhr ihr. Er sprang auf sie zu, beugte sich hinunter und reichte ihr beide Hände, um ihr aufzuhelfen.

»Nehmen Sie die Hände weg, Sie Psychopath!« Mit schmerzverzerrtem Gesicht rappelte sie sich auf.

»Was ist denn in dich gefahren? Hast du völlig den Verstand verloren?«, rief Gouveia.

Cabral spürte, wie Gouveia ihn fest am Arm packte. Er hatte ihn noch nie so wütend erlebt. Betroffen stand er da, mitten im Raum, und blickte in die Runde. Was er sah, war Unverständnis, Bestürzung und Scham. Sie schämten sich für sein Verhalten. Dona Augusta war wieder in ihren Sessel gesunken. Fernandes hielt ihr die Hand. Dona Elisabete kümmerte sich um Teresa und half ihr, das Kleid wieder in Ordnung zu bringen. Gouveias Hand umfasste noch immer wie ein Schraubstock Cabrals Arm.

»Was wolltest du denn damit?«, zischte Gouveia.

»Das ist so ein Aktivistending. *Linha Vermelha*.«

»Das weiß ich. Wir machen da schließlich alle mit.«

»Wie bitte?« Cabral starrte ihn ungläubig an.

»Eine Entschuldigung wäre angebracht«, drängte Gouveia.

»Hatte ich doch eben vor ...«

»Los jetzt.« Gouveia löste den Griff und gab ihm einen Schubs.

»Hören Sie, Senhora, es tut mir leid. Ich hatte keine Ahnung, wer Sie sind.«

»Was spielt es denn für eine Rolle, wer ich bin?«, erwiderte sie. Ihre Augen schimmerten verdächtig. Cabral war nicht sicher, ob vor Zorn oder Schmerz. Er hoffte, dass sie sich bei dem Sturz nicht doch schlimmer wehgetan hatte.

»Ich meine doch nur. Ich hatte Sie für eine von den Aktivisten gehalten und ...«

»Und vor ein paar Tagen für einen Einbrecher. Sie leiden doch an Verfolgungswahn!«

»Das hatten wir ja schon geklärt.«

»Geklärt? Was verstehen Sie denn unter klären?« Teresa funkelte ihn zornig an.

»Als Polizist war es meine Pflicht einzugreifen.«

»Schluss jetzt!« Dona Augusta hatte sich mit Hilfe ihrer Krücken aus dem Sessel gestemmt. Kerzengerade stand sie da, wie ein Feldwebel. »Senhor Cabral, ich möchte, dass Sie mir für heute aus den Augen gehen. Sie haben den Abend ruiniert. Ich kann Ihr Benehmen nicht tolerieren.«

Cabral stieg Hitze bis in die Haarwurzeln. Er hatte Dona Augusta verärgert. Mehr noch, er hatte ihr die Freude verdorben. Wie hatte er nur derart die Kontrolle verlieren können? Er nickte. Er hatte nichts mehr zu sagen. Jedes

Wort von ihm würde alles nur noch schlimmer machen. Niemand aus der Runde sah ihn an. Er meinte sogar, aus Dona Elisabetes Richtung ein Zungenschnalzen zu hören, das höchstmögliche Empörung ausdrückte. Er drehte sich um und ging.

18

Die Nachtluft war warm und weich. Für Cabral war sie gerade noch frisch genug, um sein erhitztes Gemüt abzukühlen. Er hatte sich wie ein verletztes Kind in eine Ecke der Dachterrasse in die Dunkelheit zurückgezogen. Gleich neben seinem Zimmer, der Nummer Neun. Er erinnerte sich, wie Dona Augusta es ihm bei seiner Ankunft zugewiesen hatte. Mit dem Hinweis, dass er draußen auf der Terrasse rauchen dürfe, keinesfalls aber im Zimmer. Er lächelte. Wie oft hatten Gouveia, Fernandes und er diese Regel gebrochen. Sie hatte es immer gewusst und mit einem gleichzeitig strengen und am Ende doch nachsichtigen Blick über ihre Goldrandbrille gebilligt. Heute war er zu weit gegangen. Dies hier würde nicht so einfach vorbeigehen.

Seine Zigarette glomm in der Dunkelheit auf. Er saß auf dem Boden. Der Stein hatte die Wärme des Sonnenlichts vom Tag gespeichert. Cabral fuhr mit der flachen Hand darüber. Er spürte die kurzen, weichen Gräser, die aus den Ritzen zwischen den Bodenfliesen hervorlugten.

Was war nur in ihn gefahren? Wieso hatte er sich nicht im Griff? Es war eine Sache, die Menschen, die ihm am Herzen lagen, beschützen zu wollen. In seinem Fall sicher ganz besonders. Seine Mutter, Domingos. Selbst sein Vater. Er war entweder nicht da gewesen, als ihre letzte

Stunde geschlagen hatte, oder, noch schlimmer, er war Schuld an ihrem Tod gewesen. Er hatte sich geschworen, das nicht noch einmal geschehen zu lassen. Doch wenn er so weitermachte, würde er die Menschen, die ihm geblieben waren, noch zu ihren Lebzeiten verlieren.

Er presste die Kiefer aufeinander, doch es half nichts. Einen Moment später rollten ihm Tränen über das Gesicht. Er wischte sie mit dem Ärmel fort. Tief sog er das Nikotin des letzten Zugs in seine Lunge. Die Kippe drückte er in einem Unterteller aus, den er einem der Blumentöpfe geklaut hatte. Dona Augustas Sohn zog hier oben Kakteen, die in der Blütezeit in leuchtenden Farben strahlten. Selbst der Gedanke daran machte Cabral sentimental. Seine Augen wurden schon wieder feucht. Er war doch sonst nicht so ...

Schritte auf der Treppe unterbrachen seine Gedanken. Jemand kam herauf. Vermutlich Gouveia, der ihn ins Gebet nehmen wollte, bevor er ging. Die Tür wurde geöffnet. Für einen kurzen Moment fiel Licht aus dem Inneren der alten Pension heraus ins Dunkel. Lang genug für Cabral, um zu erkennen, dass es nicht Gouveia war. Es war Teresa. Cabral hielt die Luft an. Was machte sie hier? Das war doch sein Terrain hier oben.

Sie ging zur gegenüberliegenden Ecke der Dachterrasse. Genau wie er suchte sie sich eine Ecke, in der sie sich auf dem Boden niederlassen konnte. Schwacher Lichtschein fiel von dem alten Kastell herüber und erhellte diesen Teil der Terrasse. Sie zog das Kleid über die Beine. Die Geste hatte etwas Zerbrechliches. Obwohl es eine laue Sommernacht war, hatte sie eine tiefblaue Strickjacke um ihre Schultern gelegt. Sie zog sie vor dem Körper zusammen, als wolle sie sich in ihr verkriechen.

Cabral wusste nicht, was er tun sollte. Er blieb einfach sitzen und beobachtete sie. Aus dem hochgesteckten Haar hatten sich ein paar Strähnen gelöst, die in Kringeln auf ihre Schultern fielen. Sie war barfuß. Cabrals Blick wanderte zu den lackierten Nägeln ihrer Zehen. Sie hob den Kopf und starrte in den dunkelvioletten Nachthimmel. Auf ihren Wangen schimmerten Tränenspuren.

Sie auch. Cabral schüttelte den Kopf angesichts der absurden Lage, in der sie sich befanden. Ansprechen konnte er sie nicht. Die Situation würde sofort von neuem eskalieren. Wieder saß er im Dunkel, als würde er ihr auflauern. Also wartete er weiter ab. Irgendwann würde sie gehen.

Mit dem Rocksaum ihres Kleides tupfte sie sich das Gesicht ab. Dann fuhr sie suchend mit den Händen in die Taschen der Strickjacke. Sie fand offenbar nicht, was sie suchte. Ihre Stirn legte sich in Falten, wie bei einem bockigen Kind. Neue Tränen kamen. Sie fuhr sich mit dem Handrücken über die Oberlippe. Ihre Nase lief. Obgleich er keine Sympathie für eine Person hegen sollte, die verdächtig war, rührte sie Cabral.

Er zog ein zerknülltes Taschentuch aus der Tasche seiner Jeans. Vorsichtig genug, um sie nicht zu erschrecken, aber auch nicht so leise, dass er das Gefühl erweckte, er würde sich anschleichen, erhob er sich und trat aus seiner Ecke. Teresa schrak zusammen und versteifte sich sichtlich. Cabral schwenkte das Taschentuch wie eine weiße Fahne, ging zu ihr und legte es auf den Boden. Ohne zu wissen, ob sie überhaupt rauchte, zog er auch noch die Packung Zigaretten und das Feuerzeug aus der Hosentasche und legte es dazu. Er fühlte sich, als würde er Opfergaben darreichen. Stumm blickte sie ihn an. Cabral wandte sich ab. Er verließ die Dachterrasse ohne ein Wort. Seine geröteten Augen sollte sie nicht bemerken.

19

Wie ein Dieb stahl sich Cabral am frühen Morgen aus der Pensão Rodrigues. Er hatte eine Tasche mit Wäsche und einigen Toilettenartikeln geschultert. Falls ihn im Laufe des Tages die Nachricht erreichte, dass er in der Pension nicht mehr erwünscht war, wäre er vorbereitet und mit den wichtigsten Dingen ausgestattet. Erst einmal hatte er jetzt einen Mord aufzuklären. Um alles weitere würde er sich später kümmern.

In seinem Büro machte er sich eine Liste mit den Dingen, die er zu erledigen hatte. Er musste mit Freire in Lissabon telefonieren. Eventuell hatte er bereits Informationen über Isaura Cardoso für ihn. Er musste Fátima da Costa aufsuchen und sie zu ihrem Alibi während der Tatzeit befragen. Und er musste mehr über die Aktivisten herausfinden.

Die Aktivisten … Teresa. Er kannte nicht einmal ihren Nachnamen. Könnte sie ihm etwas über diese Kampagnen erzählen? Vermutlich. Aber sie würde wohl nicht mit ihm sprechen. Nur wenn sie selbst zu den Verdächtigen zählte, würde sie müssen. Sie tauchte in Sines auf, und kurze Zeit später war Filipe Neves tot. Gouveia und Dona Elisabete würden bis an ihr Lebensende nicht mehr mit ihm sprechen. Er wählte Freires Nummer.

»Inspektor Freire.«

»Cabral hier. *Bom dia*, Freire. Gibt es Neuigkeiten bei Ihnen?«

»Nicht viel, aber die wenigen Infos könnten trotzdem interessant sein. Isaura Cardoso hat bisher keine führende Position im Museum, aber die Stelle des Leiters der archäologischen Abteilung ist ausgeschrieben. Sie hat sich beworben. Als einzige Frau. Es gibt vier männliche Konkurrenten.«

»Das bedeutet, Isaura Cardoso muss doppelt so gut sein wie die Mitbewerber. Sonst kann sie den Job vergessen«, sagte Cabral. Er begann, die Frau zu verstehen. »Wenn es jetzt heißt, sie hat ihre Projekte nicht unter Kontrolle, geht ihr nicht nur die angepeilte Beförderung durch die Lappen, sie muss auch noch um die Stelle bangen, die sie momentan innehat.«

»Genau«, bestätigte Freire. »Für die Budgetplanung des nächsten Finanzjahres ist es von Bedeutung, welche Erfolge eine Abteilung vorzuweisen hat. Wie viele Besucher gab es, wurden neue Sammlungen an Land gezogen und so weiter. Je mehr Erfolge, umso mehr Geld aus dem großen Topf für neue Projekte.«

»Und für Personal«, sagte Cabral. »Ein bedeutender Fund wie der in Sines ist da schon was. Damit würde Cardoso es sicher an die Spitze der Bewerberliste schaffen. Ein Skandal, zum Beispiel Leute, die in der Ausgrabungsstätte herumtrampeln und Gegenstände mitgehen lassen, lässt den Erfolg schnell verblassen. Vielleicht sah sie sich gezwungen, einen Sündenbock zu finden. Das musste mit viel Spektakel geschehen, damit es schnellstmöglich die

Runde macht und an ihrer Unschuld an den Zwischenfällen kein Zweifel besteht.«

Wenn er es recht bedachte, hatte sie ja auch tatsächlich keinerlei Schuld an den Geschehnissen. Es waren ganz allein Gouveia und er. Hätte Gouveia nicht die verdammten Fotos geschossen ... Dann wäre ihnen allerdings auch ein wichtiges Puzzlestück ihrer Ermittlungen entgangen. Dass Neves aus irgendeinem Grund in dieser Grube gewesen sein musste. Tot oder lebendig.

»Gute Arbeit, Freire. Dennoch will ich noch wissen, wo die Cardoso zur Tatzeit war. Übernehmen Sie das. Wo sie schon in Lissabon sind ...«

Ein tiefer Seufzer am anderen Ende der Leitung. Cabral ärgerte das. Er hätte gern sofort mit Freire getauscht und ein paar Stunden in Lissabon verbracht.

»Haben Sie sich mit Cabo Santana getroffen?«, fragte er.

»Ja, auf einen Kaffee.«

»Geht es ihm gut?«

»Ich denke schon. Er spricht in den höchsten Tönen von Ihnen. Ich glaube, obwohl ihm die Ausbildung gefällt, vermisst er die Arbeit hier.«

»Höre ich da Verwunderung in Ihrer Stimme?« Freire stammelte irgendetwas, das Cabral nicht verstand. Er rollte mit den Augen. »Melden Sie sich, wenn Sie mit der Cardoso gesprochen haben. *Adeus*.« Cabral legte auf.

Er hatte Freire mit seiner Ironie aus dem Konzept gebracht. Ein guter Ermittler durfte sich nicht so schnell verunsichern lassen. Sein Blick fiel auf den kleinen grünen Löwen aus Plastik, der auf seinem Schreibtisch stand. Der

Löwe war das Wappentier, Grün die Farbe von Sporting, dem Club von Cabo Santana. Er hatte ihn zum Andenken an die vielen scherzhaften Wortgefechte mit ihm, dem Benfiquista, zurückgelassen.

Cabral seufzte. Er vermisste Cabo Santana auch.

Der nächste Punkt auf Cabrals Liste war Neves' Verlobte. Er schnappte sich den Autoschlüssel und machte sich auf den Weg. Fátima da Costa ging keiner regelmäßigen Beschäftigung nach. Die Chancen standen gut, dass er sie jetzt am frühen Vormittag zu Hause antraf.

Doch er wurde enttäuscht. Wieder einmal klingelte und klopfte er vergebens. Wie beim letzten Mal öffneten sich nur die Fensterläden nebenan. Neugierige Nachbarn waren eine Pest, aber bei Nachforschungen Gold wert.

»*Bom dia.* Ist Senhora da Costa wieder nicht zu Hause?« Cabral deutete ein Winken an. Er war sicher, die Nachbarin konnte die Frage präzise beantworten.

»Nein, ist sie nicht. Kommt wohl so schnell auch nicht wieder.«

»Was soll das heißen? Ist sie verreist?«

»Sah ganz so aus.«

Wenn Cabral ihr weiter jedes Wort einzeln aus der Nase ziehen musste, würde er sie vorladen. Doch sie fuhr fort.

»Hat Gepäck dabeigehabt. Eine Reisetasche.«

»Wann war das?«

»Gestern Abend, so gegen sieben.«

Verdammt, dann hatten sie bereits viel Zeit verloren.

»Wie ist sie denn verreist?«, fragte er. »Wurde sie von jemandem abgeholt? Oder hat sie ein Auto?«

»Weder noch. Zu Fuß Richtung Busbahnhof ist sie gegangen. Hat nicht gesagt, wo sie hin will oder wann sie
wiederkommt, falls Sie das auch noch wissen wollen.«

»Danke, Senhora.«

Der Busbahnhof. Verdammt. Jetzt musste er mit Acacio
Fernandes sprechen. Das Letzte, was er für den heutigen
Tag gewollt hatte, war eine Begegnung mit jemandem, der
das gestrige Desaster miterlebt hatte. Aber er hatte keine
Wahl. Die Arbeit ging vor. Er machte sich auf den Weg
und parkte nur fünf Minuten später hinter dem Busbahnhof.

Cabral erkannte das Auto von Fernandes, er hatte also
Dienst. Offensichtlich wollte er in den letzten Wochen vor
seiner Pensionierung auch noch einmal alles geben. Gerade verließ er im Laufschritt sein Häuschen und rannte
einem anfahrenden Bus hinterher. Er holte ihn tatsächlich
ein und schlug mit der flachen Hand auf dessen Seite ein.
Der Fahrer bemerkte es, bremste ab und öffnete die Tür.
Wie ein Fluglotse auf dem Rollfeld winkte Fernandes mit
ausholenden Gesten ein junges Pärchen heran. Auf ihren
Rücken trugen sie fest verschnürt ihre komplette Camping-
ausrüstung mit sich herum. Dankbar strahlten sie ihn an
und stiegen in den Bus.

Fernandes drehte sich um und bemerkte Cabral. Seine
Miene blieb unbewegt, als er auf ihn zuging.

»*Bom dia*«, grüßte Cabral. »Das nenne ich Einsatz.«

»Sie wissen ja, wie es ist, wenn man seinen Beruf ernst
nimmt.«

Die pure Ironie. Doch Cabral wollte sich über diese Anspielung nicht aufregen. »Genau. Deshalb bin ich hier. Ich brauche Ihre Hilfe.«

»Wobei?«

»Ich muss die Kameraaufzeichnungen von gestern Abend ansehen.«

»Hat das mit dem Mordfall zu tun?«

»Ja. Bevor ich eine Fahndung einleite, will ich wissen, wohin die fragliche Person gefahren ist.«

»Kommen Sie rein«, sagte Fernandes. Er winkte Cabral in das kleine Kabuff mit dem Fenster zum Warteraum, aus dem heraus er die Karten an die Fahrgäste verkaufte. »Wollen Sie die Aufzeichnungen hier ansehen oder Kopien mitnehmen?«

»Es muss schnell gehen, daher gleich hier.«

»Setzen Sie sich.« Fernandes schmiss den Computer an und suchte nach den Dateien vom Vortag. Mit ein paar Klicks hatte er sie gefunden. »Hier. In dieser Datei sind die Aufzeichnungen ab siebzehn Uhr. Reicht das?«

»Können Sie sie vorspulen bis neunzehn Uhr?«

»Natürlich.« Er gab ein paar Befehle ein. »Bitte sehr.«

Cabral starrte auf die schwarz-weißen Aufnahmen. Sie zeigten den Vorplatz des Häuschens, wo die Busse hielten und Fahrgäste ein- und ausstiegen. Rucksacktouristen, Familien mit Kindern nach einem langen Tag am Strand. Alte Frauen, die ihre Einkäufe in der Stadt getätigt hatten und zurück auf das Land fuhren. Acacio Fernandes im Schwatz mit dem einen oder anderen Fahrgast. Auch Gouveia, der kurz vorbeischaute, mit Fernandes eine Zigarette rauchte und irgendwelche Früchte mit ihm teilte.

»Äpfel?«, fragte Cabral.

»Pfirsiche. Von Lourenços Farm.«

»Lourenço, soso …« Cabral nickte. Das Starren auf den Bildschirm machte ihn schläfrig. »Netter Kerl, oder?«

»Lourenço ist ein prima Junge«, sagte Fernandes.

Ein prima Junge. Als ob er zwölf Jahre alt wäre. Was sagten sie dann erst über ihn? Er war noch ein paar Jahre jünger. Cabrals Augen brannten. Vielleicht könnte er das Ganze abkürzen.

»Kennen Sie eine Fátima da Costa?«, fragte er Fernandes. »Aus dem Bairro das Índias.«

»Nein, der Name sagt mir nichts.«

»Anfang dreißig, sportlich, so künstliche Fingernägel mit allerlei Zeug drauf. Ziemlich bunt im Ganzen.«

Acacio gluckste. »Ich merke, Ihr Geschmack scheint die Dame nicht zu sein. Aber die Beschreibung passt leider auf viele junge Frauen heutzutage.«

Cabral brummte. Und starrte weiter. Vielleicht hatte Senhora da Costa es sich anders überlegt. Die Tatsache, dass die Nachbarin sie in Richtung der Busstation hat gehen sehen, hieß auch nichts. Vielleicht war sie irgendwo mit jemandem verabredet gewesen, der ein Auto hatte.

Als die Zeitleiste unter den Filmaufnahmen zwanzig vor Acht anzeigte, wurde Cabral unruhig auf seinem Stuhl. Auf dem Bildschirm sah er, wie sich eine Frau der Station näherte. Sie trug eine große Tasche in der einen Hand, in der anderen eine Plastiktüte.

»Das ist sie«, murmelte Cabral. Er kroch fast in den Monitor. »Laut der Nachbarin ist sie nur mit einer Reisetasche losgegangen. Dann hat sie sicher noch etwas zu essen ge-kauft für unterwegs, als hätte sie eine längere Fahrt vor sich. Und das erklärt auch, wieso sie fast vierzig Minuten bis hierher gebraucht hat.«

»Ich erinnere mich an sie.« Fernandes schaute über seine Schulter. »War ziemlich durch den Wind.«

»Was heißt das? Wissen Sie noch, was für ein Ticket sie gekauft hat?«

»Sie war nervös. Konnte kaum die Münzen aus dem Por-temonnaie sammeln, weil sie so fahrig war. Sie hatte tat-sächlich solche Fingernägel. Hab mich noch gefragt, wie sie damit überhaupt irgendetwas machen kann.«

Cabral hätte aus der Haut fahren mögen. Warum war Fernandes das nicht gleich eingefallen?

»Wohin wollte sie?«, fragte er.

Fernandes schloss die Augen, als müsse er seinen inne-ren Film noch einmal abspulen. Nach endlos langen Se-kunden schlug er sich schließlich mit der Hand gegen die Stirn.

»Nach Lissabon.«

Cabral stöhnte auf. Lissabon. Wohin auch sonst. Wenn Fátima da Costa Dreck am Stecken hatte, würde sie so weit und so schnell wie möglich verschwinden wollen. In Lissa-bon hatte sie den Flughafen und Fernzüge zur Auswahl. Er musste dringend die Fahndung einleiten. Gut, dass Freire gerade in Lissabon war.

»Danke, Sie haben mir sehr geholfen.« Er erhob sich und wollte gehen.

»Bringen Sie auch die andere Sache in Ordnung.«

Vergebens hatte Cabral gedacht, er würde glimpflich da-
vonkommen. »Das ist nicht so einfach.«

»Doch, das ist ganz einfach. Entschuldigen Sie sich
bei Teresa und Dona Augusta. Je länger Sie warten, umso
schwerer wird es.«

Cabral nickte. Später. Später würde er das tun.

21

Zurück in seinem Büro, hatte Cabral die letzten Worte von Fernandes bereits wieder vergessen. Er telefonierte mit dem zuständigen Staatsanwalt, um sich die Fahndung nach Fátima da Costa absegnen zu lassen. Er informierte Freire in Lissabon über den neusten Stand der Dinge. Danach hatte er auf einmal das Bedürfnis, mit seinem Onkel zu sprechen. Doch es war erst Mittag, er war noch im Dienst. Er konnte nicht einfach so nach Porto Covo fahren. Da kam ihm eine Idee. Nach ein paar Telefonaten hatte er die Standortnummer des öffentlichen Fernsprechers herausgefunden und wählte. Ein Freizeichen. Es dauerte ein Weilchen. Er grinste bei dem Gedanken an die alten Männer auf dem Largo Marquês de Pombal. Jemand nahm ab.

»Nuno, was willst du? Du bringst die ganze Ordnung hier durcheinander!«

Cabral fiel bald der Hörer aus der Hand. Tio Higino.

»Woher wusstest du, dass ich es bin?«

»Dafür brauche ich weder übersinnliche Begabung noch die alles übertreffenden Kenntnisse eines Chefinspektors«, bellte sein Großonkel in den Hörer. »Andressa hat Urlaub. Wer also sonst sollte hier anrufen, wo du der Einzige bist, der von unserer Abmachung weiß.«

»Tio, du bist doch wirklich nicht zu übertreffen.« Cabral lachte.

»Dafür hast du dich gestern selber übertroffen, wie ich gehört habe.«

»Herrgott, woher weißt du denn das schon wieder?«

»Du kennst meine Verbindungen. Ich habe heute Morgen mit Augusta telefoniert.«

Gott sei Dank, dachte Cabral.

»Danke, dass du ein gutes Wort für mich eingelegt hast.«

»Junge, die Größe deines Egos ist ebenfalls nicht zu überbieten. Ich hab ihr gesagt, sie soll dich rausschmeißen.«

»Tio! Was soll das?«

»Du bist vierzig Jahre alt, benimm dich endlich auch so. Zieh aus der Pension aus. Du besitzt zwei Häuser. Und vor allen Dingen, hör auf, die Menschen vor den Kopf zu stoßen, die es gut mit dir meinen. Von der Seite meiner Familie hast du das nicht. Deine Mutter würde sich schämen.«

Es klickte in der Leitung. Sein Großonkel hatte aufgelegt. Cabrals Kehle wurde eng. Er fühlte sich so getroffen, dass ihm die Luft wegblieb. Wie in Zeitlupe leerte er seine Kaffeetasse, loggte sich aus dem Computer aus, sammelte seine Sachen ein und stopfte sie in seine Tasche. Er verließ sein Büro, schloss die Tür hinter sich und winkte kurz dem Cabo am Empfang der GNR.

»Ich bin weg.« Wie durch Watte ging er die Rua António Aleixo hinunter. Alles, was er wahrnahm, war der Nachhall des letzten Satzes seines Großonkels in seinem Kopf.

Deine Mutter würde sich schämen.

All die Bilder waren wieder da. Seine Eltern und er am Esstisch am letzten Geburtstag seiner Mutter. Der Streit, bei dem es wie so oft um ihn gegangen war. Seine lockere Lebenseinstellung im Allgemeinen und seine Berufswahl im Speziellen, weil sein Vater nie hatte akzeptieren können, dass er nicht in seine Fußstapfen treten wollte. Seine Mutter, die an ihrem eigenen Geburtstag aus dem Haus geflüchtet war, weil sie die Auseinandersetzungen der beiden nicht mehr ertragen konnte. Die am nächsten Morgen tot am Fuße der Klippen beim Cabo Sardão gefunden wurde. Abgestürzt beim Fotografieren, ihrer großen Leidenschaft.

Glaub nicht, dass deine Mutter sich nicht für dich schämt, nur weil sie es dir niemals sagt, hatte sein Vater ihm an den Kopf geworfen.

Hör nicht auf deinen Vater. Er ist eifersüchtig und böse. Er kann es nicht ertragen, dass du schon immer mit allem zu mir gekommen bist, statt zu ihm. Aber das hat er sich selbst zuzuschreiben.

Dann war sie gegangen und nicht mehr zurückgekehrt. Seine Mutter hatte ihn mit Liebe überschüttet. Sie beide hatten sich wie zwei Komplizen gemeinsam gegen alle Widrigkeiten gestellt. Sie hatten immer zusammengehalten. Doch seit dem Abend war da immer dieser Satz seines Vaters, der wie ein boshafter Wurm durch sein Gehirn und sein Herz kroch. Und der ihm immer die eine Frage einflüsterte: Was, wenn sein Vater die Wahrheit gesagt hatte?

Damals hatte er keine Gelegenheit mehr gehabt, Fragen zu stellen, Dinge zu klären. Heute hatte er sie. Ihm wurde klar, dass er die Sache mit Dona Augusta in Ordnung bringen musste.

Cabrals Herz klopfte wie das eines ängstlichen Kindes,

als er die Pension betrat. Er putzte den Schmutz von seinen Schuhen, klopfte kurz an die Tür von Dona Augusta und ging hinein. Klein sah sie aus in ihrem Sessel, der Kopf war auf ihre Brust gesunken. Sie regte sich nicht.

Bitte nicht, dieses Mal nicht, schrie es in Cabrals Kopf. Er wollte zu ihr stürzen, doch in dem Moment entschlüpfte ihr ein winziges Schnarchen. Vor Erleichterung hätte er fast gelacht. Unbedacht ließ er sich auf das Sofa sinken. Die Sprungfedern beschwerten sich mit einem lauten Quietschen. Dona Augusta wachte auf. Sie räusperte sich und rückte die Brille zurecht.

»Entschuldigen Sie, Dona Augusta. Ich wollte Sie nicht erschrecken.«

»Schon gut. Was gibt es denn so Wichtiges?«

War ihr Ton reservierter als sonst?

»Ich möchte mich für den Vorfall gestern entschuldigen.« Cabral räusperte sich mehrmals, damit seine Stimme ihn nicht verließ. »Mein Verhalten war unverzeihlich. Glauben Sie mir bitte, dass es mir sehr leid tut. Ich habe Ihren Abend ruiniert. Sie waren immer … Sie waren immer gut zu mir und haben mich unterstützt, mir das Gefühl gegeben, hier zu Hause zu sein. Ich habe das kaputtgemacht. Ich werde auch noch mit Senhora Teresa, Gouveia und Dona Elisabete sprechen. Wenn sie mich anhören wollen.«

»Sie kennen Senhor Gouveia gut genug, um zu wissen, dass er Sie nicht abweisen wird. Auch wenn Sie das nicht verdient haben.«

Cabral suchte vergebens nach einem nachgiebigen Zug in ihrem Gesicht. Diesmal fand er nur Härte.

»Ja, ich weiß«, erwiderte er kleinlaut.

»Ich habe mit Ihrem Großonkel telefoniert. Sie wissen ja, dass er ein alter Freund von mir ist.«

Wäre die Gesamtsituation nicht so ernst, hätte er einen Witz darüber gemacht. Gouveia, Fernandes, Dona Augusta und Tio Higino waren alle *alte Freunde* untereinander. Sie halfen Cabral bei seinen Ermittlungen, waren wandelnde Geschichtsbücher und wussten von Dingen, die man selbst heute nicht laut herumtratschte. Sie waren auf eine Weise miteinander verbunden, wie es nur Menschen waren, die zusammen ums Überleben und für die Freiheit hatten kämpfen müssen. Sie hatten für den Widerstand gegen António de Oliveira Salazar gearbeitet.

»Ich habe heute auch mit ihm gesprochen. Ich weiß, was er zu Ihnen gesagt hat, und ich denke, er hat recht. Es ist besser, wenn ich ausziehe.«

Die Tür wurde geöffnet. Dona Augusta sah auf und lächelte. Cabral drehte sich um. Es war Teresa. Auch das noch. Sie deutete auf die Fenster.

»Ich möchte nur kurz die Fenster schließen, Dona Augusta. Sie verbrennen in der Raffinerie wieder Gas. Es ist doch schöner, wenn der Gestank draußen bleibt.«

Sie schloss die Fenster und rückte die Blumentöpfe wieder an die richtige Stelle. Es stimmte. Der Gestank hing einmal mehr über Sines wie eine Glocke. Auf dem Weg nach draußen drückte Teresa im Vorbeigehen fürsorglich Dona Augustas Schulter. Cabral sah zu Boden.

»Von mir aus muss er übrigens nicht gehen«, sagte da Teresa plötzlich.

Er drehte sich zu ihr um, doch er hörte nur noch die Tür klappen. Sie war wieder verschwunden.

»Wie ich schon sagte, Senhor. Sie haben es gar nicht verdient«, sagte Dona Augusta.

»Daher habe ich ja meine Entscheidung getroffen. Ich gehe nach Porto Covo in Tio Higinos Haus am Hafen – «

»Ich habe auch meinem alten Freund Higino bereits gesagt, dass er es mir überlassen soll, wen ich in meinem Haus haben möchte und wen nicht.

Hatte er sich gerade verhört? Das hatte Tio Higino mit keinem Wort erwähnt.

»Aber ich möchte so etwas nicht noch einmal erleben«, fuhr sie fort. »Schalten Sie beim nächsten Mal Ihren Kopf ein, bevor Sie handeln. Und jetzt lassen Sie eine alte Frau ihre Siesta halten. Haben Sie denn gar keine Arbeit zu tun?«

Cabral stand auf, trat zu ihr und ging in die Knie. Bevor sie ihn davon abhalten konnte, schloss er sie in seine Arme und drückte sie fest. Sie protestierte und schlug ihm ihre Stricknadeln auf den Arm, bis er von ihr abließ.

»*Boa tarde*, Dona Augusta.«

»*Boa tarde*, Senhor Cabral.«

22

Cabral war erleichtert, vielleicht sogar glücklich. Er pfiff, als er sich anschickte, die Pension zu verlassen. Sein neuer Tatendrang wurde ausgebremst, als er durch die Tür zur Straße trat. Ein Besen stellte sich ihm in den Weg. Er stolperte und wäre wohl der Länge nach hingefallen, hätte er sich nicht gerade noch mit den Händen abgefangen. Er verhinderte so einen schlimmeren Sturz, holte sich aber immerhin ein paar Abschürfungen an den Handinnenflächen, mit denen er über den Asphalt schrammte. Der eben erst zusammengefegte Haufen Schmutz wirbelte auf und verteilte sich über sein Hemd.

»Was zum Teufel …«

»Jetzt sind wir wohl quitt«, sagte Teresa. »Was müssen Sie auch so aus dem Haus gestürmt kommen.«

Knapp, ganz knapp bekam Cabral die Kurve und explodierte nicht. Immerhin hatte er sich erst vor wenigen Minuten mit Dona Augusta versöhnt.

»Wollen wir nicht allmählich aufhören mit den Spielchen?«, fragte er stattdessen. Er fand sich für den Anfang ziemlich gut.

»Ich hab damit ja nicht angefangen.«

»Ist doch jetzt egal. Frieden?«

Sie schüttelte den Kopf. »Waffenstillstand muss vorerst reichen.«

»Einverstanden. Und danke für eben, da drinnen.«

Sie zuckte wenig beeindruckt von seiner neuen Haltung die Schultern. Cabral klopfte sich den Staub ab. Da kam ihm ein Gedanke.

»Erzählen Sie mir von *Linha Vermelha*?«, fragte er.

»Warum?« Ihre Skepsis war nicht zu übersehen.

»Weil ich verstehen will, was vor sich geht. Was das für Leute sind, wofür sie eintreten.«

»Ist das nicht offensichtlich? Für die Erhaltung der Natur, den Schutz der Umwelt, unser aller Leben und Gesundheit.«

»Ist das nicht ein bisschen zu aufgeplustert?«

»Nein.«

Die Schlichtheit dieser Antwort verblüffte Cabral. »Wollen wir auf der Straße stehen bleiben, oder sind Sie einverstanden, wenn wir uns auf die Dachterrasse setzen?«

Sie nickte, stellte den Besen hinter der Eingangstür in eine Ecke und ging vor. Cabral folgte ihr. Er bemühte sich, ihr nicht auf die Beine zu starren, als sie vor ihm die Treppe hinaufstieg.

Keine Wolke zeigte sich am Himmel. Sie mussten sich eine Ecke suchen, in der die Sonne vom Überstand des Daches ausgesperrt wurde. Teresa zog sich einen Liegestuhl in den Schatten. Cabral folgte ihrem Beispiel. Sie blickten Richtung Atlantik. Ein Schnellboot der Zolleinheit flog über das Wasser und schien es kaum zu berühren. Wenn es doch auf die Oberfläche klatschte, spritzte Gischt zu beiden Seiten hoch und glitzerte in der Sonne. Würden Teresa und er Cocktailgläser in den Händen halten, könnte man sie für Urlauber halten, die entspannt die schöne Aussicht genossen.

»Erzählen Sie«, forderte er sie auf. »Warum machen Sie dabei mit?«

»Wieso glauben Sie, dass meine Beweggründe andere sein könnten als die aller anderen?« Sie lachte belustigt.

»Ich glaube, falls Sie überhaupt jemals in Sines gelebt haben, waren Sie zumindest lange nicht mehr hier. Andernfalls hätte ich bei den Gouveias irgendwann mal von Ihnen gehört. Oder wir hätten uns kennengelernt. Außerdem ist Ihr Portugiesisch …«, sie sah ihn mit gerunzelter Stirn von der Seite an, »nicht holprig, aber da ist irgendein Akzent mit dabei. Englisch, tippe ich.«

»Hat alles nichts mit Ihrer Frage zu tun.«

»In gewisser Weise schon. Warum engagieren Sie sich so stark für die Umweltbelange hier in Sines, wenn Sie nichts mit diesem Ort verbindet?«

»Himmel, sind Sie wirklich so borniert, oder tun Sie nur so? Das ist genau das Problem. Dass die Menschen sich nur für das interessieren, was in ihrem Vorgarten passiert, und nicht begreifen, wie alles zusammenhängt.«

»Das ist alles?«

»Soll ich Ihnen meinen Lebenslauf einreichen?«

»Keine schlechte Idee.«

Es zuckte um ihre Mundwinkel, und Cabral ertappte sich dabei, wie er darauf hoffte, es würde sich zu einem Lächeln ausbreiten. Er hatte sie noch nie lächeln sehen.

»Ich bin hier geboren«, erzählte sie stattdessen. Cabral war ehrlich überrascht. »Aber meine Eltern sind viel in der

Welt umhergereist, und so war ich schon als Kind auch immer wieder für längere Zeit im Ausland. In den letzten zehn Jahren habe ich in England gelebt. In Cornwall, um genau zu sein. Eine Projektrecherche hatte mich dorthin geführt, geblieben bin ich aus einem anderen Grund. Für Umweltschutzorganisationen habe ich immer schon ehrenamtlich gearbeitet.«

»Und das setzen Sie jetzt hier fort.«

»Wo, wenn nicht an dem Ort, an dem ich meine glücklichsten Jahre verbringen durfte?«

Ihre Stimme schwankte. Cabral war sicher, dass hinter dem letzten Satz eine Geschichte steckte, die sie immer noch bewegte. Die Frage, warum sie nach so vielen Jahren ihre Zelte in England abgebrochen hatte, verkniff er sich.

»Ist Ihnen bewusst«, fuhr sie fort, »dass bereits dreißig Prozent der Korkeichen in der Region um Sines krank oder bereits ganz abgestorben sind? Die Korkeichen! Eines der Wahrzeichen des Südens dieses Landes. Und eine wichtige Einkommensquelle.«

Die Korkeichen. Cabral fragte sich, ob auch er eines Tages jemandem erzählen würde von den Bäumen, die Strümpfe trugen. So wie seine Mutter es ihm erzählt hatte und seine Großmutter ihr.

»Auch wird die hohe Zahl an Krebserkrankungen und Krebstoten verschleiert und heruntergeredet. Aber was glauben denn die Menschen, was passiert, wenn sie über Jahrzehnte dieser Umweltverschmutzung durch Öl, Gas, Petroleum und anderem Mist ausgesetzt sind? *Linha Vermelha* kämpft dafür, dass die Verträge für den Bau weiterer

Pipelines und womöglich Förderplattformen vor der alentejanischen Küste gelöst werden. An der Algarveküste waren sie bereits erfolgreich. Warum also nicht auch hier?«

Ihre Wangen glühten, und das war nicht die Schuld der immer noch heißen Sommerluft. Sie hatte sich in Rage geredet.

»Als ich Kind war, war der Sand am Strand noch weiß«, fügte sie fast flüsternd hinzu. »Kilometerlange Dünen wie aus Zucker. Haben Sie sich mal angesehen, wie viel Dreck da heute angeschwemmt wird? Das macht mich einfach traurig.«

»Allerdings muss man auch einräumen«, gab Cabral zu bedenken, »dass in den siebziger Jahren die Tanker vor der Küste ihre Tanks noch gereinigt haben, indem sie den ganzen Naphtha-verseuchten Abfall einfach ins Meer gekippt haben. Das verklumpte, teerartige Zeug hat jahrelang in schöner Regelmäßigkeit den Strand gepflastert. Das ist schon lange verboten. Nur ganz selten werden heute noch winzig kleine Klümpchen angespült. Kügelchen, so groß wie Kirschkerne höchstens. Es gibt also auch Fortschritte.«

»Ja, ich hab sie gesehen«, sagte Teresa so leise, dass es fast nur noch ein Flüstern war. »Wie schwarze Tränen. Als ob das Meer weint.«

Cabral betrachtete Teresas Gesicht. Sie presste die Lippen zusammen.

»In vielerlei Hinsicht teilen wir dieselben Erinnerungen«, lenkte er ein. »Ich weiß nur nicht, was der richtige Weg ist. Ihre Kampagnen erregen Aufmerksamkeit, gar keine Frage, aber wenn das so eskaliert, wie beim *Banho 29* ...«

»Nun fragen Sie schon, was Sie eigentlich wissen wollen.«

»Wie weit geht *Linha Vermelha*, um Ziele zu erreichen?«

»Nicht weiter als bis zu dem, was Sie selbst gesehen haben. Aktionen am Strand mit Transparenten, Petitionen, Gespräche mit den Medien, Facebook-Einträge.«

»Sabotageakte?«

Teresa schnaubte. »Sie haben doch mitbekommen, wer uns unterstützt. Studenten, Familien mit Kindern, Menschen wie Dona Augusta.«

Bei der Erwähnung der alten Dame deutete sich ein Lächeln an. Mehr wurde es auch diesmal nicht. Dabei würde es sicher die Schatten unter ihren Augen aufhellen.

»Also alles harmlos und friedlich.« Cabral musste mühsam Ironie unterdrücken.

»Genau. *Linha Vermelha* ist keine radikale Gruppierung. Das sind Bürger, die sich sorgen, die etwas erhalten und verbessern wollen. Ob sich die eine oder andere Person daruntermischt, die auch weitergehen würde, kann ich nicht sagen. Auszuschließen ist das sicher nicht. Aber es ist definitiv nichts, was von irgendeiner Stelle initiiert oder gesteuert wird. Und um ihren Gedanken weiterzuspinnen: Sicher würde niemand einen Mord begehen. Was würde das auch bringen? Eine einzelne Person aus dem Verkehr zu ziehen bewirkt keine Richtungsänderung in der Politik oder den großen Energiekonzernen. Im Gegenteil, es würde die Bewegung als Diskussionspartner diskreditieren.«

Cabrals Telefon klingelte. Er fluchte innerlich, war Teresa doch gerade im Redefluss. Er zog das Handy aus der Hosentasche und nahm das Gespräch an.

»Cabral hier.«

»Hier spricht Sargento Parreira. Wir haben soeben einen Notruf reinbekommen. Es gibt eine Leiche. Und Parallelen zu dem Toten am Strand.«

»Das darf nicht wahr sein, *foda-se*! Ich mache mich sofort auf den Weg. Wohin?«

»Costa do Norte. Beim *Pedra do Homem*.«

»Alles klar. Ich bin so schnell wie möglich da. Benachrichtigen Sie auch Doutor Passos. Er soll zum Tatort kommen.« Cabral beendete das Gespräch und wandte sich zu Teresa, die ihn mit großen Augen ansah. »Ich muss los. Ich danke Ihnen für die Zeit, die Sie sich genommen haben.«

»Etwa noch ein Toter?«

Cabral nickte. Er durfte nicht mehr sagen, und er wusste ja auch selbst noch nichts.

»Bin ich froh, dass ich hier zusammen mit Ihnen saß. Ein besseres Alibi kann ich doch gar nicht haben, oder?«

Cabral sah sie an. Einen Witz hatte sie damit offensichtlich nicht beabsichtigt. Sie sah vielmehr besorgt aus.

»Kommt auf den Todeszeitpunkt an. Wir saßen hier ja nicht mal eine volle Stunde.«

»Sie verstehen es wirklich, die Menschen aufzubauen.«

»Wir sprechen ein andermal. Ich muss los. *Boa tarde*.«

23

Im letzten Jahr war Cabral nach Sines zurückgekehrt und gleich in den ersten Tagen mit dem Ausbau
der alten Schotterstraße zum Restaurant *O Guia* konfron-
tiert worden. Er hatte es zutiefst verabscheut, dass dafür
auf der gesamten Länge Natur zerstört worden war. Damit
war auch ein Teil seiner Kindheit unwiderruflich verloren
gegangen. Da ging es ihm nicht anders als Teresa. In diesem Moment jedoch war er dankbar für die breite, begra-
digte Asphaltstrecke. So schnell wäre er früher nicht an der
Costa do Norte gewesen. Er verzichtete darauf, ganz bis
zum Parkplatz des Restaurants durchzufahren. Dort würden die Einsatzwagen der GNR jede Menge Schaulustige
angezogen haben. Dafür hatte er nicht die Nerven. Nach
der Hälfte der Strecke bog er daher von der Straße nach
links ab. Er parkte dort, wo der alte Trampelpfad begann.
Der führte durch den Rest der dort einst in großer Fülle
wachsenden Pinien und anschließend über die Dünen bis
ans Wasser.

Schon von weitem sah Cabral das ganze Spektakel. Der
Tote befand sich nicht ganz unten am Strand beim Stein
der Männer, dem *Pedra do Homem,* einer niedrigen Fels-
formation, die bis in die Brandung ragte. Er lag in einer
Mulde in den Ausläufern der Dünen. Uniformierte Männer der GNR wuselten umher, um das Flatterband unter

Kontrolle zu bekommen. Der Nordwind traf hier mit aller Macht auf das schutzlose Land. Auch ein Grund dafür, dass die Strandbesucher Deckung bei den Felsen suchten.

»Chefinspektor Cabral!« Sargento Parreira winkte ihm zu. »Gut, dass Sie so schnell kommen konnten. Ich führe Sie zu dem Toten.«

Der Sargento ging vor. Mit schweren Schritten wateten sie durch den nachgiebigen Untergrund. Nach ein paar Metern hatte Cabral genug. Er zog sich die Schuhe aus und krempelte sich die Hosenbeine auf.

Der Tote war ein Mann Mitte vierzig. Die Anzugjacke fehlte, ansonsten war sein Outfit eine Kopie von dem Filipe Neves'. Und ebenso wie bei ihm wies sein Hals einen nahezu gerade verlaufenden tiefen Schnitt auf. Sand war über den Körper geweht und hatte sich in die Wunde gesetzt. Fliegen schwirrten über das getrocknete Blut. Ein solcher Halsschnitt führte zu einem raschen Blutaustritt. Um den Toten herum gab es jedoch keine getrocknete Blutlache. Nur sauberen, weißen Sand.

Weiß wie Zucker, dachte Cabral. Das hatte Teresa gesagt.

»Dies ist nicht der Tatort«, sagte er zu Parreira. »Ansonsten wäre hier alles in Blut getränkt. Das versickert nicht im Sand, ohne Spuren zu hinterlassen. Er muss also hierhergebracht worden sein, als er bereits tot war.«

In dem Moment kam Doutor Passos über die Dünen gestapft.

»*Boa tarde*, Chefinspektor. Ich wünschte, wir hätten uns nicht so schnell wiedergesehen.«

»Fragen Sie mich mal«, sagte Cabral, mehr zu sich selbst. Er hatte einen zweiten Mord am Hals, und Freire war noch immer in Lissabon.

»Haben Sie irgendetwas angefasst?«, fragte Passos.

»Nein, bin selber gerade erst angekommen.«

Sie zogen sich Einmalhandschuhe über und knieten sich in den Sand zu dem Toten. Zuerst machte Passos Fotos. Zunächst mit etwas Abstand, danach Nahaufnahmen von der Wunde. Er betastete die Augenlider, die Kieferknochen und den Nacken. Flink fuhren seine Hände über Arme und Beine des Toten.

»Die Leichenstarre ist fortgeschritten, aber noch nicht voll ausgeprägt. Meine erste Einschätzung ist, dass er seit etwa vier bis sechs Stunden tot ist. Ich muss aber auch noch die Körpertemperatur überprüfen und mir die Leichenflecken genauer ansehen. Präziser wird es erst, wenn ich nachweisen kann, ob bereits Eier von Schmeißfliegen oder für das bloße Auge kaum sichtbare Maden abgelegt wurden.«

Bin ich froh, dass ich hier zusammen mit Ihnen saß. Cabral hörte wieder Teresas Worte. Vor vier bis sechs Stunden waren sie nicht zusammen gewesen.

»Danke, Doutor Passos. Rufen Sie mich an, wenn Sie ein Ergebnis haben.« Er wandte sich an Parreira. »Wer hat den Toten gefunden?«

»Ein junges Pärchen. Sie haben bei der Säuberungsaktion mitgemacht. Sind danach noch in den Dünen und zwischen den Felsen herumspaziert.« Parreira zwinkerte vielsagend. Der *Pedra do Homem* schützte nicht nur vor Wind, sondern auch vor fremden Blicken.

Cabral hatte eine Aversion gegen das Wort Säuberungsaktion. Selbst in Zusammenhang mit der zweimal im Jahr
stattfindenden Reinigung der Strände. Sie erstreckte sich
im Westen vom Praia do Canto Mosqueiro bis zur Lagune
vom Praia do Lago.

»*Limpeza de Praias*? Das war heute?«

»Ja, die haben in den frühen Morgenstunden angefangen. Es machen jedes Jahr mehr mit.«

»Wird ja auch jedes Jahr mehr Müll«, erwiderte Cabral.
Die Antwort hätte von Teresa stammen können. »Und die
beiden haben diesen Abschnitt gesäubert?«

»Nein, die waren ganz oben an der Lagune.«

»Wo sind sie jetzt?«

»Sitzen in einem unserer Einsatzfahrzeuge auf dem
Parkplatz von *O Guia*.«

Wundervoll, dachte Cabral. *Dann muss ich da doch noch
hin.*

»Und wer kann mir sagen, wer hier in diesem Abschnitt
im Einsatz war?«, fragte er.

»Heute Morgen war jemand vom Umweltausschuss dabei. Der hat die Gruppen eingeteilt. Die haben dann jeweils
in Abschnitten von etwa zweihundert Metern Länge Müll
gesammelt. Ich würde im Rathaus fragen, da gibt es sicher
irgendwelche Berichte oder so.«

»Ja, gute Idee. Danke, Sargento.« Cabral würde also so
schnell wie möglich zurück in die Stadt fahren. »Parreira,
noch etwas. Nehmen Sie doch bitte die Personendaten der
beiden auf, die den Toten gemeldet haben. Und können sie
auch deren Aussage schriftlich festhalten? Ich werde mich

später mit ihnen in Verbindung setzen, falls noch Fragen sind.«

»Chefinspektor, ich weiß ehrlich gesagt nicht, ob das unser Aufgabenbereich ist ...« Der Sargento zuckte bedauernd die Schultern, hielt Cabrals Blick aber ungerührt stand.

»Nur die Personendaten? Das haben Ihre Leute doch wohl hoffentlich sowieso schon gemacht. Freire ist in Lissabon, ich kann mich nicht zerteilen.«

Sargento Parreira seufzte tief und willigte ein. »In Ordnung, das sollte wohl gehen.«

»Vielen Dank.« Der Sarkasmus in Cabrals Stimme war nicht zu überhören. Hatte er nicht erst vor ein paar Tagen Gouveia gegenüber erwähnt, dass Parreira bei weitem nicht so kooperationsbereit war wie Cabo Santana? Cabrals Laune sank in den Keller, als er den weichen Sand auf dem Weg zurück zu seinem Auto durchquerte.

24

Das Rathaus von Sines sah aus, als ob es ebenfalls einer Reinigung unterzogen worden war. Die weiße Fassade des kantigen Gebäudes schimmerte wie ausgebleichte Knochen in der gleißenden Sonne.

»*Boa tarde*«, rief Cabral, als er an die Anmeldung trat.

»Chefinspektor Cabral, was können wir für Sie tun?« Die Dame am Empfang lächelte ihn hilfsbereit an. Sie kannten sich.

»Ist jemand aus dem Umweltausschuss zu sprechen?«

»Tut mir leid, die Herrschaften sind alle bereits gegangen.«

»*Foda*-« Cabral fing sich gerade noch.

»Was gibt es denn so Dringendes? Ich könnte jemanden anrufen.«

»Senhora, ich benötige dringend eine Information zu der Strandreinigungsaktion heute an der Costa do Norte. Ich muss wissen, wer an welchem Abschnitt gearbeitet hat.«

Die Senhora strahlte. »Das kann ich Ihnen sagen. Warten Sie einen Moment.«

Cabrals Laune hob sich. Der Prozess könnte noch beschleunigt werden, wenn er endlich etwas zu essen bekäme. Er hätte vielleicht doch selbst die beiden jungen Leute befragen und dann danach bei *O Guia* essen sollen. Dort gab es die beste *Feijoada de Choco* weit und breit. Fangfrischer Tintenfisch, in kleine Stücke geschnitten, Garnelen, weiße Bohnen, Weißwein und gerade so viel Koriander, dass der Eintopf nicht seifig schmeckte. Warum war ihm das bloß nicht früher eingefallen?

»Hier. Das sind die Listen.« Sie wedelte mit einem Stapel DIN A4-Seiten. »Es gibt ja einen kleinen Preis für die Gruppe, die den meisten Müll gesammelt hat. Die Galp steuert jedes Jahr etwas dazu bei. Daher halten wir das fest.«

Die Galp. Schon wieder.

»Sehr gut. Lesen Sie vor.«

»Die Einteilung beginnt gleich unterhalb des *Estrela do Norte.*«

Noch ein Restaurant, dachte Cabral. Sein Magen knurrte.

»Abschnitt eins: eine Gruppe Kinder mit Lehrern von der Grundschule Vasco da Gama. Abschnitt zwei: eine Sportgruppe 55+. Abschnitt drei ...«

»Sehen Sie nach, wer auf Höhe des *Pedra do Homem* war.«

Sie blätterte, befeuchtete zwischendurch ihre Fingerspitzen mit ein bisschen Spucke. Cabral war froh, dass es sich nicht um Papiere handelte, die sie ihm hinterher aushändigen musste. Sie blätterte weiter. Cabral trommelte mit den Fingerknöcheln auf die Tischplatte.

»Da ist es. Es müssten die Abschnitte sieben und acht gewesen sein. Abschnitt sieben: eine Gruppe Urlauber vom Campingplatz in São Torpes, Abschnitt acht: Unterstützer von *Linha Vermelha.*«

»*Linha Vermelha?* Sind Sie sicher?«

»Ja, sicher. Hier steht es schwarz auf weiß.«

Cabral riss ihr die Blätter aus der Hand. Er musste es unbedingt mit eigenen Augen sehen. Tatsächlich. *Linha Vermelha.* Schon wieder.

»Mussten die Gruppenmitglieder Namen angeben?«, fragte er.

»Nein, das ist nicht nötig. Die Entscheidung für den Sieger wird direkt vor Ort getroffen und der Gewinn auch gleich im Anschluss übergeben. Nicht an eine Einzelperson, an die gesamte Gruppe.« Bedauernd zuckte sie mit den Schultern.

»Verdammt! Wie kann ich herausfinden, wer zu den jeweiligen Gruppen gehört hat?«

»Ich fürchte, das ist unmöglich. Außer, Sie kennen jemanden aus der jeweiligen Gruppe, der Ihnen auch die anderen Teilnehmer nennen kann.«

Das war das Stichwort. Wenn er nicht einen so leeren Magen hätte und langsam, aber sicher unterzuckerte, wäre er auch selbst drauf gekommen. Er bedankte sich und verließ das Rathaus. Jetzt musste er Teresa tatsächlich nach ihrem Alibi fragen.

Bin ich froh, dass ich hier zusammen mit Ihnen saß.

Verdammt! Die ganze Situation machte ihn zornig. Gerade hatte er das erste vernünftige Gespräch mit Teresa geführt, da geriet sie schon wieder in den Kreis der Verdächtigen. Das gefiel ihm nicht.

Er musste etwas essen. Das würde ihn besänftigen und ihm eine kleine Pause verschaffen. In der konnte er überlegen, was sein nächster Schritt sein würde. Er startete den Motor und lenkte den Wagen erneut zur Costa do Norte.

25

Die Dunkelheit hatte bereits eingesetzt. Das Restaurant *O Guia* strahlte wie ein Juwel vor den sanften Hügeln der Dünen. Dahinter lag der fast schwarze Ozean. Die Gasträume und die Außenterrasse waren hell erleuchtet. Auch die Laternen auf dem Parkplatz brannten bereits.

Ob Seefahrer das Restaurant in sternenlosen, sturmumtosten Nächten für ein Leuchtfeuer hielten? Seefahrer. Cabral schüttelte den Kopf. Das Wort ließ Bilder und Geschichten wieder aufleben von Forschern und Entdeckern, Kaperfahrten und Walfängern. Die Zeiten waren vorbei. Heute schoben sich Containerschiffe und Luxus-Passagierkreuzer durch die Weltmeere. Wenn Cabrals Blutzuckerspiegel noch weiter absank, würde er die Litanei von der »guten alten Zeit« anstimmen.

Die Einsatzfahrzeuge der GNR waren längst abgezogen. Nichts erinnerte mehr an das, was am Nachmittag passiert war. Er betrat das Restaurant und sah sich nach einem Platz um, der ihm zusagte.

»*Boa noite*, Chefinspektor«, begrüßte ihn der Gastwirt. Er stand hinter der Theke und polierte Gläser. »Dienstlich hier? Wegen der Sache?«

Die Sache. Interessante Art, über einen gewaltsam ums Leben gekommenen Menschen zu sprechen. Cabrals Unleidlichkeit nahm zu.

»*Boa noite*. Außer Dienst. Ich habe Hunger. Gibt es noch was?«

»Aber sicher, Chefinspektor. Was darf es denn sein? Wollen Sie eine Karte?«

»*Feijoada de Choco*.«

Der Wirt nickte, legte sein Handtuch beiseite und rief die Bestellung in die Küche.

»Wo wollen Sie sitzen?«

»Ich will nicht so viel Rummel um mich herum.«

»Kommen Sie mit.« Der beleibte Wirt, der selbst ein guter Abnehmer seiner Speisen zu sein schien, bedeutete Cabral, ihm zu folgen. Er führte ihn hinter dem Tresen an einem Aquarium vorbei. Wie in Zeitlupe bewegten sich verschiedene Krustentiere durch das Wasser.

Durch eine Hintertür verließen sie das Restaurant. Hinterm Haus gab es eine kleine Terrasse, die offensichtlich nicht für die Gäste gedacht war. Sie bestand nur aus ein paar Gehwegplatten, die mehr schlecht als recht im Sand verlegt worden waren. Strandgräser wuchsen dazwischen empor. Es gab einen einfachen Kunststofftisch und drei Gartenstühle unter einem feuerroten Sonnenschirm. Cabral merkte, dass er eine Abneigung gegen die Farbe Rot zu entwickeln begann. Er brachte sie neuerdings immer mit Wolle in Verbindung. Er setzte sich. Für einen Moment ließ er den Kopf in den Nacken fallen und schloss die Augen.

»Einen Wein?«, fragte der Wirt.

»Ja, bitte.«

Einen Augenblick später stand eine Karaffe mit Rotwein vor ihm auf dem Tisch. Süffiger Landwein, typischerweise mit einem höheren Gehalt an Alkohol als ein Tafelwein. Er schoss Cabral in den Kopf, dann in die Beine. Eine angenehme Schwere überkam ihn. Er war Alkohol kaum noch gewohnt, seit er wieder im Polizeidienst war. Der leere Magen war da auch nicht hilfreich.

Zwei Hunde kamen um die Ecke des Restaurants geschlichen. Strohbeige und struppig. Die Rippen stachen hervor. Sie schnüffelten mal hier und mal da und näherten sich Cabral, der bewegungslos abwartete. Er wollte sehen, wie weit sie sich vorwagten. Sehen, wer mehr Respekt vor dem anderen hatte. Der größere der beiden verlor auf halbem Weg das Interesse. Er legte sich in den Sand und bettete den Kopf auf die Vorderpfoten. Der kleinere Hund hingegen saß erwartungsvoll vor Cabral und blickte ihn mit triefenden Augen an. Cabral streckte die Hand aus, ließ den strubbeligen kleinen Kerl daran riechen und strich ihm dann über das Fell. Er schien es zu genießen, hob den Kopf, drehte ihn, damit Cabral ihn überall erreichte.

Weil die Flöhe vermutlich überall sitzen, dachte Cabral. Aber es war ihm egal. Diese Gesellschaft war ihm gerade recht. Sie stellten sich gegenseitig keine Fragen. Und wo keine Fragen, da keine Lügen. Er hatte es manchmal so satt, niemandem trauen zu können. Der Hund rollte sich zu seinen Füßen. Sand und vertrocknete Halme mischten sich unter das sowieso schon verklettete Fell.

Der Wirt balancierte ein Tablett mit Cabrals Essen nach draußen, als er die Hunde sah. Gleich mehrere Flüche entfuhren ihm. Sicher hätte er dem Kleinen einen Tritt versetzt, um ihn aus dem Weg zu scheuchen, wenn Cabral ihm nicht gerade den Bauch gekrault hätte. Er stellte einen Teller mit *Feijoada* ab, der so tief war, dass der schwere Silberlöffel unbemerkt in dem Eintopf hätte versinken können. Außerdem einen Korb mit noch warmem Brot.

»Und noch einen Wein, bitte«, sagte Cabral.

»Kommt sofort.«

»Bringen Sie mir auch noch eine anständige Portion geschmortes *Porco Preto*.«

»Wollen Sie nicht erst mal die Feijoada ...«

»Ich hab den ganzen Tag noch nichts gegessen.«

»Wie Sie meinen. Ich hab aber auch noch zum Nachtisch *pudim flan*. Der Karamellpudding ist hausgemacht. Sollten Sie nicht auslassen.«

»Schaffe ich. Kein Problem.«

Cabral begann zu essen. Augenblicklich fühlte er sich wie im Himmel. Der Tintenfisch war zart, die Bohnen auf den Punkt gegart, weder zu hart noch bereits matschig. Frische Garnelen rundeten den Genuss ab. Er brach sich große Brocken vom Brot ab und tunkte diese in die würzige Flüssigkeit. Zwischendurch nahm er kleine Schlucke vom Wein, der seine Geschmacksnerven jedes Mal aufs Neue anfeuerte.

Dann kam das Fleischgericht. Eine Platte mit in Lorbeer geschmortem Schweinefleisch und Zitronenscheiben. Beide Hunde saßen bereits eine Weile winselnd neben dem Tisch, sehr zum Missfallen des Wirts. Doch er wollte seinen Gast nicht verärgern, daher hielt er den Mund. Als er wieder in der Küche verschwunden war, zerkleinerte Cabral etwas von dem Fleisch in kleine Stückchen und warf es den Hunden zu. Aufgeregt schnappten sie sich die Brocken. Cabral bildete sich ein, dass er ein dankbares und zufriedenes Seufzen hörte, wie er es selbst nach jedem Bissen von sich gab.

»Schmeckt es?« Der Wirt steckte den Kopf durch die Tür. Ihm entfuhr ein entsetzter Aufschrei. »*Porco Preto* für die Streuner? Die werden ja besser gefüttert als mancher Mensch.«

»Die benehmen sich auch besser als mancher Mensch.« Ein weiteres großes Stück Garnele verschwand in Cabrals Mund. Kopfschüttelnd verschwand der Wirt.

Nach einer Weile waren Teller und Platte leer und blank. Cabral hatte die Zitronenscheiben ausgelutscht und mit der letzten Brotscheibe das Schmorfett aufgewischt. Er sah sich um. Als er sicher war, dass ihn niemand hörte, ließ er ein befreiendes Rülpsen zu. Als nächstes öffnete er den Gürtel und den Hosenknopf. Gleich ging es ihm besser. Er würde einen Verdauungsschnaps brauchen. Wenn nicht sogar zwei. Die beiden Hunde schienen ebenfalls sehr zufrieden. Sie hatten sich zu seinen Füßen ausgestreckt.

Hier an der Rückseite des Hauses konnte er das Meer nicht sehen, doch er hörte das gleichmäßige Anrollen der Wellen und das Rauschen, wenn sie sich an Land brachen. Möwen kreischten. Die nachtaktiven Tiere gingen gerne auf Jagd, wenn sich manche Fische im Schutz der Dunkelheit dicht unter die Wasseroberfläche wagten. Der Parkplatz leerte sich. Cabral wusste nicht einmal, wann das Restaurant schließen würde.

»Und? Nachtisch?« Der Wirt beäugte Cabral skeptisch.

»Erst einen *Medronho*.«

»Erst einen *Medronho*«, wiederholte der Wirt und wollte sich entfernen.

»Oder warten Sie, bringen Sie mir doch gleich alles auf einmal. Ist weniger Lauferei für Sie. Einen *cafezinho* auch noch dazu.«

»Wird gemacht.«

Wenige Minuten später hatte Cabral alles, was sein Herz begehrte. Außer vielleicht ein gemütliches Bett. Die letzten Gäste waren gegangen und der Wirt hatte sich zu ihm gesetzt. Mücken schwirrten um die Außenlaterne. Der größere der beiden Hunde schnarchte, während der kleinere Cabral nicht von der Seite wich. Aufmerksam wackelte er mit den Ohren, wenn Cabral sprach. Beide Männer rauchten. Inzwischen stand eine weitere Karaffe Wein auf dem Tisch, die sie sich teilten. Cabrals Telefon klingelte.

»Jetzt nicht.« Er drückte das Gespräch weg, ohne auf das Display zu sehen. Durch die geöffnete Tür drang das Summen der Kühlschränke. Aus einem Radio oder Fernseher in der Küche plärrte eine Fußballübertragung. Beides hatte auf ihn eine hypnotische Wirkung. Er wurde immer schläfriger.

»Ich bleib hier sitzen«, sagte er und bemerkte, dass seine Aussprache nicht mehr klar war. »Ich steh nicht mehr auf.«

»Nuno, du machst es richtig. Man muss auch mal Feierabend machen können«, sagte der Wirt.

Sie waren inzwischen zum Du übergegangen. Eleutério, dessen Name Cabral alles andere als flüssig über die Zunge rollte, schenkte nach. Nicht viel später schimpften sie erst auf die Politiker, Sparmaßnahmen und Europa, danach klagten sie sich gegenseitig ihr Leid in Bezug auf die wandelbaren Launen der Frauen. Zum Schluss sangen sie *Atirei o pau ao gato-to*, ein Kinderlied. Es handelte von einer Katze und endete mit einem sehr ausdrucksstarken MIAU.

Um zwei Uhr nachts war Cabral sturzbetrunken. An Autofahren war nicht mehr zu denken. Eleutério zeigte ihm die Pritsche in der Küche, auf der er nächtigen konnte. Er selbst verdrückte sich auf eine der Eckbänke im Gastraum. Cabral ließ sich fallen. Alles drehte sich, sein Hirn fuhr mit ihm Karussell. Plötzlich spürte er etwas Feuchtes an seiner Hand. Er schaffte es gerade noch, ein Augenlid anzuheben. Er erblickte den Streuner, der sich ins Haus geschlichen hatte und ihm über den Handrücken leckte. Cabral klopfte auf den Boden neben seiner Schlafstätte, und der Hund rollte sich dort zusammen. Cabral lauschte eine Weile seinem gleichmäßigen Atemgeräusch. Im Halbschlaf strich seine Hand über den warmen Hundekopf. Dann schlief er ein.

26

Desolat war eine Untertreibung für den Zustand, in dem Cabral sich befand. Er war im Schlaf von der Pritsche in Eleutérios Küche gerutscht. Mit schmerzenden Knochen wachte er auf dem kalten Fliesenboden auf. Seltsamerweise fühlte sich sein Rücken jedoch warm an. Er griff hinter sich und fasste in etwas Zotteliges. Der Hund hatte sich an ihn geschmiegt. Zentimeter für Zentimeter hievte sich Cabral unter ächzenden Lauten hoch. Als er sich zu seiner vollen Größe aufgerichtet hatte, schwindelte ihm. Er ließ sich zurück auf die Pritsche sinken. Sein Schädel hämmerte, als würde er gleich detonieren. Ein widerlich pelziger Geschmack füllte seinen ganzen Mund aus.

Er musste zurück nach Sines. Er hatte Dienst. In diesem Zustand konnte er jedoch nicht in der Dienststelle auftauchen. Zuerst musste er in der Pension duschen und die Kleidung wechseln. Und wenn er schon einmal da war, konnte er auch gleich Teresa nach ihrem Alibi für den gestrigen Nachmittag fragen. Er musste endlich ihren Nachnamen erfragen. Zur vermutlichen Tatzeit war sie jedenfalls nicht mit ihm zusammen gewesen.

Er hatte keine Ahnung, wo Eleutério war. Er schrieb ihm einen Zettel und legte ihn auf den Tresen, zusammen mit ein paar Geldscheinen. Erst als er an seinem Auto angekommen und im Begriff war einzusteigen, bemerkte er, dass ihm der Hund gefolgt war. Er wackelte mit den Ohren, wie schon gestern Nacht. Er schien zu erwarten, dass er mitgenommen wurde.

»Oi, mein Freund. Das geht nicht. Ich kann dich nicht mitnehmen.« Der Hund legte den Kopf zur Seite. »Wirklich nicht.«

Dann stieg Cabral ein, schloss die Autotür, ohne ihn noch einmal anzublicken. Er startete den Motor und fuhr los. Erst als er weit genug entfernt war, riskierte er einen Blick in den Rückspiegel. Der Streuner war ihm noch ein Stück hinterhergelaufen. Jetzt saß er in der Mitte der Fahrbahn und blickte ihm nach.

Armes Schwein, dachte Cabral und fuhr weiter. Zwanzig Meter. Fünfzig Meter. Hundert Meter. Er hielt an.

»Was mache ich hier?«, fragte er sich laut. Er stieg aus. »Na, dann komm schon!«, rief er zurück. Wie auf Kommando flitzte das zottelige, herrenlose Geschöpf los. Als Cabral die Beifahrertür öffnete, sprang er auf den Sitz, als wäre dies bereits sein Leben lang sein Platz gewesen.

»Und wie soll ich das Dona Augusta erklären?«, fragte Cabral.

Eigentlich hätte er nicht fahren dürfen. Er hatte mit ziemlicher Sicherheit noch so viel Restalkohol im Blut, dass es für ein saftiges Bußgeld reichen würde. Doch er kam ohne Zwischenfälle vor der Pension an. Vorsichtig steuerte er den Wagen über das Kopfsteinpflaster und parkte direkt vor dem schweren Holztor.

»Du bleibst besser erst mal hier«, sagte er und tätschelte

den Kopf seines neuen Freundes. Er ließ das Fenster offen, damit es nicht zu heiß für ihn wurde.

»Senhor Cabral, wo haben Sie denn gesteckt?«, rief Dona Augusta aus ihrem Wohnzimmer.

Cabral stöhnte auf. Er hatte doch unbemerkt erst einmal in sein Zimmer gelangen wollen.

»Ich war im Dienst«, log er.

»So? Davon wusste Ihr Kollege aber nichts. Er hat seit gestern Abend schon dreimal angerufen.«

»Welcher Kollege? Inspektor Freire?« Nun ging er doch zu ihr.

»Senhor Cabral! Wie sehen Sie denn aus? Was machen Sie bloß immer, wenn Sie im Dienst sind?« Schockiert schlug Dona Augusta die Hände zusammen.

Er ging nicht auf ihre Frage ein, sondern tastete nach seinem Handy in der Hosentasche. Es war ihm in der Nacht herausgerutscht, als er auf den Boden gefallen war. Es hatte ein paar Kratzer davongetragen. Jetzt stellte er fest, dass es außerdem ausgeschaltet war. Wann hatte er das denn gemacht? Verdammter Mist.

»Ist Senhora Teresa im Haus? Ich muss dringend mit ihr sprechen.«

»Was ist denn passiert?« Sie runzelte die Stirn. »Sie werden sich doch wohl benehmen dieses Mal?«

»Aber ja. Ist sie da?«

»Sie ist im Innenhof mit meinem Sohn.«

»Gut, ich muss dann. Bis später, Senhora.«

Im Innenhof mit Lourenço? Cabral war verwundert.

Bevor er in sein Zimmer hinaufging, warf er einen Blick

hinaus. Er hatte gar nicht gewusst, dass Teresa und Lourenço sich bereits kannten. Einen Spaltbreit öffnete er die Tür nach draußen und lugte hindurch. Teresa trug ein grünes Kleid, das mit Blüten und Blättern bedruckt war. Sie fügte sich perfekt in die Umgebung. Der Innenhof war eine Oase. Lourenço hatte sich ausgetobt und ihn mit einer Vielfalt von exotischen Pflanzen begrünt. Von Bananenpalmen bis zu Papageienpflanzen gab es eine Fülle von seltenen Schönheiten. Die üppigen Bougainvilleen waren da noch die unspektakulärste Gattung.

Teresa und Lourenço standen dicht beieinander und hatten ihm den Rücken zugewandt. Seine Hand lag auf ihrer Schulter. Cabral kniff die Augen zusammen. Was machten die beiden da? Teresa trat zur Seite und gab den Blick auf Lourenço frei. Er hatte den Zweig eines blühenden Buschs zu sich herangezogen. Genießerisch steckte er seine Nase in einen cremefarbenen Blütenkelch, wie eine Biene auf der Suche nach Pollen. Es reichte Cabral. Er trat aus seiner Deckung hinter der Tür hervor.

»Senhora Teresa? Ich muss Sie sprechen.«

Die beiden fuhren herum. Teresa sah an Cabral herab und zog die Augenbrauen hoch.

»Nuno, wir haben uns eine Weile nicht gesehen«, sagte Lourenço erfreut. Er streckte Cabral die Hand hin. Überrumpelt ergriff er sie.

»Stimmt. Sie sind ja nie hier.« Der Vorwurf war nicht zu überhören. Ein unbestimmtes Zucken spielte um Lourenços Mundwinkel. Cabral konnte nicht sagen, ob er ein Schmunzeln zu unterdrücken versuchte.

»Was gibt es denn?«, fragte Teresa ungeduldig.

»Das möchte ich mit Ihnen unter vier Augen bespre-chen.«

»Ich bin so lange im Haus«, beeilte sich Lourenço zu sagen.

»Das ist nicht nötig.« Teresa hielt ihn am Arm zurück.

»Gut, wie Sie wollen.« Cabral gefiel das alles ganz und gar nicht. »Ich möchte, dass Sie mir sagen, wer von *Linha Vermelha* gestern bei der Reinigungsgruppe am Strand da-bei war. Ich brauche alle Namen.«

»Das weiß ich doch nicht.« Sie schien ehrlich erstaunt.

»Kommen Sie, lassen Sie uns das Ganze abkürzen. Es gibt einen zweiten Toten, und wieder taucht Ihre ver-dammte Umwelttruppe in dem Zusammenhang auf. Und die Tat ist nicht geschehen, als wir gestern auf der Dachter-rasse saßen. Unglücklicherweise ein paar Stunden zuvor, als Sie mit Ihren Öko-Freunden am Strand waren.«

»Aber das war ich doch gar nicht. Ich weiß von der Rei-nigungsaktion, aber ich hab nicht mitgemacht.« Empört blies sie die Wangen auf und stemmte die Hände in die Hüften.

»Sind Sie sicher?«

»Sind Sie betrunken?« Sie kam einen Schritt auf ihn zu und schnupperte. »Und ob Sie das sind!«

»Ich weiß ja nicht, was hier vorgeht, aber Senhora Pinto war bei mir auf der Farm«, versuchte Lourenço, Ruhe in die Situation zu bringen.

Pinto. Das war also ihr Familienname.

»Was haben Sie dort gemacht?«, fragte Cabral.

»Nuno, das geht Sie doch wohl wirklich nichts an. Was ist denn los?« Lourenço schüttelte irritiert den Kopf. Er sah von Cabral zu Teresa und wieder zurück.

Plötzlich hörten sie einen Aufschrei aus dem Haus. Dona Augusta. Alle drei rannten auf einmal los, durch den schmalen Gang zwischen den Kübeln und Töpfen, über den Korridor und zum Eingang.

»Was ist das für ein Hund?«

Foda-se. Cabral ahnte, dass er bis zum Hals in Schwierigkeiten steckte. Sie erreichten das Wohnzimmer von Dona Augusta. Zu ihren Füßen saß der Streuner. Mit Winseln und Fiepen schien er sie aufzufordern, mit ihm zu spielen. Offenbar hatte er es auf Dona Augustas Korb mit Wollknäueln abgesehen. Sie jedoch verteidigte ihn vehement, indem sie die Stricknadeln wie einen Degen führte.

»Wie ist der denn hier hereingekommen?«, fragte Lourenço.

»Er ist durch das Fenster gesprungen!« Dona Augusta schnappte empört nach Luft.

Da. Teresa lachte. Das erste Mal. Ein richtiges Lachen. Cabral konnte es kaum glauben. Es gab den Blick auf eine Reihe perfekter Zähne frei, strahlend wie Perlen an einer Schnur. Lachfältchen legten sich um ihre Augen. Es machte sie äußerst attraktiv. Hatte er sie überhaupt schon einmal richtig angesehen?

»Der gehört zu mir«, sagte er dann. Trotz der kurzen Zeit schien der Hund bereits auf seine Stimme zu reagieren und sprang ihm entgegen. Cabral packte ihn beim Fell. Ein Halsband besaß er nicht.

»Senhor Cabral, Sie wissen doch, dass in unserem Haus keine Hunde erlaubt sind.« Dona Augusta schaute verärgert. Und so, als hätte er sie erneut enttäuscht.

»Ich weiß. Deshalb hatte ich ihn ja im Auto gelassen.«

Teresa schien keine Scheu zu haben. Sie kraulte den Hund unter dem Kinn. »Wo haben Sie ihn denn her?«

»Von der Straße. Wir haben die Nacht zusammen verbracht, wenn Sie es genau wissen wollen.«

Dona Augusta schnalzte missbilligend mit der Zunge.

»Nuno, wirklich, das geht nicht. Hier kann er nicht bleiben«, mischte sich Lourenço ein.

»Gut, dann ist die Sache klar. Wir gehen beide.« Cabral war über seine eigenen Worte erstaunt, aber er hatte es satt. Er versuchte, seine Arbeit zu machen, musste zwei Morde aufklären, und jetzt regten sie sich über einen Hund auf.

»Aber Nuno …«, versuchte Lourenço einzulenken.

Dona Augusta krallte immer noch die Hände um ihren Handarbeitskorb.

»Ich bringe den Hund ins Auto. Danach packe ich ein paar Sachen.« Cabral verließ mit seinem Schützling das Haus und sperrte ihn erneut ins Auto. Er lief zurück, stopfte ein paar Dinge in eine Tasche und polterte die Treppe wieder hinunter.

»Sie hören von mir«, rief er in den Raum. Ihm war selbst nicht klar, wen er damit eigentlich genau meinte, aber der Satz gefiel ihm.

Er stieg ins Auto und schlug die Tür zu. Sein Handy klingelte.

»Cabral hier.«

»Hier spricht Freire, Chefinspektor. Wo waren Sie denn die ganze Zeit? Ich hab die da Costa.«

Cabral ließ den Kopf auf das Lenkrad sinken. Eine kalte, feuchte Hundenase stupste ihn an die Wange.

27

Alles war vorbereitet. In aller Eile hatte Cabral eine Dusche in den Mannschaftsräumen der GNR genommen und seine Kleidung gewechselt. Es war nicht genug Zeit geblieben, um nach Porto Covo in sein Haus zu fahren. Oder vielmehr in eines seiner beiden Häuser. Er wusste überhaupt nicht, wohin er jetzt sollte. Er hatte fest damit gerechnet, dass Dona Augusta einlenken würden, als er verkündet hatte, ebenfalls zu gehen, wenn der Hund nicht bleiben konnte. Doch er hatte sich verschätzt. Er hatte hoch gepokert. Und verloren.

Den Hund hatte er inzwischen mit einem Taxifahrer zu Tio Higino nach Porto Covo geschickt, damit der ihn in sein Haus auf den Klippen brachte. Dort würde er erst einmal auf ihn warten müssen. Auf Dauer musste er eine bessere Lösung finden.

»Ich bringe Ihnen eine Überraschung mit«, hatte Freire am Telefon noch gesagt. Mehr hatte er nicht verraten wollen. Aber Cabral ließ sich nicht für dumm verkaufen. Er freute sich auf Cabo Santana, den er seit dem letzten Jahr nicht mehr gesehen hatte. Ein Lichtblick in all dem Schlamassel. Er war zu Galegos gehetzt, wo er eine großzügige Auswahl an Törtchen und Pasteten besorgt hatte, von denen er wusste, dass Cabo Santana sie besonders gerne mochte.

Jetzt war alles auf Tellern arrangiert. Es roch nach frischem Kaffee im Dienstzimmer. Ungeduldig blickte Cabral auf seine Wanduhr. Was er mit Senhora da Costa anfangen würde, wusste er noch nicht. Eine kleine Weile würde er Freire mit ihr allein lassen können, aber das eigentliche Verhör wollte er selber führen. Er würde das Wiedersehen mit Cabo Santana bedauerlicherweise kurz halten müssen.

In diesem Moment fuhr der Wagen von Freire vor. Cabral sprang von seinem Stuhl hoch und ging zum Eingang. Auch die Kollegen der GNR standen an der Tür.

Die Autotür ging auf. Cabral fühlte sich, als hätte er einen Schlag in den Magen eingesteckt. Kein Vitor Santana. Nur Freire und die da Costa. Und Isaura Cardoso, die Museumstante. Sie kamen auf den Eingang zu. Die Verwirrung über das Begrüßungskomitee war ihnen anzusehen. Auf dem Gesicht von Fátima da Costa zeichnete sich Panik ab angesichts der vielen uniformierten Männer. Die wiederum waren nicht weniger enttäuscht als Cabral. Auch sie hatten sich auf ihren ehemaligen Kollegen gefreut und warfen Cabral finstere Blicke zu. Einer nach dem anderen drehte sich um und schlich ernüchtert zurück an seinen Arbeitsplatz.

»Da sind wir«, sagte Freire freudig.

»Was hat das zu bedeuten?«, zischte Cabral ihn an.

»Senhora da Costa hat sich in Lissabon freiwillig an die Polícia Judiciária gewandt. Sie will eine Aussage machen.« Es fehlte nur noch ein Tusch. Freire gebärdete sich, als hätte er ein weißes Kaninchen aus dem Zylinder gezaubert. »Zusammen mit Senhora Cardoso, ihrer Tante.«

»Ihrer –« Cabral verschlug es die Sprache.

Hatte er immer noch zu viel Alkohol im Blut? Er trat beiseite und ließ Freire und die beiden Frauen eintreten. Er ging vor, und sie folgten ihm zu seinem Büro.

»Stopp!«

»Etwas vergessen, Chef?«, fragte Freire.

»Warten Sie einen Moment. Ich muss noch ein wichtiges Telefonat machen.« Er schlüpfte in sein Dienstzimmer und knallte die Tür hinter sich zu. Er raffte Gebäck, Kuchenteller und Gabeln zusammen und stopfte alles zusammen in den Aktenschrank. Dort hatte vor ihm schon Cabo Santana seine süßen Vorräte gehortet. Cabral musste lächeln. Das hatten sie gemeinsam. Er beschloss, ihn an seinem nächsten freien Tag in Lissabon zu besuchen.

Den Kaffee ließ er auf dem Tisch stehen. Er öffnete die Tür und winkte die drei Wartenden herein.

»Bitte, nehmen Sie Platz.«

Cabral eröffnete das Gespräch.

»Senhora da Costa und Senhora Cardoso. Sie sind also miteinander verwandt?«

»Fátima ist die Tochter meines Bruders«, antwortete Isaura Cardoso. Sie hatte Mühe, Cabral in die Augen zu sehen. Er nahm es mit Genugtuung zur Kenntnis.

»Wer von Ihnen möchte mir die ganze Geschichte erzählen? Ich bin sehr gespannt.« Cabral liebte den Einsatz einer kleinen Dosis Süffisanz im richtigen Moment. Seinen Vater hatte er damit zur Weißglut getrieben.

Die beiden Frauen blickten sich kurz an. Isaura Cardoso nickte ihrer Nichte aufmunternd zu.

»Ich wollte nur zu meiner Tante nach Lissabon. Ich

brauchte ein bisschen Abstand nach dem, was passiert ist. Ich war kaum angekommen, als meine Tante am nächsten Tag von der ... der Suche nach mir erfahren hat.«

»Die Fahndung, richtig.« So leicht wollte Cabral es ihr nicht machen. Sollte das Kind ruhig beim Namen genannt werden. »Aber das ist doch wohl noch nicht alles. Kommen Sie, Senhora da Costa, verschwenden Sie nicht meine kostbare Zeit.«

»Na schön. Es stimmt, was ich Ihnen über unseren Streit am Sonntag erzählt habe. Es ging um die Wohnungsbesichtigung. Filipe wollte nicht, und ich musste den Termin am Montag absagen. Und dann hat meine Tante ihn am Dienstag gesehen.« Sie pulte den Glitzerstein von einem ihrer Nägel ab. »Mit einer anderen.«

Cabral wurde hellhörig. »Wo? Hier in Sines?«

Die beiden schwiegen und starrten abwechselnd auf ihre Schuhspitzen und die Wand hinter ihm. Freire räusperte sich vernehmlich.

»Ja, hier in Sines«, bestätigte Isaura Cardoso. »Bei der ... in der ...«

Sie zog ein Taschentuch aus dem Ärmel ihrer Kostümjacke und tupfte sich damit die Nase. Cabral hätte fast angefangen zu lachen. Plötzlich verlor Fátima da Costa die Beherrschung.

»Sag es doch endlich! Ist doch sowieso schon egal.«

»Ich habe Filipe Neves mit einer Frau in einer der Ausgrabungsstellen poussieren sehen.«

»Wie bitte?«, fragte Freire, als hätte er das Wort noch nie gehört.

»Gevögelt hat er sie. Zwischen den Knochen«, keifte Fátima da Costa. »Das hat ihm wohl den besonderen Kick gegeben. Ist doch krank sowas!«

Cabral griff sich eine aufgebogene Büroklammer. Er drückte sich die Spitze in das Fleisch seines Daumens. Der Schmerz rettete ihn vor einem Lachanfall. Freire, der ihn bereits ein wenig kannte, entging es jedoch nicht. Er sah aus, als überlegte er, ob er wirklich den richtigen Berufsweg eingeschlagen hatte. Oder ob es zumindest möglich wäre, sich woandershin versetzen zu lassen.

»Was haben Sie daraufhin getan?«, fragte Cabral, als er sicher war, dass er den Satz ohne Zwischenfälle aussprechen konnte.

»Meine Nichte unterrichtet.«

»Und Sie?«, wandte er sich an die Betrogene.

»Ich hatte die Nase schon am Sonntag voll. Ich hab mir gedacht, dass da irgendwas nicht stimmt. Für mich war das Thema durch. Und ein paar Tage später tauchen Sie auf und erzählen mir, dass seine Schwester ihn vermisst und später ... Sie wissen ja. Dass man ihn gefunden hat.«

»Wo waren Sie zur fraglichen Zeit? Etwa zwischen dreizehn und siebzehn Uhr am 29. August?«

»Zu Hause. Sie waren doch noch bei mir.« Sie runzelte die Stirn.

Cabral überschlug die Zeiten schnell im Kopf. Es stimmte. Es hatte auch nicht den Anschein gehabt, als wäre sie gerade eben nach Hause gehetzt gekommen, als sie eintrafen. Nachdem sie mit ihr gesprochen hatten, waren sie in der Bar gewesen und hatten mit den Männern vorm *Mer-*

cado gesessen und Kaffee getrunken. Von dort aus hatten sie die ganze Zeit auf das Haus von Fátima da Costa gesehen. Sie hatte es nicht verlassen.

»Gut, das lassen wir erst einmal so stehen.« Er drehte sich wieder zu Isaura Cardoso. »Erklären Sie mir, was der ganze Zirkus sollte, den Sie veranstaltet haben. Das Fernsehinterview zum Beispiel.«

»Ich konnte nicht zulassen, dass irgendjemand Wind bekommt von dem, was passiert ist. Wie hätte ich denn dagestanden, wenn durch die Presse gegangen wäre, dass der Verlobte meiner Nichte in der Ausgrabungsstätte … Sie wissen schon.« Sie griff sich an den Hals. »Daher wollte ich Ihnen diesen Knopf wieder abnehmen, damit niemand herausfindet, wem er gehört.«

»Sie waren doch wegen des Manschettenknopfes in der Wache, noch bevor die Bilder dazu veröffentlicht wurden. Woher wussten Sie davon?« Er hatte sie. Das würde sie nicht erklären können.

»Was glauben Sie, was passiert ist, als ich Filipe Neves und diese Frau in flagranti erwischt habe? Er hatte mich doch auch erkannt. Und dann saß er da mit nacktem Hintern in der Grube. Er hatte es sehr eilig, sich die Hose wieder hochzuziehen, wie Sie sich vorstellen können.«

Fátima stierte auf die Tischplatte. Sie ließ sich nicht anmerken, ob ihr die Ausführungen ihrer Tante nahe gingen.

»Er fing plötzlich an zu fluchen. Er hatte in der Hektik etwas verloren und konnte es nicht wiederfinden.«

»Warum waren Sie in der Wache? Dass wir einen Manschettenknopf gefunden hatten, wussten Sie doch da noch gar nicht.«

»Ich wollte eine Verfügung erwirken, ein Begehungsverbot der Ausgrabungsstelle. Ich hatte Sie und den Pressefotograf ja bereits dort getroffen. Ich wusste, dass Fotos gemacht worden waren.«

Bei dem Wort »Pressefotograf« kringelte sich Cabral innerlich. Er hatte wieder Bilder von Gouveia vor Augen, wie der auf dem Bauch an die Grube herangerobbt war.

»Ich wollte nicht, dass jemand anders findet, was Neves verloren hatte.«

»Und dann habe ich quer über den Flur etwas von dem goldenen Dings aus dem Ausgrabungsloch geschrieen, und Sie wussten, dass es bereits zu spät war.« Isaura Cardoso nickte. »Und das Interview?«

»Als feststand, dass der Tote am Strand Filipe Neves war, musste ich handeln. Sein Name und womöglich der von Fátima würden in den Fokus der Öffentlichkeit geraten. Wieder wäre es unvermeidlich gewesen, eine Verbindung zu mir und dem Museum herzustellen. Ich habe nur noch daran gedacht, wie ich die Aufmerksamkeit auf etwas anderes lenken kann.«

»Indem Sie so einen Wirbel im Fernsehen machen? Sie haben sich gedacht, Sie diskreditieren mich, dann könnten Sie bei allem, was später als Konsequenz eventuell folgen würde, die Schuld auf mich schieben? Ist doch Blödsinn, Senhora. Der Name ihrer Nichte hätte immer noch im Raum gestanden, ohne mein Zutun. Warum haben Sie nicht in Lissabon einfach abgewartet, bis sich die ganze Aufregung legt?«

»Ich dachte, ich muss die Aufmerksamkeit der Medien auf die Funde lenken. Auf die ignorante und gedankenlose Polizei, die deren Bedeutung nicht respektiert und sogar nicht wiedergutzumachenden Schaden anrichtet.« Sie seufzte schwer. »Ich habe nicht sehr überlegt gehandelt.«

»Das ist noch milde ausgedrückt. Sie und Ihre Nichte haben darüber hinaus unsere Ermittlungen erheblich behindert. Informationen darüber, wann Neves zuletzt lebend gesehen wurde sowie über eine andere Frau sind womöglich genau die, die uns fehlen, um dem Täter oder der Täterin auf die Spur zu kommen. Sie haben mich öffentlich in Misskredit gebracht, um Ihre eigene Haut zu retten. Zu Ihrem Alibi kommen wir noch.«

Freire hob wie ein Schuljunge die Hand.

»Schon erledigt, Chefinspektor. Senhora Cardoso hatte zur fraglichen Zeit ein Gespräch mit ihrem Vorgesetzten über die angestrebte Beförderung. Sie war in Lissabon.«

»Und das war kein angenehmes Gespräch, das können Sie mir glauben«, fügte sie hinzu.

Cabral unterdrückte ein Gähnen. Die letzte Nacht steckte ihm noch in den Knochen.

»Es gibt seit gestern einen zweiten Toten.«

Fátima da Costa wurde bleich. Isaura Cardoso griff sich an die Brust.

»Wir wissen darüber noch nicht viel, aber so wie ich es sehe, waren Sie beide ja in Lissabon mit meinem Assistenten. Sie können gehen, aber halten Sie sich zu unserer Verfügung, falls wir noch Fragen haben.«

Isaura Cardoso erhob sich sofort. Fátima da Costa zögerte. Sie war immer noch weiß wie die Wand.

»Wie ist der zweite Mann gestorben?«, fragte sie.

»So wie Filipe Neves. Man hat ihm die Kehle durchgeschnitten.«

»Diese beiden Morde haben also miteinander zu tun? Jemand sucht die Männer systematisch aus und tötet sie auf dieselbe Weise?«

Cabral wurde hellhörig. »Ob das systematisch geschieht, wissen wir noch nicht. Warum fragen Sie? Wissen Sie doch mehr darüber?«

»Fátima?« Isaura sah ihre Nichte fragend an.

»Nein, natürlich nicht. Was sollte ich schon darüber wissen?«

Ihre offensichtliche Verunsicherung war wieder dem gewohnt patzigen Ton gewichen. Cabral jedoch konnte sie nichts vormachen. Sie wirkte zutiefst erschüttert. Doch er hatte nichts in der Hand, um sie noch länger festzuhalten. Beide Frauen hatten für beide Tatzeiten Alibis.

28

»Das ist doch gut gelaufen. Wir sind ein ganzes Stück weiter«, sagte Freire. Er strahlte über das ganze Gesicht.

Cabral packte ihn am Kragen und drückte ihn auf den Stuhl.

»Haben Sie eigentlich in Ihrer Ausbildung bisher gar nichts gelernt? Fátima da Costa stand offiziell auf einer Fahndungsliste! Mindestens als Zeugin, wenn nicht sogar als Verdächtige in einem Mordfall. Isaura Cardoso konnten wir bis jetzt ebenso wenig als Verdächtige ausschließen.« Cabral wurde immer lauter. »Wenn sich diese Personen bei der Polizei stellen, dann bringt man sie getrennt voneinander, in sicherem Gewahrsam, begleitet durch Beamte, in einem Einsatzwagen der PJ oder der GNR in die zuständige Dienststelle. Und Sie trödeln mit den beiden in Ihrem Privatwagen durch den Alentejo wie auf einer Vergnügungsfahrt!«

Cabral schlug die Faust auf die Tischplatte. Das Maskottchen von Sporting Lissabon kippte auf die Seite wie nach einem Fangschuss. Er richtete es wieder auf.

»Ist Ihnen nicht klar, dass Sie sich dadurch in Gefahr gebracht haben? Wo hatten Sie denn Ihre Dienstwaffe? Im Handschuhfach mit Fátima da Costa auf dem Beifahrersitz? Himmel!«

»Die hatte ich gar nicht dabei«, meldete Freire sich kleinlaut zu Wort. »Ich war doch schließlich nur für die Recherche über die Cardoso in Lissabon.«

Cabral sank stöhnend auf seinen Stuhl und stützte das Gesicht in die Hände. »Gehen Sie mir aus den Augen.«

Freire gehorchte ohne Widerrede. Er zog die Tür hinter sich leise ins Schloss. Cabral hörte ihn über den Korridor stapfen. Das Telefon klingelte.

»Cabral hier.« Erschöpfung schwang mit jedem Wort mit.

»Nuno, du hörst dich nicht gut an. Kommst du nicht weiter bei deinen Ermittlungen?«

Was hatte er getan, um das zu verdienen? Hätte er vielleicht längst bei Gouveia um Entschuldigung bitten sollen? Oder hätte er den anderen Hund auch noch mitnehmen sollen? Oder hätte er in Lissabon bleiben und sich zu Tode saufen sollen?

»Bernardes, was willst du?«, fragte Cabral.

»Dir helfen.«

»Danke, aber ich brauche deine Hilfe nicht, falls dir das in den letzten Jahren noch nicht aufgefallen ist.«

»Du hast also neuerdings in Sines deine eigene Mannschaft für Spurensicherung, die erkennungsdienstlichen Aufgaben und die anderen Dinge, die so anfallen bei der PJ. Das freut mich. Ich dachte, du säßest da ganz alleine herum. Ach nein, ich vergaß den Praktikanten, den man dir zugeteilt hat.«

Cabral drückte das Gespräch weg. Er stand auf, riss die Tür des Aktenschranks auf und griff den Teller mit dem

Gebäck. Er stellte ihn vor sich auf den Schreibtisch. Kurz überlegte er, womit er anfangen sollte, dann verschlang er ein Törtchen nach dem nächsten. Vanillepudding klatschte auf die Tischplatte, Kokoscreme hing in seinen Mundwinkeln. Alle zehn Finger klebten vom Zucker, den Pastetenfüllungen und Glasuren. Er hörte auf, als ihm schlecht wurde und er den Rest nur noch herunterbekam, indem er mit einer großen Tasse *Café com Leite* nachspülte.

Ob Doutor Passos sich auch mit Essstörungen auskannte? Besser, er schob erst einmal alles auf die durchzechte Nacht und das ausgefallene Frühstück. Er ging auf den Korridor hinaus.

»Freire!«

»Ja, Chef?« So schnell, wie er auftauchte, musste er bereits hinter der nächsten Ecke darauf gewartet haben, dass er gerufen wurde.

»Kommen Sie her. Ich habe eine Aufgabe für Sie.« Ein Hoffnungsschimmer huschte über Freires Gesicht. »Sie rufen jetzt die PJ in Setúbal an und fragen nach den Ergebnissen der Spurensicherung und des Erkennungsdienstes. Ich habe einen Anruf erhalten von Inspektor Bernardes, der … unterbrochen wurde. Es geht sicher um die Identifizierung des Toten. Diese Untersuchungen werden ja immer noch in der Distrikthauptstadt vorgenommen. Wenn er nach mir fragen sollte, sagen Sie ihm, dass ich zum Mittagessen mit dem Bürgermeister verabredet bin.«

»Aber warum denn? Sie sind doch hier.«

»Weil ihn das auf die Palme bringt. Darum.«

Freire hatte offenbar nicht vor, sich gleich noch einen

Anschiss abzuholen. Ohne weitere Fragen zu stellen, wählte er die Telefonnummer, die Cabral auf einen Zettel gekritzelt hatte. Dann wartete er ab. Cabral drückte die Lautsprechertaste. Es dauerte eine Weile, bis jemand abnahm. Cabral war sicher, dass das Absicht war. Sicher hatte Bernardes am anderen Ende bis zehn gezählt, bevor er zum Hörer gegriffen hatte.

»Schlechte Leitungen da unten auf dem Land?«, frotzelte er dann durch die Leitung.

»Hier spricht Inspektor Freire. Ich möchte Sie bitten, mir mitzuteilen, ob es Ergebnisse in unserem Fall gibt. Der Tote in den Dünen.«

»Inspektor Cabral ist verhindert?«

»Chefinspektor Cabral musste ins Rathaus. Ein Essen mit dem Bürgermeister.«

Bernardes lachte, aber es hörte sich nach einem verkrampften Lachen an. Cabral sah die verhasste Visage vor sich.

»Dann will ich mal nicht so sein«, sagte Bernardes. »Wir haben Ergebnisse. Ihr Toter war bereits aktenkundig. Wir haben seine Fingerabdrücke im System, weil er sich mal mit einem Kunden eine Prügelei geliefert hat. Ihre Leiche heißt Paulo Branco, hat früher mit Kunst gehandelt, ist irgendwann aber nur noch als Vermittler zwischen Interessenten und Verkäufern aufgetreten. Ich schicke die Dateien später rüber.«

»Vielen Dank«, sagte Freire. Bevor er das Gespräch beenden konnte, hörte Cabral Bernardes rufen.

»Ach, und Nuno! Alles Gute bei den Ermittlungen. Soll-

test du noch einmal meine Hilfe benötigen, jederzeit gern.«
Bernardes legte auf.

»Was ist denn das für ein unangenehmer Typ?«, fragte
Freire. Er starrte das Telefon in seiner Hand an.

»Ein Idiot. Ende der Geschichte. Paulo Branco also. Sagt
mir nichts. Checken Sie die Dateien aus Setúbal. Wir müssen uns mit eventuellen Angehörigen in Verbindung setzen
und uns in seinem beruflichen Umfeld umhören. Vielleicht
hat er irgendwem Geld geschuldet, und der oder die hat
sich an ihm gerächt.«

»In Ordnung. Äh, was machen Sie?«

Ganz langsam drehte sich Cabral zu Freire um und musterte ihn eingehend.

»Hundefutter kaufen.«

29

Cabral rumpelte mit seinem Wagen über den Schotter, der bei Niedrigwasser nahezu vollständig freilag. Dies war der einzige Weg, um auf die andere Seite der Bucht zu gelangen, wenn er nicht einen weiten Umweg über die Landstraßen rund um Porto Covo fahren wollte. Das Haus, das Tio Higino ihm im letzten Jahr überschrieben hatte, lag auf einem Felsen am kleinen Fischerhafen von Porto Covo.

Er hörte das Bellen des Hundes schon von weitem. Als er die Tür aufschloss, sprang das zottelige Tier an ihm hoch, so dass er fast rückwärts aus der Tür fiel. Das würde er ihm abgewöhnen müssen. Wenn er ihn überhaupt behielt.

Zuerst sah er die Kupfertöpfe, die eigentlich auf das Regalbrett an der Wand gehörten. Sie lagen auf dem Boden. Zuvor hatte ein Korb voll Quitten auf dem Esstisch gestanden. Jetzt lag er unter dem Tisch, die Früchte waren in verschiedene Ecken des Raumes gekullert.

»Was zum Teufel ist denn hier passiert? Wenn ich dich nicht einmal ein paar Stunden alleine lassen kann, funktioniert das nicht mit uns.«

Da fing der Hund schon wieder an, wie ein Derwisch durch das Haus zu toben. Es dauerte eine Weile, bis Cabral endlich bemerkte, dass etwas nicht stimmte. Trotz der wilden Sprünge, bei denen der Hund sich manchmal um seine eigene Achse drehte, blickte er immer in dieselbe Richtung.

Cabral folgte dem Blick, bis er sah, weshalb er so aus dem Häuschen war. Eine Schlange hatte sich unter dem Sofa zusammengerollt. Aus schwarzen Knopfaugen blickte sie Cabral an. Sie lag nur wenige Zentimeter von dem Stapel Wolldecken und Kissen entfernt, mit denen er sich später sein Nachtlager herrichten wollte. Cabral packte den Hund und zog ihn von ihr weg.

»Komm schon, mein Junge. Du verschwindest mal nach nebenan.« Er sperrte ihn in das Schlafzimmer. Dann betrachtete er das Reptil eingehend, ohne ruckartige Bewegungen zu machen. Sie hatte einen hellgrauen Körper und auf dem Rücken ein schwarzes Zickzackband. Cabral hätte sie für eine Kreuzotter gehalten, wäre da nicht der ungewöhnliche Kopf. Der lief an der Schnauze nicht flach aus, sondern endete in einer Art aufwärts wachsendem Horn. Es erinnerte Cabral an manche Schildkrötenarten. Es war eine Stülpnasenotter. Eine Giftschlange. Sie trug das Gift in den weit hinten im Kiefer liegenden Zähnen. Bei einem normalen Biss kamen sie kaum zum Einsatz. Dennoch war Vorsicht geboten.

Cabral griff einen Besen und näherte sich langsam. Es war bekannt, dass diese Sorte Schlange schnell und selbst ohne direkte Bedrohung zuschlug, um sich zu verteidigen. Der Hund bellte ohne Unterlass im Zimmer nebenan. Cabral öffnete mit einer Hand die Tür nach draußen, mit der anderen Hand dirigierte er den Besenkopf weiter in Richtung Schlange. Sie entrollte sich. Ihre gegabelte Zunge schnellte immer wieder blitzschnell hervor. Sie nahm Geruchspartikel auf, um sich zu orientieren. Cabral ließ ihr

Zeit. Zentimeter für Zentimeter begann sie, in Richtung geöffnete Tür zu kriechen. Der Besen folgte ihr. Als sie sich direkt davor befand, atmete Cabral ein und spannte die Muskeln an. Er gab ihr einen beherzten Schubs. Halb flog sie, halb schnellte sie aus eigenem Antrieb nach draußen und landete auf dem sonnenwarmen Fliesenweg, der ums Haus herum führte. Es folgte ein entsetzter Aufschrei. Cabral kannte die Stimme. Mit einem Satz war er vor der Tür. Dort stand Teresa Pinto wie angewurzelt, ohne den Blick von dem Tier abzuwenden.

»Machen Sie doch was!«, rief sie.

Doch das war gar nicht mehr nötig. Das Reptil flüchtete sich in Richtung Felsklippe und verschwand in den Büschen. Teresa jedoch rührte sich immer noch nicht vom Fleck.

»Was machen Sie denn hier?«, fragte Cabral entgeistert. Sie hatte einen Rucksack auf dem Rücken und sah aus, als wäre sie auf einer Wandertour.

»Ich hasse Schlangen«, sagte sie nur. Cabral bemerkte, dass sie die Hände zu Fäusten geballt an ihre Beine presste. Sie versuchte, ein Zittern zu unterdrücken.

»Sie ist weg. Kommen Sie rein. Na los.«

Als sie sich noch immer nicht bewegte, legte Cabral die Hand an ihren Arm. Sanft schob er sie ins Haus und rückte ihr dann einen Stuhl zurecht. Sie setzte sich, als wäre sie ferngesteuert. Im Schlafzimmer winselte es, es folgte ein Scharren. Der Hund würde sich vermutlich noch unter der Tür durchgraben wie ein Kaninchen. Cabral öffnete die Tür, der Hund stürmte heraus und hüpfte um seine Beine.

Von Teresa nahm er nicht viel Notiz. Cabral kniete sich auf den Boden und schlang in einer für ihn ungewöhnlichen Aufwallung von sentimentalen Emotionen die Arme um den Hund, der sich das bereitwillig gefallen ließ.

»Guter Junge. Die verdammte Schlange. Ich hab die nicht gesehen, aber du hast aufgepasst.«

Teresa regte sich endlich auf dem Stuhl hinter ihm. Cabral wurde peinlich bewusst, dass er mit leicht feuchten Augen auf dem Boden hockte und sein Gesicht in das Fell des Streuners drückte. Er stand auf, ging zum Schrank mit den Spirituosen, die allesamt von Tio Higino stammten, und schenkte ihnen beiden irgendeinen selbst gebrannten Obstbrand ein.

»Hier, trinken Sie das. Sie sind immer noch ganz blass um die Nase.«

Teresa fackelte nicht lange, setzte das Glas an und leerte es in einem Zug. Anerkennend stieß Cabral einen leisen Pfiff aus.

»Und jetzt raus mit der Sprache. Was machen Sie hier? Woher wissen Sie überhaupt, wo ich wohne?«

»Ich war auf der Wache. Da hat man mir gesagt, dass Sie nach Hause gefahren sind. Ich hab Tio Mário gefragt, wo das ist. Gouveia«, ergänzte sie, als Cabral sie fragend ansah.

»Von Datenschutz und Privatsphäre hat noch nie jemand etwas gehört, wie mir scheint. Und was wollen Sie?«

»Sie wollten heute Morgen in der Pension mit mir über *Linha Vermelha* reden. Aber wir wurden ja unterbrochen. Von ihm.« Sie deutete auf den Hund.

»Lourenço hat Ihnen ein Alibi gegeben. Also sind Sie doch raus aus der Nummer.«

»Er hat mir nicht einfach so ein Alibi gegeben«, betonte sie mit Nachdruck. »Ich war schließlich wirklich auf der Farm mit ihm. Daran gibt es ja nichts zu rütteln.«

»Also?«

»Ich dachte mir, ich könnte mich bei den nächsten Treffen mit den Leuten von *Linha Vermelha* umhören. Ein paar Fragen stellen.«

Cabral schnaubte. »Um was zu tun? Herauszufinden, wer die beiden Männer ermordet hat?«

Ihre Blässe war inzwischen einem frischen Rosa auf ihren Wangen gewichen. Cabral führte das auf den Alkohol zurück. Jetzt kamen noch ein paar rote Flecken am Hals dazu, die der scheinbar aufkommende Ärger auszulösen schien.

»Ja, so ungefähr. Hören Sie, mir liegt diese Initiative sehr am Herzen. Ich möchte nicht, dass Sie unserer Sache schaden, indem sich herumspricht, dass die Polícia Judiciária Mitglieder der Bewegung des Mordes verdächtigt. Noch viel schlimmer, dass Sie meinen, die Morde wären sogar von der Bewegung gesteuert.«

»Ich möchte trotzdem, dass Sie sich da raushalten.«

»Einfach so? Ohne Erklärung?«

»Ganz einfach, Senhora Pinto. Erstens, woher soll ich wissen, dass ich Ihnen trauen kann? Diese Leute tauchen schon zum zweiten Mal in der Nähe eines Mordopfers auf, und Sie gehören zu denen. Um die richtigen Fragen zu stellen, müssen Sie von mir erst mal mit Informationen gefüttert werden. Sie glauben doch nicht, dass ich Ihnen die gebe. Zweitens begeben Sie sich in Gefahr, wenn Sie zu viele Fragen stellen und die falschen Leute aufscheuchen. Das steht also nicht zur Debatte.«

»Also kann ich überhaupt nichts tun? Ich schaue mir einfach an, wie die PJ diese Initiative kriminalisiert?« Sie straffte sich und stand auf. »Dann gehe ich jetzt wohl besser.«

»Tut mir leid, dass Sie den ganzen Weg hierher umsonst gemacht haben. Aber ich kann das wirklich nicht zulassen.«

»Schon gut.« Unschlüssig stand sie an der Tür, anstatt zu gehen.

»Was gibt es denn noch?«

»Ich dachte nur gerade an die Schlange. Es ist schon so schummrig draußen.«

»Ist das Ihr Ernst? Sie mögen da nicht rausgehen wegen dem Tier?« Sie antwortete nicht. Cabral begriff, dass es ihr ernst war. »In Ordnung, ich bringe Sie zu Ihrem Wagen. Wo haben Sie den abgestellt? Unten an der Straße?«

»Ich bin mit dem Bus gekommen und dann zu Fuß hier rüber gelaufen.«

»Sie müssen zu Fuß zurück?« Cabral sah aus dem Fenster. »Inzwischen ist Hochwasser, da holen Sie sich mächtig nasse Füße, wenn Sie durch die Bucht laufen. Im schlimmsten Fall brechen Sie sich die Beine auf den glitschigen Steinen. Es wird schon dunkel, da sehen Sie nicht einmal mehr, wo Sie hintreten.«

»Herzlichen Dank für die aufbauenden Worte, aber das

schaffe ich schon.« Ihre unglückliche Miene strafte ihre Worte Lügen.

»Gut, ich mache Ihnen einen Vorschlag. Ich mache uns erst einen starken Kaffee. Ich hatte letzte Nacht ... egal, ich brauche jedenfalls erst einmal Koffein. Danach fahre ich Sie rüber nach Porto Covo zur Busstation.«

»Ja, bei der Fahne, die Sie heute Morgen noch hatten, kann ich mir lebhaft vorstellen, wie die Nacht abgelaufen ist.«

»Hüten Sie Ihre Zunge, sonst lasse ich Sie den Kaffee draußen trinken. Ich glaube, Schlangen stehen auf den Duft von frisch aufgebrühtem Kaffee.«

Er löffelte Pulver in den Filter und schmiss die Maschine an. Eine Weile sagten sie beide nichts. Der Hund hatte sich neben Cabrals Stuhl zusammengerollt.

»Er braucht einen Namen«, sagte Teresa schließlich. »Wenn Sie ihn überhaupt behalten wollen.«

»Er bleibt hier.« Cabral verblüffte sich selbst mit dieser Antwort. Sein Hals wurde eng. Der Hund und er, sie waren beide Streuner. Das Tier hatte sich auf der Straße durchschlagen müssen. Dennoch hatte er nicht die Hoffnung verloren, zeigte keine Anzeichen von Bösartigkeit oder Angriffslust. Er war ein Kämpfer. Das gefiel Cabral.

»Wieso sind Sie nach Sines zurückgekehrt?«, fragte er unvermittelt. Teresa zuckte regelrecht zusammen.

»Weil meine Ehe beendet war. Ich sah keinen Grund, länger in England zu bleiben, als die Scheidung durch war.« Sie atmete aus, als hätte es sie große Überwindung gekostet, dies auszusprechen.

»Das tut mir leid.« Lügner. »Kinder?«

»Nein, Gott sei Dank nicht.«

»Das macht die Trennung einfacher.«

»Das meine ich nicht. Mein Ex-Mann ist ein unbeherrschter Mensch. Kinder hätten es sehr schwer gehabt.«

»Was meinen Sie …«

»Ich möchte nicht darüber reden.«

Sie trank schweigend ihren Kaffee weiter. Verstohlen beobachtete Cabral sie. Da ging ihm ein Licht auf. Ihm wurde ganz heiß. Als er sie vor Gouveias Wohnung für einen Einbrecher gehalten und zu Boden gerissen hatte, war sie gleich danach fast panisch aus dem Haus gelaufen. Sein unsäglicher Auftritt am Abend bei Dona Augusta, als er sie ein zweites Mal attackiert hatte. Sie hatte sich danach weinend auf die Dachterrasse zurückgezogen. Wie ein verletztes Kind.

War ihr Ehemann gewalttätig gewesen? Wie würde er das aus ihr herausbekommen? Wozu sollte er das überhaupt? Was ging ihn das an?

Und dass sie nie lächelt, dachte er. Auch jetzt war ihr Gesicht ernst. Im glanzlosen Licht der Abenddämmerung traten die Schatten unter ihren Augen wieder stärker hervor.

Cabral hatte sich auf einen Abend eingestellt, an dem er sich von der gestrigen Nacht erholen konnte. Stattdessen schwirrte ihm der Kopf. Ein Hund, eine Schlange und diese Frau. Das war zu viel auf einmal.

»Einen Wein?« Wenn er doch nur nicht so verdammt neugierig wäre. Erkenntnisfroh, hatte Tio Higino das mal genannt.

»Ich muss zurück. Später geht kein Bus mehr nach Sines.«

»Dann fahre ich Sie halt. Oder Sie könnten hier übernachten, auf dem Sofa.«

Warum schlug er das überhaupt vor? Mit aufgerissenen Augen starrte sie ihn an.

»Keine Angst, würde ich Ihnen etwas tun wollen, hätte ich das bereits die ganze Zeit tun können. Hier auf den Klippen hört sie kein Mensch, wenn Sie um Hilfe rufen.«

»Ich würde jetzt wirklich gerne gehen.«

Er sagte oft die falschesten Dinge in völlig unpassenden Momenten. Teresa schien sich wirklich unwohl zu fühlen. Sie musste üble Erfahrungen gemacht haben.

»Kommen Sie. Wir machen uns auf den Weg.« Er stand auf, nahm sein Schlüsselbund. Sofort sprang der Hund auf, drängte sich an Cabrals Beine und wedelte mit dem Schwanz. »Du entwickelst dich zur Klette.«

»Das ist es! Lappa.« Teresa lachte plötzlich. »Einen passenderen Namen gibt es nicht.«

»Wie die Pflanze, die sich mit ihren winzigen Häkchen verfängt und die man nicht mehr loswird?«

»Genau!«.

»Dann bin ich eher für Lapa mit einem P, wie die Napfschnecken auf den Felsen. Die saugen sich so fest, dass man sie nur mit einem Messer abgelöst bekommt.«

»Nicht sehr schmeichelhaft.«

»Aber passend. Oder, Lapa?«

Lapa bellte. Damit war es beschlossen.

30

Santa Catarina war ein gesichtsloses Stadtviertel, in dem die Neubauten schneller aus dem Boden wuchsen als irgendwo sonst in Sines. Möglich war dies, weil in der Regel beim Bau gepfuscht wurde. Infolgedessen hatten viele Häuser bereits unmittelbar nach Fertigstellung mit Feuchtigkeitsproblemen zu kämpfen. Cabral war davon überzeugt, dass diese Viertel nur entstanden, um mafiösen Vereinigungen Geldwäsche durch Investitionen in diese Immobilien zu ermöglichen. Viele der Häuser und Ladenlokale standen schon von Beginn an leer.

Die Geschäftsräume von Paulo Branco befanden sich in einem der modernen kleinen Häuser. Es war eine Kombination aus Wohn- und Geschäftshaus und sah aus, als hätte man Schuhkartons aufgebockt. Cabral konnte es nicht leiden. Es hatte keinen Charakter.

Eine erste Überprüfung hatte ergeben, dass Paulo Branco keine engen Angehörigen mehr hatte. Sie hatten jedoch unter der Geschäftstelefonnummer eine Angestellte erreicht, sie über den Tod ihres Arbeitgebers informiert und ihr Kommen avisiert.

Ein durchdringendes Läuten kündigte Freire und Cabral an. Schnelle Schritte auf klappernden Absätzen näherten sich. Die Tür wurde geöffnet. Eine junge Frau sah sie aus geröteten Augen an.

»Ja, bitte?«

»Polícia Judiciária. Ich bin Chefinspektor Cabral, dies ist Inspektor Freire. Dürfen wir hereinkommen?«

Tränen flossen aus ihren veilchenblauen Augen. Auf dem Kragen ihrer Bluse zeichneten sich nasse Flecken ab. Sie schien schon den ganzen Morgen geweint zu haben.

»Bitte.«

Sie ging über den gefliesten Korridor vor in ein Büro, welches zur futuristischen Architektur des Hauses nicht recht passen wollte. Die Möbel waren alt und abgenutzt. Auch arbeitete sie mit einem Computer, der alles andere als ein neues Modell war. Unter dem Tisch brummte der Rechner. An der Wand hing ein Wandkalender, dessen Blätter zum letzten Mal vor drei Monaten abgerissen worden waren.

»Sie sind Senhora Rocha, die Sekretärin von Senhor Branco?«, fragte Cabral.

»Assistentin. Ich war …« Erneutes Schluchzen beendete den Satz.

Cabral bemerkte, dass in einer Ecke Umzugskartons aufgestapelt waren. Etliche Aktenordner waren aus den Regalen gezogen und auf dem Boden aufgeschichtet worden.

»Sie räumen bereits aus?« Cabral fand es seltsam, hatte sie doch erst vor wenigen Stunden vom Tod Brancos erfahren.

»Wir waren sowieso gerade dabei, weil wir umziehen wollten. Senhor Branco hatte zuletzt ein bisschen Pech mit seinen Transaktionen.«

»Er war pleite?« Direkter konnte man es nicht formulieren.

»Aber nein. Er konnte sich nur die Miete hier nicht mehr leisten. Die Firma sollte zum nächsten Monat umziehen. Aber das braucht sie ja nun nicht mehr.«

Cabral schätzte Senhora Rocha auf etwa Ende Zwanzig. Sie war das, was man wohl im Allgemeinen hübsch nannte. Eine Stupsnase, von der er nicht sagen konnte, ob da vielleicht ein bisschen nachgeholfen worden war. Eine zierliche Gestalt, lange dunkelblonde Haare. Ob da vielleicht sogar mehr gewesen war zwischen Branco und ihr?

»Senhora Rocha, können Sie uns Auskunft darüber geben, was genau die Tätigkeit von Senhor Branco war? Er hat mit Kunst gehandelt, soweit wir wissen.«

»Das stimmt nicht.« Sie schüttelte den Kopf. »Senhor Branco war nur als Vermittler tätig. Er hat Künstler und Kaufinteressenten zusammengebracht. Wie ein Makler.«

»Und für Kaufabschlüsse hat er eine Provision kassiert?« Sie nickte. »Inwiefern hatte er Pech bei seinen letzten Geschäften?«

»Indem keine Geschäfte daraus geworden sind. Viele Interessenten sind wieder abgesprungen. Manche im letzten Moment, nachdem bereits einige intensive Verhandlungen stattgefunden hatten.«

»Wie kommt das?«

»Meist liegt es daran, dass die Leute dann doch nicht die Summe aufbringen können, die sie ursprünglich bereit waren auszugeben. Mit Künstlern verhandeln ist auch nicht immer einfach.«

»Senhora Rocha, können Sie mir sagen, ob Senhor Branco Feinde hatte? Hatte er Probleme mit einem bestimmten Klienten? Oder hat er vielleicht Drohungen erhalten?«

»Und ob.«

Cabral war perplex. Normalerweise lautete die Antwort, dass das Opfer keinerlei Feinde gehabt habe, allgemein sehr beliebt gewesen sei. Auch Freire schien aus seiner Trance erwacht zu sein. Er fummelte seinen Notizblock aus der Innentasche seines Sakkos. Cabral fand, dass er darin aussah wie ein Philosophiestudent. Die tränenreiche Verzweiflung auf dem Gesicht von Senhora Rocha war einer ärgerlich gerunzelten Stirn gewichen.

»Diese Künstlerin bei Santiago do Cacém. Die hat ihm Probleme gemacht. Sie hat mehrere Briefe geschrieben und mit Anwälten gedroht. Zweimal ist sie hier aufgetaucht, und jedes Mal haben sie lautstark gestritten.«

»Worüber haben sie gestritten? Haben Sie Name und Adresse von dieser Frau?«

»Ich weiß nicht, worum es ging. Sie wollte Geld, und er meinte, es stünde ihr nicht zu. Einzelheiten kenne ich nicht. Den Namen kann ich Ihnen raussuchen.« Dann fuhr sie in verändertem Ton fort. »Sie ist keine Portugiesin. Ich glaube, Sie kommt aus den Niederlanden.«

»Bitte suchen Sie uns die Daten raus. Haben Sie die Briefe noch?«

»Nein, Senhor Branco hat sie alle vernichtet, nachdem er sie gelesen hatte. So einen Mist müsse er nicht aufbewahren, hat er gesagt.« Sie tippte eifrig auf der Tastatur herum.

»Schade, das hätte uns weitergeholfen. Gibt es außer Ihnen noch andere Menschen, die Zeugen dieser Auseinandersetzungen wurden?«

Sie kräuselte die kleine Nase und dachte nach. »Einmal gab es eine sehr peinliche Begegnung bei einer Ausstellungseröffnung. Sie haben sich dort vor aller Augen gezankt. Es hat Senhor Brancos Ruf großen Schaden zugefügt. Er hatte sogar die Vermutung, dass sie ihm zu dem Zweck bewusst dort aufgelauert hatte.«

»Ich brauche auch die Namen dieser Leute.«

»Ich weiß nicht, ob ich die noch zusammenkriege. Ich hab doch nicht geahnt, dass so etwas irgendwann wichtig sein könnte.«

Sie ließ ein wenig damenhaftes Schniefen hören. Cabral hätte es nicht überrascht, wenn sie sich gleich mit dem Blusenärmel über die Nase fahren würde, anstatt ein Taschentuch zu benutzen. Es passte nicht zu ihr.

»Seltsam. Ich finde keine Daten zu dieser Frau in unserem Kundenbestand«, sagte Senhora Rocha.

Cabral und Freire wechselten einen Blick. Freire schrieb etwas auf. Irgendwann würde Cabral wirklich gerne mal in dessen Notizen blättern.

»Warten Sie einen Moment. Ich habe diese Frau irgendwann mal gegoogelt. Vielleicht im Verlauf ...« Sie tippte, schob die Maus über die Tischplatte, bis sie etwas gefunden hatte. »Hier. Das ist sie. Lieke Zeeman.«

»Freire, schreiben Sie die Daten von der Webseite ab.«

Freire ging hinter den Schreibtisch und studierte die abgebildeten Informationen. Er schien ein bisschen angespannt aufgrund der Nähe zu Senhora Rocha, verlor sogar seinen Bleistift und musste auf den Knien über den Boden robben, um ihn wiederzufinden. Cabral war wieder einmal mit seiner Geduld fast am Ende.

Als Freire endlich so weit war, verabschiedeten sie sich. An der Tür drehte Cabral sich noch einmal um.

»Wie lange können wir Sie unter dieser Adresse noch erreichen, falls wir noch Fragen haben?«

»Ich weiß nicht genau. Aber sicher noch ein paar Tage. Der Mietvertrag muss gekündigt werden, die Möbel abtransportiert …« Ihre Augen schwammen wieder in Tränen.

»Was werden Sie tun, wenn alles erledigt ist?«, fragte Cabral.

Sie zuckte mit den Schultern. »Ich weiß es nicht.«

»Alles Gute.«

Sie gingen endgültig und ließen ein Häufchen Elend zurück. Insbesondere Freire schien sie leid zu tun. Cabral bemerkte, dass er versuchte, noch einen letzten Blick auf Senhora Rocha zu erhaschen. Armer Kerl.

Cabral hatte Freire den Bürokram überlassen, auch wenn er wusste, dass sie so niemals Freunde werden würden. Er hatte schon seit einer Weile das Gefühl, dass Freire nicht mehr bei der Sache war. Schon vor der Begegnung mit Senhora Rocha, seitdem jedoch erst recht. Er würde mit ihm sprechen müssen, spätestens wenn seine Beurteilung anstand.

Er fuhr über die Landstraße Richtung Nordosten, um Lieke Zeeman aufzusuchen. Sie wohnte in Roncão, einem Dorf, in dem sich Fuchs und Hase Gute Nacht sagten, eine halbe Stunde Autofahrt von Sines entfernt. Ihr Haus war gleich das erste am Ortseingang. Cabral hatte sich nicht angekündigt und wünschte inständig, sie möge zu Hause sein. Er bezweifelte, dass er andernfalls wenigstens irgendwo etwas zu essen bekäme. Das Dorf bot nicht viel. Seine Hosen begannen, ihm über die Hüften zu rutschen. In den letzten Tagen hatte er das Essen oft ausfallen lassen müssen. Von dem Gelage bei *O Guia* einmal abgesehen.

Cabral fuhr die staubige Auffahrt hinauf, parkte und stieg aus. Das Haus war ein typisch blau-weißes Haus aus dem Alentejo. Es gab allerdings keine Türklingel, und so ging er um das Haus herum in den Garten. Erinnerungen an seinen ersten Besuch bei Joana Meireles stiegen in ihm auf.

Bei ihr war er im Garten von zwei Höllenhunden namens Pepe und Paco empfangen worden. Er hoffte, dass ihm so eine Begegnung diesmal erspart bleiben würde.

Seine Sorge war umsonst. Der Garten war ein kleines Paradies. Es gab sogar einen Pool. Er reichte in der Länge sicher nicht für mehr als sechs oder sieben Züge, aber eine willkommene Erfrischung war es allemal. Je weiter man sich von der Atlantikküste ins Landesinnere begab, umso heißer wurde es. Im August konnten die Temperaturen schon mal auf bis zu vierzig Grad klettern.

Lieke Zeeman war scheinbar auch eine passionierte Selbstversorgerin. Es gab sicher zehn Reihen zu je zwanzig Metern Länge, auf denen sie verschiedene Gemüsesorten angebaut hatte. Cabral pflückte sich im Vorbeigehen eine Tomate. Sie hatte die Form einer Birne und schmeckte zuckersüß. Die Obstbäume bogen sich unter der Last der Feigen, Quitten, Zitronen und Pfirsiche.

Nur von Lieke Zeeman war nichts zu sehen. Cabral konnte nicht auch noch einfach in das Haus gehen. Da drang ein Hämmern an sein Ohr. Nicht so, als wenn jemand einen Nagel in ein Brett oder eine Wand schlug, sondern hell und blechern. Er ging dem Geräusch nach. Es kam aus der Scheune, die zum Haus zu gehören schien. Sie befand sich auf demselben Grundstück. Cabral schnappte sich noch einen Pfirsich und ging hinüber. Das große Tor war nur angelehnt.

»Senhora Zeeman?«

Niemand antwortete. Er ging hinein. Lieke Zeemann – zumindest nahm er an, dass sie es war – beugte sich über einen Arbeitstisch. Sie bearbeitete etwas, das aussah wie ausgewalztes Gold.

»Senhora Zeeman?«

Sie wirbelte herum. Das Werkzeug glitt ihr aus der Hand und fiel scheppernd zu Boden.

»Wer sind Sie?« Sie wirkte verärgert. Der Blick auf Cabrals Hand mit dem frisch gepflückten Pfirsich machte es nicht besser. Sie runzelte die Stirn.

»Chefinspektor Nuno Cabral, Polícia Judiciária Sines. Lieke Zeeman?«

»Die bin ich. Was ist passiert?« Sie hob den kleinen Hammer auf und pustete ihn ab. Anschließend ging sie noch einmal mit einem buschigen Pinsel darüber, um ganz sicher zu gehen, dass sich kein Schmutz mehr daran befand.

Lieke Zeeman trug eine Schürze aus einem groben Material. Aus den aufgenähten Taschen guckten zierliche Hämmerchen und unterschiedlich lange Bleistifte hervor. Cabral sah sich staunend um. Die Scheune war zu einer Werkstatt ausgebaut worden. Hier lagerten verschiedenste Materialien. Krummwüchsige Gehölze und Wurzeln, Lederstücke, millimeterdünne Bleche, Körbe voller gesammelter Steine, in verschiedenen Farben eingefärbte Blätter Reispapier. Auf einer Werkbank lagen Bildhauereisen und Schnitzmesser, Nadeln, Nieten, Stanzen, Pinsel, Sägen, Hobel, Lötkolben und eine Schweißermaske. Darüber hinaus eine Variation von Instrumenten und Hilfsmitteln, die Cabral nicht kannte und deren Verwendung er sich nicht einmal vorstellen konnte. Auf dem Regal darüber reihten sich Farbtuben und Töpfe mit Klebstoffen, Harzen und

Lösungsmitteln aneinander. An einen Teil der Wände war Zeichenpapier gepinnt, auf dem mit Kohlestiften teils grob umrissene, teils detaillierte Skizzen festgehalten waren. Dieser Ort war ein wahres Paradies für kreative Menschen.

»Arbeiten Sie hier ganz allein? Mit all diesen Sachen?« Cabral machte eine weit ausholende Bewegung mit seinem Arm.

»Meistens schon. Manchmal bekomme ich für ein paar Tage oder Wochen Besuch von befreundeten Künstlern. Dann arbeiten wir zusammen an einem Projekt.«

»Sie sind eine Allrounderin, so wie es ausschaut.«

Nun lächelte sie. »Ich mag mich nicht auf ein Material festlegen. Das wäre mir zu langweilig.«

»Sie kennen einen Paulo Branco?«, fragte Cabral, als er ihren erwartungsvollen Blick auffing.

»Dachte ich mir schon, dass es um den Dreckskerl geht.« Mit einem vernehmbaren Seufzen sank sie gegen den Tisch.

»Sie hatten Probleme mit ihm?«

»Das kann man wohl sagen. Und scheinbar nicht nur ich. Sonst wären Sie nicht hier, oder?«

»Paulo Branco wurde ermordet.« Lieke Zeeman riss die Augen auf. »Von seiner Assistentin haben wir von Ihren Auseinandersetzungen gehört. Sie sollen ihn bedroht haben.«

Vorsichtiges Vortasten war nicht Cabrals Stärke. Er setzte auf die Holzhammermethode, weil die erste ungeschönte Reaktion meist die aufschlussreichste war. Und weil er einfach so war.

»Ich habe nicht ihn als Person bedroht. Ich habe damit gedroht, dass ich mich an die Polizei, einen Anwalt oder die Presse wenden würde, um zu meinem Recht zu kommen.«

»Und das wiederholt und mit Nachdruck.«

»Ich hatte ja keine andere Wahl.«

»Erzählen Sie mir, um was es dabei ging.«

Lieke Zeeman schob die Werkzeuge und ihre begonnene Arbeit auf dem Tisch zusammen. Sie knipste die Arbeitsbeleuchtung aus und wies nach draußen.

»Lassen Sie uns draußen reden. Ich hatte sowieso noch keine Pause heute. Wollen Sie nicht endlich Ihren Pfirsich essen?«

»Tut mir leid. Ich hätte fragen sollen.« Cabral kratzte sich betreten über das Kinn.

»Schon gut. Nehmen Sie Platz.« Sie deutete auf zwei abgesägte Baumstümpfe, die im Schatten unter einem Olivenbaum standen. »Ich bin gleich wieder da.«

Als sie wieder aus dem Haus kam, hatte sie die Arbeitsschürze abgenommen. Sie brachte eine Schüssel mit verschiedenen Früchten und zwei Gläser sprudelndes Mineralwasser mit. Es war mit Zitronenscheiben und Pfefferminzblättern angereichert.

Cabral schätzte sie auf etwa Mitte Vierzig. Ihre blasse Haut war voller Sommersprossen. Sie zogen sich selbst die Arme hinunter bis zu den Handrücken. Ihre Augenbrauen und Wimpern waren rotgolden und durchscheinend. Sie nahm einen großen Schluck Wasser und begann zu erzählen.

»Paulo Branco hat mich eines Tages nach einer Ausstellung im Auftrag eines seiner Kunden aufgesucht. Es bestand Interesse an einer meiner Arbeiten, das Angebot war nicht schlecht, und wir sind uns sehr schnell einig geworden.«

»Ist der Kauf zustande gekommen?«

»Ja, das schon. Aber als es später um die Bezahlung ging, wurde es schwierig.«

»Soll das heißen, diese Arbeit ging erst an den Käufer, und danach sollten Sie ihr Geld kriegen? Das ist doch ungewöhnlich, oder? Bezahlt man nicht erst?«

»Meistens, natürlich, aber nicht immer. Paulo Branco war als eingetragener Agent für die Vermittlung von Kunstobjekten aufgetreten. Ich hatte keinen Grund, daran zu zweifeln, dass ich mein Geld bekommen würde. Aber wie heißt es so schön? Aus Fehlern wird man klug.«

»Was ist passiert?« Cabral hatte den Pfirsich längst verspeist. Jetzt machte er sich über eine gelbliche Birne her, die süß und saftig war.

»Er hat mir weniger überwiesen, als vereinbart war. Als ich die Restsumme eingefordert habe, wurde es unschön. Ich habe ihn mehrfach angerufen, dann schließlich Briefe geschrieben.« Sie fuhr sich mit der Hand über die Stirn, als wäre sie plötzlich sehr müde.

»Und Sie haben ihn persönlich aufgesucht?«

»Ja, nur in der Agentur, versteht sich.« Sie zögerte. »Bis auf einmal. Das war, nachdem er hier war und mir bereits seinen Vorschlag zur Güte unterbreitet hatte. Der Scheißkerl. Ich hab ihn rausgeschmissen.«

»Wie sah der denn aus, der Vorschlag zur Güte?«

»Er hat mir angeboten, gegen eine gewisse Gegenleistung auch die restliche Summe an mich zu bezahlen. Was genau er damit meinte, hat er mir unmissverständlich zu verstehen gegeben. Er konnte seine Hände nicht gut bei sich behalten. Ich hätte ihm beinahe mit dem Schweißgerät eines über den Schädel geben müssen, damit er sich verzog.« Ihr wurde die Tragweite dieser Aussage bewusst. »Sie wissen, wie ich das meine. Danach gab es einen ziemlich hässlichen Zusammenstoß bei einer Ausstellungseröffnung eines befreundeten Künstlers. Ich war eingeladen. Paulo Branco war auch da. Ein Wort gab das andere ...«

»Was ist passiert?«

»Nicht viel eigentlich. Es war eine verbale Auseinandersetzung. Allerdings hat die nicht unter vier Augen stattgefunden. Das war nicht schön für meinen Freund, aber es ging nicht anders. Branco trat da als großer Künstlerversteher auf. Die jungen Dinger lagen ihm zu Füßen, als wäre er der Künstler. Ich konnte das nicht so stehenlassen.«

»Sie hatten doch einen Vertrag, auf den Sie sich berufen konnten. Warum haben Sie sich keinen Anwalt genommen?«

Sie schnaubte belustigt. Die Sommersprossen auf ihrer Nase tanzten. »Weil ich mir das nicht leisten kann.«

»Und der Käufer? Weiß der davon?«

»Ich weiß ja nicht einmal, wer der Käufer ist.«

»Das verstehe ich nicht. Steht der nicht im Vertrag?«

Lieke Zeeman schüttelte resigniert den Kopf. Sie biss eine Zwetschge am Stielansatz an, nahm sie zwischen Daumen und Zeigefinger und drückte den Stein heraus. Cabral biss üblicherweise so lange an der Frucht herum, bis er irgendwie am Stein ankam. Er musste das üben.

»Es gibt nur den Vermittlungsvertrag zwischen ihm und mir. Es ist gar nicht so unüblich, dass die Käufer ungenannt bleiben wollen. Meist ist das der Fall, wenn es sich um echte Sammler handelt und solche Sammlerstücke für horrendes Geld den Besitzer wechseln. Das ist bei mir nun eigentlich nicht der Fall. Meine Materialien kommen manchmal vom Schrottplatz, oder ich sammle Dinge am Strand. Trotzdem wollte der Käufer anonym bleiben.«

»Und irgendwann haben Sie es aufgegeben?«

»Kurze Zeit nach dem Eklat bei dieser Ausstellung stand eine Journalistin vor meiner Tür. Sie sagte, sie wäre dort gewesen und hätte alles mit angehört. Sie fragte, ob ich ihr die ganze Geschichte erzählen würde, damit diese Schweinerei bekannt wird.«

»Haben Sie?«

»Ja, sicher. Ich sah das als meine letzte Chance. Ich war so dankbar, dass sie hier auftauchte, aber dann hat es nie einen Zeitungsartikel gegeben. Und bevor Sie fragen, ich habe versucht, Kontakt zu ihr aufzunehmen. Nur stellte sich heraus, dass sie gar nicht für die Zeitung arbeitete, die sie mir genannt hatte. Niemand kannte sie dort.«

Die ganze Sache wurde immer mysteriöser. Cabral wünschte nun doch, er hätte Freire dabeigehabt, damit der Notizen machen konnte.

»Haben Sie sich nicht gefragt, was das sollte? Wer diese Frau war?«

»Doch, oft.« Lieke Zeeman lachte, was kleine Grübchen in ihr Gesicht zauberte. »Aber ich bin Künstlerin, kein Meisterdetektiv. Ich hab es irgendwann einfach abgehakt. Das Geld, Branco und diese Frau. Und beim nächsten Geschäft bin ich vorsichtiger.«

»Eine letzte Frage noch. Haben Sie Kopien von den Briefen, die Sie Branco geschickt haben?« Cabral glaubte kaum daran, aber sie nickte.

»Ja. Ich kann sie holen, wenn Sie möchten.« Ohne seine Antwort abzuwarten, ging sie ins Haus hinüber.

Cabral sah ihr nach. Sie war eine äußerst anziehende Frau, musste er zugeben.

Lieke Zeeman kam mit einem Ordner unter dem Arm zurück. Sie setzte sich und klappte ihn auf. Nach kurzem Blättern öffnete sie die Ringe und entnahm mehrere Blätter Papier.

»Ich gehe davon aus, dass ich sie wiederbekomme.«

»Selbstverständlich.« Er wischte seine von den Früchten klebrigen Finger an seiner Jeans ab und nahm die Briefe. Dann erhob er sich. Es war spät geworden.

»Ach, eine Frage noch«, sagte er. »Was war das für eine Arbeit, die Sie verkauft haben?«

»Die Königin.« Wortlos klappte sie noch einmal den Ordner auf. Sie entnahm den Ausdruck einer Fotografie.

Cabral verstand nicht. Er nahm das Foto. Es zeigte eine Skulptur aus Blech, die eine sitzende Frau in Lebensgröße darstellte. Sie trug ein bodenlanges Gewand, das aus verschiedenfarbigen Blechstücken gearbeitet war, die aneinandergeschweißt waren. Oder gelötet. Cabral kannte sich da nicht aus. So wirkte das Kleid der Frau wie ein Schachbrett aus schimmernden silbernen, goldenen und kupferfarbenen Feldern. Ihr Gesicht war verhängt mit einem Schleier aus feinen Blechsträhnen. Ein bisschen wie Lametta an einem Weihnachtsbaum.

Cabral hatte keine Ahnung von Kunst, aber diese Arbeit übte selbst auf ihn eine Wirkung aus, derer er sich kaum entziehen konnte. Die Frau war majestätisch, was den Namen der Arbeit rechtfertigte, doch gleichzeitig geheimnisvoll und düster, was Cabral dem verborgenen Gesicht zuschrieb. Gerne hätte er das Original gesehen.

»Senhora Zeeman, ich werde tun, was ich kann, damit Sie doch noch zu Ihrem Recht kommen. Danke, dass Sie sich die Zeit genommen haben.«

»Ich danke Ihnen«, erwiderte sie. »Jetzt möchte ich aber auch noch etwas wissen. Fragen Sie mich gar nicht nach meinem Alibi?«

Es verschlug ihm tatsächlich die Sprache. Er gab einen schönen Chefinspektor ab. Wenn doch nur Freire mit dabei wäre. Doch so kam er immerhin noch einmal in den Genuss ihrer Grübchen, denn sie lachte laut.

»Ich war hier. Ich bereite eine neue Ausstellung vor. In den letzten zehn Tagen habe ich meine Werkstatt nur verlassen, um kurz im Dorf etwas einzukaufen. Zeugen für die Einkäufe gibt es, aber nicht für die Zeit, in der ich in der Werkstatt gearbeitet habe.«

Cabral nickte, tippte sich zum Gruß an die Stirn und ging. Als er davonfuhr, sah er sie im Rückspiegel noch einmal kurz winken.

Auf Höhe der Abfahrt nach Santo André kam Cabral der erste Krankenwagen entgegen. Als er den Inter-
marché am Stadtrand von Sines passierte, flog der zweite
an ihm vorbei und tauchte für Sekunden die Landschaft
in zuckendes Blau. Beide waren mit Sirenen unterwegs in
Richtung Krankenhaus in Santiago do Cacém. Zwei Am-
bulanzen unmittelbar hintereinander machten Cabral nervös. Entweder war es Zufall, oder es hatte einen schlim-
men Unfall gegeben. Bei der Feuerwache an der Avenida
General Humberto Delgado war er ganz sicher, dass es zu
einem größeren Unglücksfall gekommen sein musste. Ein
Notarztwagen überholte ihn, fuhr diesmal in dieselbe Richtung wie er.

Cabral hoffte, dass es keinen Zwischenfall in der Raf-
finerie gegeben hatte. Er zückte sein Handy und rief in der
Wache bei den Kollegen der GNR an. Der diensthabende
Cabo meldete sich.

»Cabral hier. Ich komme gerade zurück aus Roncão.
Was ist hier passiert? Gab es einen Unfall in der Raffinerie
oder im Hafen?«

»Nein, beim Fußballstadion hat es Krawalle gegeben.«

»Heute? Da findet doch gar kein Spiel statt.«

»Ich weiß. Da hatten sich die Unterstützer von *Linha
Vermelha* versammelt. Das war deren Startpunkt für den

Protestmarsch zur Costa do Norte. Es gab eine Gegen-demonstration. Die ist außer Kontrolle geraten.«

»Ich fahr hin.« Cabrals Puls raste. Er gab Gas, hupte sich den Weg frei.

Wenige Minuten später bremste er mit quietschenden Reifen und hielt am Fahrbahnrand vor dem Fußballstadion. Er hatte Glück. Der Erste, dem er begegnete, war Parreira. Er packte ihn am Arm.

»Verdammt, was ist hier los?«

»Das war eine organisierte Sache.« Parreira wischte sich mit dem Ärmel seiner Uniform den Schweiß aus dem Gesicht. »Nach Aussage der Leute hatten sich Chaoten unter die Gegendemonstranten gemischt. Als die nahe genug an den Leuten von *Linha Vermelha* dran waren, sind die plötzlich ausgeschert und haben die friedlichen Demonstranten attackiert. Die sind mit Knüppeln auf die los. So ein Wahnsinn! Da waren Frauen und Kinder dabei. Das ging so für ein paar Minuten, dann sind die wie auf Kommando wieder abgezogen. Wir konnten keinen von denen erwischen.«

»Wie viele Verletzte?«

»Zwei Schwerverletzte.« Die zwei Krankenwagen auf der Autobahn. »Mindestens zehn Menschen mit leichteren Verletzungen. Die werden dort drüben von den Notärzten versorgt. Manche der Verletzten sollen aber auch in Panik geflüchtet sein. Über die wissen wir nichts.«

Cabral klopfte Parreira auf die Schulter. Er ging hinüber zu den Menschen, die in kleinen Gruppen beisammen standen. Kinder weinten, die Menschen lagen sich in den

Armen und spendeten sich gegenseitig Trost. Transparente lagen zertrampelt auf der Straße. Cabral sah einen Schuh. Blut. Sanitäter, die mit ihren Erste-Hilfe-Koffern umhereilten.

Wo war Teresa? Cabral war sicher, dass sie ebenfalls dabei gewesen war. So wie sie für diese Sache brannte, hielt er es für ausgeschlossen, dass sie nicht teilgenommen hatte. Er hielt nach ihr Ausschau, fragte nach ihr, aber niemand konnte ihm etwas sagen. Er bekam es mit der Angst zu tun. Was, wenn sie in einem der Krankenwagen gewesen war? Er bewegte sich immer schneller durch die Menge, drängelte Menschen aus dem Weg.

Er nahm sein Handy und wählte die Nummer der Pensão Rodrigues. Er zählte die Freizeichen mit. Erst beim fünften Ton nahm jemand ab. Es war Dona Augusta.

»Cabral hier. Dona Augusta, regen Sie sich nicht auf. Es gab ein paar Probleme mit –« Sie schluchzte etwas in das Telefon, das Cabral nicht verstand. Ihm wurde übel. »Ist Teresa in der Pension? Dona Augusta, ist Teresa in der Pension?« Er schrie jetzt.

»Sie ist hier, aber sie ist verletzt.« Ein Schniefen. Im Hintergrund hörte Cabral hektische Stimmen.

»Ich bin sofort da.«

Er rannte zurück zum Auto, wendete und raste in einem Tempo die Avenida zurück, das normalerweise nur im Einsatz zu rechtfertigen war. Er peitschte den Wagen über das Kopfsteinpflaster, bis er an der Pension angekommen war. Die Haustür war nur angelehnt, als hätten sie ihn erwartet. Schon vor dem Wohnzimmer sah er Blut auf dem

Dielenboden. Er stürmte hinein. Dona Augusta saß in ihrem Sessel, weiß wie die Wand. Sie knetete eines ihrer Stofftaschentücher. Gouveia und Dona Elisabete verstellten ihm den Blick.

»Wo ist sie?«, rief Cabral atemlos aus. Gouveia drehte sich zu ihm um und trat beiseite.

Teresa lag auf dem Sofa. Überall war Blut. Sie hatte eine Platzwunde am Haaransatz. Ihre Oberlippe war stark angeschwollen, die Haut unter der Nase abgeschürft. Auch ein Knie hatte etwas abbekommen. Unter der Kniescheibe registrierte Cabral eine Beule, groß wie ein Hühnerei.

In diesem Moment kam Lourenço mit einer Schüssel voll Wasser und einem Lappen aus der Küche. Er hockte sich neben das Sofa und wusch vorsichtig das Blut und Schmutz aus Teresas Gesicht. Sie verzog vor Schmerz das Gesicht.

»Sie muss ins Krankenhaus«, sagte Cabral, doch Teresa schüttelte kaum merklich den Kopf. »Es kann etwas gebrochen sein. Das muss geröntgt werden. Auch eine innere Blutung kann gefährlich werden.«

»Sie will nicht«, sagte Gouveia und drückte ihm kurz den Arm. Es machte ihm klar, dass er den Mund halten sollte. Wieder zuckte Teresa zusammen. *Sei doch vorsichtig*, wollte Cabral Lourenço anschreien. Aber er sagte nichts, sah nur zu. Hilflos und überflüssig.

»Ich desinfiziere die Wunden«, sagte Lourenço. Mit einem Wattepad tupfte er eine blaue Flüssigkeit auf ihr Gesicht. Teresa ließ ein schwaches Wimmern vernehmen. Als er fertig war, strich er ihr eine Haarsträhne aus der Stirn.

Das war der Moment, als Cabral sich umdrehte und das Zimmer verließ. Er ging vor die Tür und steckte sich eine Zigarette an. Durch das Fenster sah er die anderen miteinander reden. Er setzte sich in sein Auto und wartete. Irgendwann würden Gouveia und Dona Elisabete gehen. Lourenço würde zurück auf seine Farm müssen. Dann hätte er Gelegenheit, mit Teresa zu sprechen.

So lange würde er sich irgendwie beschäftigen. Er breitete die Briefe von Lieke Zeeman nach dem Datum sortiert vor sich aus. Es handelte sich um förmliche Geschäftsbriefe. Am Anfang wies Lieke Zeeman formell auf die fehlende Summe hin. Die beiden Briefe klangen wie gewöhnliche Zahlungserinnerungen. Es folgten Schreiben, in denen sie zum Ausdruck brachte, dass sie die bis dahin angenehme Geschäftsbeziehung ungern mit der Hinzuziehung eines Anwalts belasten möchte. Der Ton veränderte sich, sie appellierte an seine Geschäftsehre und an ihre sowieso schon wackelige Existenz als freischaffende Künstlerin. Die letzten Schreiben waren in wütendem Ton verfasst. Sie hatte mit Anzeige und Klage gedroht. Auch hatte sie angekündigt, sowohl seine betrügerischen Methoden als auch seinen infamen Vorschlag zu Bereinigung der Angelegenheit öffentlich zu machen.

Was Cabral den Briefen entnehmen konnte, war, dass Paulo Branco wohl nicht ein einziges Mal auf Ihre Briefe reagiert hatte. Sie bezog sich niemals auf Antworten seinerseits. Er hatte sie am langen Arm verhungern lassen.

Wo konnte Cabral ansetzen? Der Geldtransfer musste zurückverfolgt werden können. Der Korrespondenz von

Lieke Zeeman entnahm er die Kaufsumme von viertausend Euro. Das war kein Pappenstiel für eine Künstlerin, das war sogar ihm klar. Er hatte vergessen zu fragen, wie viel sie am Ende wirklich bekommen hatte. Wenn er den Käufer kannte, konnte er da weitermachen. Aber was hatte es mit der Journalistin auf sich? Hatte sie versucht, den Artikel an eine Zeitung zu verkaufen? Hatte sie keinen Abnehmer gefunden? Doch sie hatte sich sogar als bei einer Zeitung angestellt ausgegeben. Und warum hatte sie Lieke Zeeman nie wieder kontaktiert?

Cabral fand den ganzen Fall zunehmend verwirrend.

Mit sorgenvollen Mienen verließen Gouveia und seine Frau eine halbe Stunde später das Haus. Gouveia hatte den Arm um sie gelegt und versuchte, sie zu beruhigen. Cabral stieg aus.

»Wie geht es ihr?«, fragte er.

»Die Wunden sind versorgt, aber ich schätze, der Schock sitzt tief.«

»Überzeugen Sie sie, dass sie in ein Krankenhaus muss. Lourenço ist kein Arzt. Ich kann sie hinfahren.«

»Nuno, lass gut sein. Sie will partout nicht. Wir haben schon alles versucht. Die vertraute Umgebung scheint das zu sein, was sie im Augenblick braucht. Und Menschen, denen sie vertraut. Fahr nach Hause.«

Cabral brauchte einen Moment, bis er begriff, was Gouveia gesagt hatte. Er gehörte nicht zu den Menschen, denen Teresa vertraute. Würde er jemals eine Chance bekommen, das zu ändern?

Gouveia und Dona Elisabete wünschten ihm eine gute

Nacht und machten sich auf den Weg nach Hause. Cabral wartete noch einen Moment, dann ging er noch einmal zurück ins Haus. Er schob die Tür zum Wohnzimmer auf. Dona Augusta schien schlafen gegangen zu sein. Nur Lourenço war immer noch da.

Wie eine Krankenschwester schwirrte er um Teresa herum, rückte ihr das Kissen im Rücken zurecht und hob ihren Kopf an, damit sie winzige Schlückchen Tee aus der Tasse trinken konnte, die er hielt. Sie ließ das alles über sich ergehen. Cabral fragte sich, ob sie dankbar dafür war, dass sie so umsorgt wurde, und sich deshalb ganz in seine Hände gab. Oder ob sie das alles nur ohne Widerstand geschehen ließ, damit er sie so bald als möglich alleine ließ. Cabral fragte sich auch, wer sie in ihr Zimmer bringen würde, denn sie würde sicher nicht in Dona Augustas Wohnzimmer die Nacht verbringen. War Lourenço derjenige, dem sie vertraute? Eines wurde ihm jedenfalls klar: Er wurde hier nicht gebraucht. Leise drehte er sich um und verließ das Haus.

Doch er wollte nicht nach Hause fahren. Zu viele Fragen waren offen. Er zögerte kurz, nahm dann sein Telefon und wählte die Nummer, die er im Briefkopf fand.

»Zeeman.«

»Cabral hier. Senhora Zeeman, es gibt noch ein paar Fragen, auf die ich bisher keine Antworten habe. Macht es Ihnen etwas aus, wenn ich noch einmal bei Ihnen vorbeischaue?«

»Kommen Sie her. Mein Arbeitstag ist beendet. Ich habe alle Zeit der Welt.« Sie legte auf.

Cabral wusste, selbst wenn er Antworten auf all seine Fragen bekäme, war es doch nicht der wahre Grund dafür, dass er Lieke Zeeman angerufen hatte. Von Kilometer zu Kilometer wurde ihm dies klarer. Und doch fuhr er weiter.

Cabral schien es eine Ewigkeit her zu sein, seit er bei ihr gewesen war. Dabei waren es erst wenige Stunden. Das Scheunentor war geschlossen, und Cabral ging wie zuvor um das Haus herum. Kerzen flackerten in marokkanischen Laternen. Sie waren überall im Garten verteilt und hüllten ihn in eine magische Atmosphäre. Aus dem Haus drangen die Klänge eines Saxophons. Lieke Zeeman saß gegen eine Steinmauer gelehnt auf einem großen Kissen. Sie nahm einen Zug von einer selbstgedrehten Zigarette. Als sie Cabral sah, nickte sie nur kurz. Er setzte sich zu ihr.

»Immer nur für Eigenbedarf«, sagte sie, ohne dass er zu dem, was sie rauchte, eine Bemerkung gemacht hatte.

»Natürlich.«

»Noch im Dienst?«

Cabral schüttelte den Kopf. Sie hielt ihm den Joint hin. Er nahm einen Zug und inhalierte tief, bis es in der Lunge brannte.

»Das machen Sie aber auch nicht zum ersten Mal.« Sie stellte es mehr fest, als dass es eine Frage war.

Cabral streckte die Beine aus und lehnte sich zurück. Ihre Arme berührten sich.

»Wenn Sie wirklich nicht mehr im Dienst sind, wundere ich mich, was das für Fragen sind, auf die Sie bei mir Antworten suchen.«

»Sie sind eine kluge Frau. Aber Sie reden zu viel.«

Eine Sekunde lang herrschte Schweigen, dann prusteten sie beide los. Als sie sich beruhigt hatten, hatte die Musik aufgehört zu spielen.

»Ich mache uns Musik an«, sagte Lieke Zeeman und stand auf. Barfuß raschelte sie durch das Gras.

Cabral dachte an Schlangen und den Zwischenfall in seinem Haus. Er schob die Erinnerung beiseite, stand ebenfalls auf und folgte Lieke Zeeman zum Haus.

»Ich helfe Ihnen«, rief er.

Sie drehte sich zu ihm um.

»Natürlich.«

33

Cabral saß bereits am Schreibtisch, als Freire zum Dienst erschien. Die Verwunderung darüber stand ihm deutlich ins Gesicht geschrieben. Erst recht, als er dann noch den Hund unter dem Schreibtisch liegen sah. Cabral hatte es nicht fertiggebracht, Lapa wieder den ganzen Tag im Fischerhäuschen bellen zu lassen. Auch wenn Tio Higino ihn zweimal am Tag besuchte, Futter nachfüllte und ihn um das Haus herumtoben ließ. Die meiste Zeit war er allein.

»Was ist das denn, Chef?«

»Wonach sieht es denn aus?«

»Ein Drogenhund?« Freire gluckste. Er fing sich einen entnervten Blick von Cabral ein. »Sie haben schlechte Laune? Auch gut. Was liegt an?«

Täuschte Cabral sich, oder schlug Freire heute einen recht aufmüpfigen Ton an? Er musste allerdings zugeben, dass er tatsächlich in schlechter Stimmung war und sich nicht erklären konnte, warum. Die letzte Nacht jedenfalls war nicht schuld daran. Er hatte Lieke Zeeman erst verlassen, als die Sonne bereits wieder aufgegangen war. Sie war aufgewacht, als er angezogen und auf dem besten Wege war, ohne eine Verabschiedung zu gehen. Dabei hatte er keine Veranlassung gehabt, sich davonzustehlen. Sie war weder verwundert noch enttäuscht gewesen, dass er nicht blieb. Cabral gefiel ihre klare Art, mit dem umzugehen, was zwischen ihnen gewesen war. Vielleicht gefiel ihm aber auch nur, dass sie ihm keine Antworten abverlangte oder Schuldgefühle machte. Was auch immer es war, eine Erklärung für seine Übellaunigkeit heute Morgen hatte er jedenfalls nicht.

»Ich habe gestern mit Lieke Zeeman gesprochen«, begann Cabral. Er gab Freire eine Zusammenfassung dessen, was er erfahren hatte. »Obwohl sie keine Zeugen dafür hat, dass sie Roncão in den letzten Tagen wirklich nicht verlassen hat, glaube ich ihr.«

»Ach ja?« Freire machte ein verwundertes Gesicht.

»Meines Erachtens können wir sie von der Liste der Verdächtigen streichen. Die Journalistin werden wir nicht ausfindig machen können, aber wir müssen unbedingt die Geldeingänge auf Paulo Brancos Konto überprüfen, um an den Käufer zu kommen.«

»Hat das dann überhaupt irgendetwas mit der Sache zu tun? Ich meine, wenn Sie die Zeeman nicht für verdächtig halten, sagen Sie doch mit anderen Worten, dass der gesamte Vorfall nichts mit dem Mord zu tun hat, oder?«

Klugscheißer, dachte Cabral.

»Bevor wir die Ermittlungen in dieser Richtung einstellen, will ich ausschließen, dass wir irgendetwas übersehen haben. Das fliegt uns sonst später um die Ohren.«

»Soll ich mich darum kümmern?« Freire hatte einen vielsagenden Glanz in den Augen.

»Ja, das wollte ich gerade vorschlagen. Senhora Rocha ist Ihnen sicher gerne bei der Überprüfung der Kontobewegungen behilflich.« Cabral konnte sich ein Grinsen nicht verkneifen.

Das Telefon klingelte.

»Cabral hier.«

»Chefinspektor Cabral, ich muss Sie sprechen.«

Eine gehetzte Frauenstimme. Er schaltete auf Lautsprecher, damit Freire mithören konnte.

»Wollen Sie mir auch Ihren Namen verraten?«, fragte er.

»Fátima da Costa. Ich muss Sie treffen. Dringend.«

»Senhora da Costa«, sagte Cabral überrascht. »Dann kommen Sie in die Wache. Ich bin hier.«

»Nein, nicht in der Wache. Ich glaube, ich werde beobachtet. Ich will nicht, dass man –«

»Wer beobachtet Sie?«

»In einer halben Stunde in der Bibliothek im Centro de Artes. Bitte kommen Sie.« Sie legte auf.

»Was war das denn jetzt?«, fragte Freire.

»Sie hörte sich an, als ob sie Angst hätte.« Cabral überlegte. »Haben Sie sie beobachtet, als wir ihr und ihrer Tante gegenüber das zweite Opfer erwähnt haben? Sie hat da schon so seltsam reagiert.«

»Stimmt, ist mir auch aufgefallen. Irgendwie panisch.«

»Bravo, wir haben beide denselben Eindruck gehabt, aber das nicht ernst genommen. Schöne Scheiße.«

Cabral hatte sich nichts mehr gewünscht als einen anständigen Fall. Jetzt hatte er einen, und alles wuchs ihm über den Kopf. Das Telefon klingelte erneut.

»Cabral hier.« Der Lautsprecher war noch immer an.

»Chefinspektor Cabral, hier spricht dos Reis.«

Der Polizeipräsident. Freire riss die Augen auf.

»*Bom dia*, Presidente. Was kann ich für Sie tun?«

»Mein lieber Cabral, ich wollte mich nach dem Stand der Ermittlungen erkundigen. Sie wissen, dass ich das normalerweise nicht tue. Aber ich bin ein wenig besorgt.«

»Besorgt? Wie meinen Sie das?« Cabral schaute auf die Uhr. In einer halben Stunde, hatte Fátima da Costa gesagt.

»Zwei Morde innerhalb weniger Tage. Zu mir ist noch nichts über irgendwelche Erkenntnisse, geschweige denn Festnahmen durchgedrungen. Dafür allerdings sehe ich Sie in der Zeitung, mitten in einem Einsatz der GNR, wo Sie doch eigentlich gar nichts zu suchen haben.«

»Wovon reden Sie? Welcher Einsatz?« Cabral war bereits aufgestanden. Er musste los.

»Die Ausschreitungen bei der Demonstration gestern. Die Zeitungen berichten alle davon. Das sind Bilder wie von einem Schlachtfeld. Sie mittendrin.«

»Ich habe diese Bilder noch nicht gesehen. Ich war dort, weil ich jemanden gesucht habe. Vollkommen privat.«

»Mein lieber Cabral, Sie wissen, dass ich große Stücke auf Sie halte. Wir kennen uns lange genug –«

»Senhor Presidente, ich will nicht unhöflich sein, aber ich war gerade auf dem Weg zu einem Treffen mit einer Zeugin. Der Verlobten des ersten Opfers. Sie hat offenbar Informationen für uns. Inspektor Freire ist ebenfalls auf dem Sprung, um Finanztransfers des zweiten Opfers zu überprüfen. Wir können nicht mehr als arbeiten. Wir sind hier schließlich nur zu zweit.« Ungeduldig trommelte er mit den Fingern auf die Tischplatte. Er war sicher, dass das auch der Polizeipräsident hören konnte.

»Das ist es, warum ich anrufe«, sagte dos Reis.

Zehn Minuten waren vergangen.

»Ich bin mir bewusst, dass Sie sich nicht vierteilen können. Daher bekommen Sie Verstärkung, bis der Fall abgeschlossen ist. Und danach werden wir sehen, was sich machen lässt. Ab morgen wird Inspektor Bernardes bei Ihnen mitarbeiten. Er ist augenblicklich abkömmlich in Setúbal.«

»Bernardes?« Cabral schrie beinahe ins Telefon. Lapa hob den Kopf und gab ein Fiepen von sich. »Senhor Presidente, wir haben alles im Griff. Auf Inspektor Bernardes können wir verzichten.«

Freire guckte Cabral an, als hätte der den Verstand verloren. Er schien sich über die Unterstützung zu freuen. Er hatte ja auch keine Ahnung von Cabrals ganz speziellem Verhältnis zu Inspektor Bernardes. Er schaltete den Lautsprecher aus.

»Mein lieber Cabral, mir ist ja bekannt, dass Sie beide nicht gerade beste Freunde sind. Aber darauf können wir momentan keine Rücksicht nehmen. Alles ist mit Bernardes' Vorgesetzten bereits besprochen.«

»Aber Senhor Presidente, Bernardes und ich, das wird dem Fall nicht zuträglich sein. Im Gegenteil.«

»Sie wollen den Fall doch auch so schnell wie möglich lösen. Beißen Sie für eine Weile die Zähne zusammen.« Sein Ton wurde sanft, fast väterlich. »Ich bin froh, Sie wieder bei uns zu haben, das wissen Sie. Aber wie Sie selbst sagen, sind Sie nur zu zweit, und das reicht jetzt nicht. Ich melde mich in ein paar Tagen noch einmal. Vielleicht haben Sie aber schon vorher gute Nachrichten für mich. Viel Erfolg, mein lieber Cabral.«

Es klickte. Dos Reis hatte aufgelegt. Cabral stand wie festgefroren an seinem Tisch.

»Verdammte Scheiße!« Er brüllte sich seinen Frust heraus, bis Freire schüchtern die Hand hob und auf sein Handgelenk deutete.

»Chef, die da Costa.«

Cabral blickte auf die Uhr. Er hatte vor zwanzig Minuten mit ihr telefoniert.

»Danke, Freire. Ich bin schon weg. Besorgen Sie dem Hund Wasser. Und es soll jemand mit ihm vor die Tür gehen, damit er … Sie wissen schon. Ich bin ja auch schnell wieder hier.« Freire öffnete den Mund, als wolle er protestieren, schloss ihn jedoch gleich wieder. Lapa wackelte mit den Ohren, als verstünde er, dass es um ihn ging.

»Und über unsere Verstärkung reden wir noch, bevor sie eintrifft.« Cabrals Ton triefte vor Ironie bei dem Wort »Verstärkung«.

34

Die Bibliothek von Sines war im neuen Centro de Artes untergebracht. Es war ein hervorstechendes Beispiel für zeitgenössische portugiesische Architektur, das es immerhin vor ein paar Jahren in die Endauswahl für den Europäischen Architekturpreis geschafft hatte. Es bestand aus zwei sich gegenüberstehenden würfelförmigen Gebäuden, deren Aussparungen am oberen Ende der Fassade an die Zinnen einer Burg erinnerten. Die sandfarbene Marmoraußenwand strahlte mit dem blank polierten Boden zwischen den beiden Gebäudeteilen um die Wette. Das Zentrum bot Raum für Ausstellungen, beherbergte im Untergeschoss das historische Archiv der Stadt und verfügte über ein Auditorium. Und es war das Zuhause der Bibliothek.

Cabral war noch so gerade eben pünktlich. Er eilte zum Empfang.

»Hat jemand nach mir gefragt?«, keuchte er.

Die Bibliotheksmitarbeiterin schüttelte bedauernd den Kopf. »Nein, tut mir leid. Es ist durch die Führung für die Schulklassen so voll heute, dass es auch nicht so einfach war, überhaupt zu uns durchzudringen.« Sie pustete sich eine Haarsträhne aus der Stirn.

Cabral nickte. Systematisch begann er auf eigene Faust, die Gänge nach Fátima da Costa abzusuchen. Er umrun-

dete Regal um Regal, spähte durch Lücken in den Buchrei-
hen. Er arbeitete sich durch die Kinderabteilung vor bis zu
den Klassikern. Dann sah er sie am Ende eines langen Gan-
ges. Sie drückte sich an den Bücherborden entlang, nahm
immer mal ein Buch in die Hand, schlug es auf, blätterte,
stellte es wieder zurück. Cabral hob den Arm, winkte und
ging auf sie zu. Sie sah auf, blickte ihm direkt ins Gesicht,
als hätte sie ihn noch nie gesehen. Dann drehte sie sich unvermittelt weg und verschwand hinter einem Regal.

»Was soll denn das?«, schimpfte Cabral. Er ging ihr hinterher. Doch hinter dem Regal war sie nicht. Cabral blickte
sich um. Nichts. Sie war wie vom Erdboden verschluckt.
Er eilte zum Ausgang, vor die Tür. Wenn sie die Bibliothek verlassen hatte, müsste er sie noch sehen können. So
schnell konnte sie gar nicht gewesen sein, es sei denn, sie
wäre gerannt. Aber warum hätte sie das tun sollen? Doch
in beide Richtungen war nichts zu sehen. Sie musste also
noch immer in der Bibliothek sein.

Zu solchen Spielchen war Cabral nicht aufgelegt. Er
lief in das Untergeschoss. Es war, als würde er in eine ark-
tische Landschaft eintauchen. Böden, Wände, Decken,
das gesamte Interieur war blendend Weiß. Statt durch
einen herkömmlichen Handlauf waren die Treppen seitlich durch transparente Wände aus blankem Kunststoff begrenzt. Sie verstärkten den Eindruck von eisiger Kälte. Alles war poliert, klinisch rein. Es war nicht schwer, sich in
den langen Gängen hier unten zu verlaufen, die mal anstie-
gen und dann wieder sanft abfielen. Geschickt in Decken
und Nischen eingelassene Spots und Strahler leuchteten

das schneeweiße unterirdische Labyrinth in verwirrender Weise aus.

Jeder seiner Schritte hallte nach und erschien ihm viel zu laut. Wo war Fátima da Costa? Er lief von einem Ausstellungsraum in den nächsten. Vorbei an von innen beleuchteten Nischen, in denen sich nichts befand. Weiter durch diese ausgedehnte Leere, die ihn beklemmte.

Es war völlig sinnlos, was er hier tat. Sie hatte es sich in dem Moment, als sie ihn gesehen hatte, anders überlegt. Aus welchem Grund auch immer. Damit musste er sich abfinden. Wenn sie nicht mit ihm sprechen wollte, konnte er es nicht ändern. Er atmete tief durch. Was für eine verfluchte Zeitverschwendung.

Cabral ging zurück, hinauf ins Erdgeschoss. Er hatte die Nase voll. Der verliebte Freire war bei Senhora Rocha, Bernardes aus Setúbal im Anmarsch, und er … Er hatte auf einmal das Bedürfnis, Tio Higino zu sehen. Er brauchte die Gesellschaft von jemandem, dem er vertraute. Bei dem er sich nicht zusammenreißen oder verstellen musste.

Als er bei der Wache ankam, ging er gar nicht erst hinein, sondern stieg gleich ins Auto und fuhr ohne Umwege nach Porto Covo.

35

Auf dem Weg zu seinem Fischerhäuschen, in der letzten Kurve vor der Bucht, standen am Straßenrand zwei Bänke. Sie waren umgeben von Agaven, Kakteen und Aloe-Pflanzen, die so hoch wuchsen, dass man gerade noch über sie hinweg sehen konnte. Dort fand Cabral seinen Großonkel. Er blickte auf den Hafen und das Meer und schien in Gedanken versunken.

»*Olá*, Tio.«

Tio Higino fuhr herum. Er strich sich kurz mit der Hand über das Gesicht, wie um Bilder zu verscheuchen, bevor er in die Realität zurückkehrte.

»Nuno, mein Junge. Was machst du denn hier? Wie hast du mich gefunden?«

»Es gibt nicht so viele Möglichkeiten. Du bewegst dich immer in deinem gewohnten Dreieck. Auf dem Largo und in der Bar Arsénio warst du nicht. Also war ich auf dem Weg zu dir nach Hause. Dann hab ich dich hier sitzen sehen.« Cabral nahm neben ihm Platz. »Wieso starrst du rüber zum *Montinho da Avó*? Vermisst du dein kleines Fischerhäuschen?«

»Junge, was quasselst du denn so viel? Ich hab dir das Haus überschrieben. Dabei bleibt es. Und was machst du hier?«

»Dich besuchen.«

»Einfach nur so?«

Cabral nickte. »Warum nicht?«

»Im Lügen warst du auch schon mal besser. Ich kann dir an der Nasenspitze ansehen, dass das nicht stimmt. Was ist mit dem Pokerface, das ich dir als Junge beigebracht habe?«

»Vielleicht bin ich deswegen gekommen. Weil ich keine Lust mehr auf Pokerface habe«, sagte Cabral tonlos. Er beobachtete eine Schnecke, die ihr Haus den Fuß der Bank hinaufschleppte. Schnecken hatte er auch lange nicht mehr gegessen.

Tio Higino drehte sich zu ihm. »Was ist los, Junge?«

»Ich weiß nicht. Zu viel. Mir wächst das alles über den Kopf.«

»Das habe ich von dir noch nie gehört. Du ermittelst in den beiden Mordfällen?«

»Ja, und ich komme nicht ein bisschen voran. Sämtliche Verdächtige haben Alibis, die Spuren enden im Nichts. Ich bin überall, aber nicht da, wo ich wirklich gebraucht werde. Wo ich vielleicht hätte verhindern können, dass Menschen zu Schaden kommen.«

»Der Gast von Augusta?« Tio Higino sah ihn prüfend aus seinen wässrigen Augen an.

»Du hast davon gehört? Ja, klar hast du davon gehört. Ihr seid ja besser vernetzt als die NSA.« Cabral lächelte kopfschüttelnd.

»Nette Frau?«

»Oh nein, Tio.« Cabral lachte auf. »Alle weiteren Worte in die Richtung kannst du dir gleich schenken. Darum geht es nicht.«

»Schade, ich hätte dir ein paar Ratschläge geben können.« Tio Higino lachte wiehernd, bis er zu husten begann.
Cabral klopfte ihm auf den Rücken, der ihm schmaler vorkam als früher.

»Was ist das in letzter Zeit mit diesem Husten? Warst du
mal beim Arzt?«

»Werd nicht albern. Zu viel Wind hier oben, das ist alles.«

»Die schicken mir Bernardes.« Endlich war es raus.

»Also das ist es. Arbeitet der auch an dem Fall?«

»Jetzt ja. Tio, ich kann das nicht. Nicht noch mal Bernardes.«

Cabral erzählte Tio Higino die ganze Geschichte. Angefangen bei all den Sackgassen während der Ermittlungen, bis zu dem Anruf von Polizeipräsident dos Reis.

»Ich hab nur Freire, der aber noch völlig unerfahren ist.
Es gibt nicht mal jemanden für den Innendienst, der ein
paar läppische Anrufe oder den Schreibkram übernehmen
kann. Das müssen wir alles selbst machen. Die gesamte
Kriminaltechnik wiederum, das was wirklich wichtig ist
für unsere Arbeit, befindet sich in Setúbal. Ich fühle mich
wie ein … ein Operetteninspektor!«

»Du hast dir das hier anders vorgestellt, oder?«

»Ich weiß nicht einmal mehr, was ich mir vorgestellt
habe. Aber inzwischen fühlt sich meine Beförderung zum
Chefinspektor in Sines an wie eine Bestrafung. Letztes
Jahr war alles anders. Mit Cabo Santana, Gouveia und Fernandes.« Er lächelte. »Selbst Joana.«

»Du bist einsam, Nuno.«

»Aber ich hab doch dich.« Cabral knuffte Tio Higino liebevoll in die Seite.

»Ruh dich darauf nicht aus. Ich werde nicht ewig hier sein. Ich bin ein alter Mann.« Cabral wollte protestieren. Tio Higino ließ ihn nicht zu Wort kommen. »Vielleicht mache ich mich auf meine alten Tage doch noch mit Andressa auf und davon.«

»Tio, du verschweigst mir doch was«, sagte Cabral lachend. Doch sein Großonkel winkte ab und wurde auf einmal sehr ernst.

»Ich sag dir noch etwas, mein Junge. Es gibt außer mir noch andere Menschen, denen etwas an dir liegt. Wenn ich auch nicht so genau weiß, warum.« Er kicherte. »Aber du verprellst alle, sobald sie dir ein bisschen nahe kommen. Das ist auf Dauer nicht gut für dich. Für niemanden.«

»Ach, Tio.« Cabral legte den Arm um die Schultern des alten Mannes.

Eine Weile saßen sie so da. Unten kräuselten sich die Wellen zu einem blau-weißen Teppich. Ein Fischerboot tuckerte auf das offene Meer hinaus.

»Bring das in Ordnung, Nuno. Sprich mit Gouveia. Und Augusta. Die beiden warten nur darauf. Du wirst sehen, wie einfach das ist.« Cabral schwieg. »Tu das für mich, Nuno. Ich bitte dich.«

Wie kam es, dass ihn die Worte von Tio Higino nur noch trauriger machten? Cabral sah ihn verstohlen von der Seite an. Das Gesicht seines Großonkels war todernst. Diesmal machte er keine Witze.

»Versprochen«, sagte er.

»Heute.«

»Gut. Heute.« Cabral stand auf. »Kommst du mit mir zurück?«

»Lass mich hier noch ein bisschen sitzen, Junge.«

»In Ordnung. *Adeus*.« Cabral drehte sich um und ging ein Stück die Straße hoch. Dann dreht er sich noch einmal um. »Tio, ich –«

Doch Tio Higino hörte ihn nicht. Er hatte sich bereits wieder dem Meer zugedreht.

36

Manchmal hatte Cabral das Gefühl, dass hinter seinem Rücken ein geheimes Netzwerk agierte. Es traf Absprachen, zog die Fäden und gab den Dingen einen Schubs in die richtige Richtung. Und er war der Einzige, der nicht eingeweiht war. Natürlich war dieses Netzwerk nicht wirklich geheim. Es bestand aus Gouveia, Fernandes, Dona Augusta und seinem Tio Higino.

Letzterer hatte wieder einmal Recht gehabt. Cabral hatte Gouveia angerufen und sich aufrichtig entschuldigt. Danach war alles an seinen Platz gefallen. Dona Augusta hatte ihn überraschend für diesen Abend in die Pension gebeten. Es würde ein kleines Essen geben. Nichts Besonderes. Für Cabral war es jetzt schon besonders. Sie hatte ihn noch niemals zuvor angerufen.

Und so stand er vor der Pension, rollte die Ärmel seines Hemdes runter bis zu den Handgelenken, damit auch wirklich nichts mehr von den Tattoos zu sehen war. Dona Augusta zuliebe, aber nur heute. Anschließend fuhr er sich noch einmal ordnend durch die Haare. Er klopfte an das Fenster. Obwohl er immer noch den Schlüssel besaß, erschien es ihm nicht angebracht, einfach so einzutreten, nach allem, was passiert war. Das Fenster öffnete sich.

»Senhor Cabral, Sie haben doch nicht etwa den Hausschlüssel verloren?« Mit ihrem gewohnt strengen Blick sah

Dona Augusta ihn über ihr Brillengestell an. Sie glich einer ganz besonders weisen Eule. Cabral hätte sie am liebsten umarmt. Er hatte sich viel zu viele Gedanken gemacht.

»Nein, Senhora. Aber ich wollte nicht so einfach … Sie wissen schon.«

Ein winziges Zucken bewegte ihre Mundwinkel, bevor sie das Fenster wieder schloss. Cabral betrat das Haus. Alle waren da. Wie beim letzten Mal.

»Augusta, nimm meine Hand. Wir gehen hinüber.« Fernandes bot Dona Augusta galant seinen Arm, an dem sie sich hochziehen konnte. Mit der freien Hand stützte sie sich auf eine ihrer Krücken.

»Es fehlt nur Ihr Großonkel. Mein alter Freund Higino«, sagte sie bedauernd zu Cabral. »Aber er ist ja aus Porto Covo nicht wegzubewegen.«

»Ja, ich weiß«, sagte Cabral und dachte an das Dreieck. Dann bemerkte er, dass noch eine weitere Person fehlte. Teresa. War sie womöglich doch im Krankenhaus?

»Dona Augusta, wie geht es Senhora Pinto? Hat sie sich überzeugen lassen, doch noch ins Kr-«

In dem Moment kam sie die Treppe herunter. Cabral erschrak, als er sie sah. Sie hatte ein Wundpflaster auf der Stirn, die Lippe war mit einer bräunlichen Salbe betupft. Er nahm an, dass es Jod war. Ein Jochbein schimmerte blau und lila. Teresa bewegte sich langsam und bedächtig. Vielleicht hatte sie noch andere Blessuren davongetragen, die weniger offensichtlich waren.

Als sie ihn bemerkte, drehte sie ihr Gesicht weg. Warum tat sie das? Schämte sie sich etwa?

»*Boa noite*, Senhora Pinto.« Cabral bot ihr seinen Arm, so wie es Fernandes bei Dona Augusta getan hatte. Stur blieb er so stehen. Sie würde sich ihm wieder zuwenden müssen. Es würde sie Überwindung kosten, aber danach würde es leichter sein. Er hatte das oft genug erlebt bei Frauen, die Opfer von häuslicher Gewalt geworden waren. Die Scham war schlimmer als der Schmerz. Warum sollte es bei Opfern von Straßenschlägereien oder Überfällen anders sein? Er behielt recht.

»*Boa noite*, Chefinspektor.« Zögernd blickte sie ihn an. Cabral nickte ihr zu, lächelte aufmunternd. Seinen Arm ignorierte sie dennoch.

Sie nahmen am Esstisch Platz. An der Stirnseite saß die Hausherrin. Zu ihrer linken Seite setzten sich Fernandes, Cabral und Gouveia. Zu Dona Augustas rechten saßen Teresa und Dona Elisabete. Cabral dachte gerade, dass sie wie die Jungen und Mädchen in der Tanzschule getrennt voneinander saßen, als Lourenço eintraf. Er brachte die Ordnung durcheinander. Außer Atem, mit geröteten Wangen setzte er sich neben Teresa.

»Nuno, wie schön, dass auch Sie wieder dabei sind«, sagte er.

War das Ironie? Cabral konnte Lourenço nicht einschätzen, aber er wollte sich nicht den Abend verderben lassen. Viel wichtiger noch, er wollte ihn nicht noch einmal den anderen verderben. So nickte er ihm nur freundlich zu.

»Viel Arbeit auf der Farm?«, täuschte er höfliches Interesse vor.

»Jede Menge. Es ist Erntezeit. Obst, Tomaten. Alles ist reif.«

Cabral dachte an die Fülle im Garten von Lieke. Lourenço köpfte zwei Flaschen Champagner, die in einer Schale mit glitzernden Eiswürfeln gekühlt worden waren. Er füllte sieben Gläser mit der perlenden Flüssigkeit.

»Haben Sie dabei Hilfe?«, fragte Cabral nach.

»Meistens arbeite ich ganz allein. Ich liebe die Stille. Bei der Ernte allerdings heuere ich mir Helfer an.«

Cabral wusste nicht, was er noch fragen könnte. Es war einfach nicht sein Thema. Doch er brauchte sich darüber nicht weiter den Kopf zu zerbrechen. Dona Augusta unterbrach das Geplänkel. Sie schlug mit einer zierlichen Gabel gegen den Rand ihres Glases. Die Bläschen tanzten.

»Meine lieben Freunde, nebenan in der Küche haben Teresa und ich ein kleines Buffet angerichtet. Soweit es uns möglich war.« Alle warfen einen mitfühlenden Blick auf Teresa. Lourenço legte seine Hand auf ihren Arm. Als er sie dort mehrere Sekunden lang liegen ließ, zog sie ihn weg. »Doch zuvor möchte ich noch etwas verkünden. Etwas, was mich wirklich sehr glücklich macht. Und das habe ich unserer lieben Teresa zu verdanken.«

»Augusta, du machst es aber heute spannend«, sagte Fernandes. Er ließ sein glucksendes Lachen hören.

»Teresa wird ab sofort die Leitung der Pensão Rodrigues übernehmen.«

Ein überraschtes Raunen ging durch die Menschen am Tisch.

»Teresa, mein Kind, das hast du uns gar nicht erzählt«, rief Dona Elisabete. Sie strahlte über das ganze Gesicht.

»Es sollte ja auch eine Überraschung sein«, erwiderte Teresa. »Eigentlich wollten wir es schon vor ein paar Tagen bekanntgeben, aber ...« Die Blicke wanderten von ihr zu Cabral. »Aber da kam ja etwas dazwischen.«

Cabral war vollkommen verblüfft. Hatte Dona Augusta nicht erst vor wenigen Tagen befürchtet, dass Lourenço die Pension verkaufen könnte? Dessen Meinung schien sich schnell geändert zu haben. Das hieß, Teresa würde bleiben. Ungläubig starrte er sie an.

»Augusta, du wirst uns aber doch erhalten bleiben, nicht wahr?«, fragte Fernandes.

»Aber ja. Daran ändert sich nichts, außer dass Teresa die Geschäftsführung übernimmt. Alles hat sich auf ganz wundersame Weise gefügt, so wie mir das jemand immer prophezeit hat.« Dona Augusta zwinkerte Cabral zu, der immer noch ganz perplex war. »Teresa wird das Haus in meinem Sinne weiterführen.«

Cabral leerte sein Champagnerglas mit einem Zug. Ihm schwirrte der Kopf. Wieso konnte sich nicht auch sein Fall einfach so von alleine lösen?

Dona Elisabete war ganz und gar entzückt. Sie hörte gar nicht mehr auf zu strahlen. Fernandes und Augusta sprachen bereits über Details bei der Übergabe der Geschäfte an Teresa. Lourenço flatterte aufmerksam und voller Fürsorge um Teresa herum. Cabral beobachtete sie. Er versuchte, wenigstens eine einzige Regung auffangen zu können, die ihm Aufschluss über ihre Gefühle gab. Sie blickte auf, und ihre Blicke trafen sich. Wie zuvor drehte sie reflexartig das Gesicht weg. Als ob auch ihr genau das in diesem Moment bewusst wurde, besann sie sich, sah Cabral wieder an und richtete sich ein wenig auf. Sie straffte die Schultern, hob das Kinn. Cabral lächelte. Dann war der Moment vorbei. Lourenço sagte etwas, und sie erhoben sich.

Cabral sah zur Seite. Gouveia hatte ihn genauso aufmerksam beobachtet wie er Teresa.

»Ich sage es nur einmal, Nuno. Überlege dir gut, was du tust, bevor du es tust.«

»Wovon reden Sie, Mestre?«

»Lass uns etwas essen gehen. Die anderen sind bereits in der Küche«, war alles, was Gouveia antwortete.

Cabrals Handy klingelte. Es war Freire.

»Ich dachte, ich teile Ihnen schnell das Ergebnis der Buchprüfungen bei Paulo Branco mit.«

»Sind Sie etwa bis jetzt dort gewesen?« Als ob Cabral es nicht geahnt hätte.

»Das ist eine ganze Menge Finanzkram. Unterschätzen Sie das nicht.« Freire klang ein wenig beleidigt.

»Ich unterschätze vor allen Dingen nicht den Charme von Senhora Rocha. Was ist also dabei herausgekommen?«

»Nichts, Chef.«

»Nichts? Was meinen Sie damit?« Cabral verzog sich in den Korridor, wo er ungehindert auf und ab laufen konnte.

»Wirklich nichts. Weder der Zahlungseingang eines Käufers noch eine Zahlung an diese Künstlerin ist festgehalten. Nichts, was dazu passt. Er muss diese ganze Transaktion an den Büchern vorbei abgewickelt haben.«

»Eine Barzahlung über diese Summe? Wer weiß. Ausgeschlossen ist das sicher nicht.« Cabral fuhr sich mit der Hand über das Kinn. »Wir müssen den verdammten Käufer finden. Ansonsten fällt mir nichts mehr ein. Freire, wir machen das wie mit dem Manschettenknopf. Wir veröffentlichen ein Foto von Liekes Arbeit. Vielleicht erkennt jemand die Skulptur wieder.«

»Lieke?« Nun war es an Freire, einen gewissen Ton anzuschlagen.

Cabral ging nicht darauf ein. »Auf meinem Schreibtisch liegt eine Mappe mit Korrespondenz. Sehen Sie darin nach. Da finden Sie ein Foto von der Skulptur. Gehen Sie damit zur Redaktion der *Notícias de Sines*. Die sollen das morgen online bringen. Vielleicht haben wir Glück.«

»In Ordnung. Was machen Sie?«

Diese sich immer wiederholende Frage brachte Cabral allmählich auf die Palme.

»Erst einmal esse ich gemütlich, danach trinke ich mir einen kleinen an, und vielleicht versuche ich, heute noch herauszufinden, warum Fátima da Costa auf einmal doch nicht mehr mit mir reden wollte. Was meinen Sie? Ist das ein guter Plan?« Freire brummelte irgendetwas, das Cabral nicht verstehen konnte. »Oh, ich habe noch etwas vergessen. Ich werde schon mal Blumen streuen. Für unseren lieben Inspektor Bernardes, den wir morgen erwarten. Ich ändere meinen Plan spontan. Ich trinke mir keinen kleinen an heute Nacht, ich werde mich haltlos besaufen.«

Er drückte das Gespräch weg und lehnte seine Stirn an die kühle Hauswand.

»Bernardes?« Gouveia stand plötzlich hinter ihm.

»Ja. Lissabon schickt ihn mir als Verstärkung. Der Mann ist eine Plage, die ich mein ganzes Leben lang nicht mehr loszuwerden scheine.«

»Ihm wird es eines Tages zu dumm sein, immer wieder gegen dich zu verlieren. Dann verschwindet er von alleine. Kommst du wieder mit rein?«

»Nein, Mestre. Entschuldigen Sie mich bitte bei Dona Augusta. Ich habe eigentlich noch viel zu viele Dinge zu tun.«

»Geh nur. Ich erkläre es ihr.« Gouveia klopfte ihm auf die Schulter. Damit ging er davon.

Cabral fischte sich eine Zigarette aus der Packung. Er zündete sie an und überlegte, was der sinnvollste nächste Schritt war. Er musste etwas finden, das Bernardes beschäftigen und ihn so oft und lange wie möglich von ihm fernhalten würde. Schade, dass er Freire die Bücher von Branco hatte überprüfen lassen. Mit dem Papierkram wäre Bernardes eine Weile beschäftigt gewesen. Vielleicht sollte er ihn den Hund ausführen lassen.

Der Hund! *Foda-se!*

Er hatte den Hund im Büro vergessen, als er nach Porto Covo zu Tio Higino gefahren war. Er musste ihn sofort dort abholen. Dann würde er auch noch in Porto Covo ankommen, bevor der Regen schlimmer wurde. Ein feiner Nieselregen hatte eingesetzt. Die Tür öffnete sich erneut.

»*Molha parvos*«, sagte Cabral, ohne den Blick von den dunklen Wolken über ihm abzuwenden.

»Wie bitte?«

Er drehte sich um. Es war Teresa.

»Sie waren zu lange nicht mehr in Portugal. Haben Sie denn alles vergessen?«, fragte Cabral belustigt. »*Molha parvos* bedeutet so viel wie *die Dummen einweichen.* Das sagt man zu Sprühregen, der so fein ist, dass man ihn kaum von Nebel unterscheiden kann. Die dummen Leute meinen, davon nicht wirklich nass zu werden, und gehen auf die Straße, nur um nach wenigen Minuten völlig durchweicht zu sein.«

»Verstehe.« Teresa nickte. Zu einem Lächeln, gar Lachen, reichte es nicht. »Sie wollen schon los? Sie haben doch noch nichts gegessen.«

»Leider kann ich nicht länger bleiben. Der Fall …«

»Verstehe.« Pause. Sie begann erneut. »Tio Mário hat mir erzählt, dass Sie gestern beim Stadion waren. Waren Sie im Einsatz?«

»Nein, das ist keine Sache für die PJ. Ich war dort, weil … weil ich dachte, Sie wären dort, womöglich mitten in dem Tumult.«

»Danke.«

»Wofür? Offensichtlich war ich zu spät.« Er deutete auf ihr Gesicht.

»Dennoch. Dafür, dass Sie es versucht haben.«

»Haben Sie noch starke Schmerzen? Sie hätten ins Krankhaus fahren sollen.«

»Ich mag keine Krankenhäuser. Mit den Schmerzmitteln ist es auszuhalten.« Wieder Schweigen. »Werden Sie die Schuldigen finden?«

»Wie gesagt, das ist Aufgabe der GNR. Soweit ich weiß,

sind die Täter allesamt entkommen. Keiner weiß, zu welcher Seite sie gehörten.«

»Aber das ist doch ganz klar. Die Leute von *Linha Vermelha* wurden angegriffen. Sonst niemand.«

»Haben Sie noch nie davon gehört, dass solche Gruppen Attacken gegen sich selbst initiieren? Stichwort Mitleidsfaktor. So sichert man sich die Unterstützung der Medien und der Bevölkerung.«

»Wie kommt es, dass Sie ein solches Misstrauen uns gegenüber haben?« Teresa schlang sich die Arme um den Körper, als wäre ihr auf einmal kalt.

»Berufskrankheit.« Cabral wechselte das Thema. »Sie bleiben also in Sines. Das ist eine ziemlich spontane Idee, oder?«

»Oder einfach eine glückliche Fügung. Ich wollte nicht so schnell wieder weg. Das hatte ich schon beschlossen, als ich zurückkam. Ich hätte mir also sowieso einen neuen Job suchen müssen. Und Dona Augusta braucht jemanden, der die Leitung übernimmt. Lourenço will nicht.«

»Ja, das ist mir bekannt«, sagte Cabral brummig. »Ich wünsche Ihnen jedenfalls viel Erfolg.«

Er streckte Teresa die Hand hin, um sich zu verabschieden. In dem Moment bemerkte Cabral Gouveia hinter dem Fenster. Hatte er dort schon die ganze Zeit gestanden und sie beobachtet? Hatte Gouveia solche Angst, dass er sich noch einmal danebenbenehmen würde?

»Wir werden beobachtet«, sagte er daher nur mit einem freudlosen Lachen. »Man scheint Sie nicht gerne mit mir allein zu lassen.«

Teresa blickte sich um. Sie bedachte Gouveia mit einem Winken.

»Ja, alle sind immer sehr besorgt um mich«, sagte Teresa, als würde sie dieser Umstand stören.

»Ist doch schön, dass sich alle so um Sie kümmern. Dona Elisabete, Dona Augusta, Lourenço ... Sie fühlen sich sicher nie einsam.«

»Man kann sich auch einsam fühlen, selbst wenn man nie allein ist.« Als hätte sie sich selbst erschrocken über ihre Offenheit, trat sie einen Schritt zurück. Sie stellte den schwindenden Abstand wieder her.

»Ja, ich weiß, was Sie meinen.« Er sollte jetzt wirklich gehen, bevor Gouveia einen Trupp nach draußen schickte.

Lourenço pochte an die Scheibe. »Wir sind schon beim Nachtisch!«

Teresa atmete tief durch. Cabral hatte den Faden verloren. Musste der Kerl nicht bald mal zurück auf seine verdammte Farm und Pfirsiche ernten?

Teresa nickte ihm noch einmal kurz zu und verschwand im Haus.

37

Wenn Cabral noch immer Zweifel gehabt haben sollte, ob es wirklich eine gute Idee war, Lapa zu behalten, dann gab der Hund an diesem Morgen sein Bestes, um diese auszuräumen. Nämlich indem er Bernardes anknurrte, als der in gewohnter Manier mit übertrieben zur Schau gestellter Selbstsicherheit in die Wache rauschte. Nachdem er seinen rabenschwarz glänzenden Sportwagen, der ganz sicher kein Dienstwagen war, direkt vor dem Fenster von Cabrals Büro geparkt hatte. Entsprechend fühlte Cabral sich sofort veranlasst, dies zu kommentieren.

»Leonel, immer noch dieselben alten Spielchen?«

»Ein Maserati GranCabrio?«, fragte Freire mit kullerrunden Augen wie ein Kind vorm Christbaum. Er zog sich auf der Stelle zornige Blicke von Cabral zu. Wie konnte er ihm so in den Rücken fallen?

Bernardes grinste. Mit ausgestreckter Hand ging er auf Freire zu. »Da kennt sich jemand aus. Das gefällt mir. Sie sind?«

»Daniel Freire, Inspektor in Ausbildung.«

»Daniel, soso. Sag doch am besten Leonel zu mir. Das macht die Zusammenarbeit einfacher, ist es nicht so?«

Freire schien ein paar Zentimeter zu wachsen. Cabral rollte genervt mit den Augen. Bernardes konnte es nicht lassen. Das Verhältnis 2:1 war nicht nach seinem Geschmack, es sei denn, er war einer von den zweien. Mit diesem lächerlichen Trick hatte er das Verhältnis gerade zu seinen Gunsten verschoben.

»Das Brüderschaft-Trinken verschiebt ihr dann bitte auf den Feierabend. Wir haben Arbeit.« Cabral setzte sich an seinen Schreibtisch und sah zu, wie Freire Bernardes freiwillig seinen Stuhl überließ.

Bitte sehr, wenn er das mit sich machen lässt, kann ich ihm auch nicht helfen, dachte Cabral.

In wenigen Worten gab Cabral Bernardes einen Überblick über den Stand der Ermittlungen.

»Viel ist das ja noch nicht«, konstatierte der. Licht fiel durch das Fenster auf seine Haare. Das Haargel, das Cabral noch nie hatte leiden können, ließ sie schwarz glänzen wie den Sportwagen vor dem Fenster.

»Freire, ist das Foto von der Skulptur inzwischen online?«, fragte Cabral und ignorierte die Bemerkung von Bernardes.

»Ja, habe ich schon überprüft.«

»Und was ist mit dieser Künstlerin?«, fragte Bernardes. »Wieso wird die nicht in die Mangel genommen, obwohl sie kein Alibi, wohl aber ein starkes Motiv hat?«

»Für den zweiten Mord trifft das vielleicht zu. Für den ersten nicht. Es gibt keinerlei bekannte Verbindung zu dem ersten Opfer. Wir müssen stattdessen auf eine Verbindung zwischen den beiden Opfern stoßen. Dann finden wir auch den Täter.«

»Vielleicht war diese Künstlerin ja die, mit der das erste Opfer Häschen in der Grube gespielt hat.« Bernardes lachte anzüglich. Cabral hätte ihm mit Vergnügen die Fresse polieren mögen. Er dachte an seinen letzten Fall zurück, als er genau das in diesem Büro getan hatte. Es juckte ihm schon wieder in den Fingern.

»Und was ist das Motiv? Denk nach, Leonel, bevor du so dämliche Beiträge lieferst. Wir warten jetzt erst einmal auf eventuelle Rückmeldungen zu der Skulptur. Am besten, du kümmerst dich darum und nimmst die Anrufe entgegen.« Bevor Bernardes protestieren konnte, wandte Cabral sich an Freire. »Sie fragen noch mal bei der GNR nach, ob die inzwischen irgendwelche Hinweise auf die Täter bei den Ausschreitungen bekommen haben. Versuchen Sie außerdem, herauszufinden, wann die nächste Aktion an irgendwelchen Stränden oder wo auch immer stattfindet. Nutzen Sie die sozialen Medien. Da tauschen sich die Leute mit Sicherheit darüber aus und verabreden sich.«

Freire öffnete den Mund, schloss ihn jedoch gleich wieder, als Cabral warnend den Finger hob. Er verkniff sich seine Lieblingsfrage.

»Ich werde Fátima da Costa aufsuchen«, sagte Cabral. »Ich will wissen, was der Zirkus mit dem Treffen gestern sollte.«

38

Wieder einmal stand Cabral vor dem Haus von Fátima da Costa und wartete vergeblich darauf, dass sie an
der Tür erschien. Mit voller Absicht hämmerte er laut und
dröhnend mit der Faust dagegen. Es würde die Nachbarin
auf den Plan rufen. Er behielt Recht. Er vernahm ein Knar-
zen schräg über ihm, als sich das Fenster öffnete, gleich
darauf die heisere Stimme der Frau.

»Beim nächsten Mal bringen Sie Kuchen mit.« Sie
lachte rau. Offenbar rauchte sie Kette.

»Nichts für ungut, aber ich hoffe, es wird kein nächstes
Mal geben. Senhora da Costa ist wieder nicht da?«

»Hab ich Ihnen doch beim letzten Mal schon gesagt. Die
ist weg mit der Reisetasche. Seitdem war die nicht mehr
hier.«

»Sind Sie sicher? Nach meinen Informationen müsste
sie in Sines sein.«

»Naah.«

»Würden Sie das denn überhaupt in jedem Fall bemerken, wenn sie hier wäre? Ich meine, Sie schlafen doch auch
mal.« *Sie stecken doch nicht immer den Kopf neugierig aus
dem Fenster*, fügte er in Gedanken hinzu.

»Das ist so hellhörig im Haus, da entgeht einem nichts.
Sie glauben gar nicht, was ich alles mit anhören muss.
Wenn die mit ihren hohen Absätzen über die Fliesen läuft,

klirren bei mir die Gläser im Schrank. Ich hätte das auf jeden Fall bemerkt. Keine Musik, keine Fenster offen, keine Telefonanrufe.« Sie schüttelte voller Überzeugung den Kopf. »Die war nicht hier, das können Sie mir glauben.«

»Danke, Senhora.«

Das alles wurde immer verworrener. Cabral hatte sie in der Bücherei gesehen. Daran gab es keinen Zweifel. Oder doch? War sie es nicht gewesen? Nur jemand, der ihr ähnlich sah? Er zog sein Handy aus der Tasche und rief Freire an.

»Cabral hier. Schicken Sie mir die Nummer von Isaura Cardoso auf mein Handy.« Er legte auf. Bernardes' Stimme im Hintergrund wollte er nicht länger als unbedingt notwendig hören. Eine Minute später kam die Nachricht mit der Nummer. Cabral wählte.

»Cardoso.«

»Chefinspektor Cabral. Senhora Cardoso, können Sie mir sagen, wo ich Ihre Nichte erreichen kann?« Auf zeitraubende Begrüßungsfloskeln verzichtete er diesmal gänzlich.

»*Boa tarde*, Senhor. Ich habe keine Ahnung.«

»Ist sie denn neulich nicht mit Ihnen nach Lissabon zurückgefahren?«

»Doch, aber sie wohnt nicht bei mir. Sie wohnt bei einer Freundin. Aber den Namen kenne ich nicht.« Eine kurze Pause, bevor sie fragte: »Ist etwas passiert?«

»Sie hat mich gestern angerufen und wollte mich sprechen. Sie schien beunruhigt. Aber das Treffen ist nicht zustande gekommen. Wir haben uns irgendwie … verfehlt.«

Isaura Cardoso räusperte sich. »Chefinspektor Cabral, lassen Sie mich etwas sagen. Meine Nichte hatte schon als Kind eine ausgeprägte Phantasie. Ich würde nicht unbedingt alles für bare Münze nehmen, was sie erzählt. Und wenn sie nach Sines zurückkehren wollte, hätte sie mir das sicher gesagt.«

Cabral erschien dieser Hinweis befremdlich. Was wollte Isaura Cardoso damit sagen? Dass Fátima da Costa an Verfolgungswahn litt oder es mit Verschwörungstheorien hielt? Sie wusste doch gar nicht, aus welchem Grund sie sich mit ihm treffen wollte. Wieso schwächte sie die Glaubwürdigkeit ihrer Nichte?

»Danke, Senhora Cardoso. Das war alles. Wenn Sie sie sprechen, sagen Sie ihr, sie soll sich bei mir melden.«

Cabral hatte noch ein letztes Ass im Ärmel. Acacio Fernandes. Die Kameraaufzeichnungen von der Busstation. Cabral stieg ins Auto und parkte wenige Minuten später erneut an der Rückseite des Busbahnhofs.

Fernandes war umringt von einer Gruppe von Backpackern. Sie hatten Faltkarten ausgebreitet, zogen die ausgedruckten Buspläne zu Rate und überprüften Angaben mit ihren Smartphones. Alles untermalt von amerikanischem Englisch und wenigen kläglichen Versuchen, hier und da ein paar Brocken Portugiesisch unterzubringen. Sicher war ihnen in einem Sprachkurs eingetrichtert worden, dass die Einheimischen sich über so etwas freuten. Man hatte jedoch vergessen zu sagen, dass das nur der Fall war, wenn das portugiesische *sim* nicht zu einem italienischen oder – noch schlimmer – spanischen *si* gemacht wurde.

Fernandes störte das alles nicht. Er war in seinem Element. Radebrechte, gestikulierte und scherzte mit den jungen Leuten in den miefenden Klamotten. Die letzten Herbergen schienen nicht über Duschen und Waschmaschinen verfügt zu haben. Cabral hielt sich im Hintergrund, bis sich die Gruppe mit einem fröhlichen *Ciao* verabschiedete.

»Wahrscheinlich bestellen die bei Galegos Latte macchiato und Espresso«, sagte Cabral kopfschüttelnd und lachte.

»Dann müssen sie aufpassen, dass er sie nicht zum Teufel jagt.« Auch Fernandes lachte. Derlei Begegnungen in den Sommermonaten waren für ihn normal.

»Senhor Fernandes, ich brauche Ihre Hilfe. Ich muss noch einmal Kameraaufzeichnungen ansehen.«

»Von welchem Datum?«

Cabral dachte nach. Wenn Fátima da Costa extra aus Lissabon gekommen war, um ihn zu sprechen, dann sicher unmittelbar vor dem Anruf. Wäre sie früher gekommen, hätte sie ein paar Stunden oder sogar die Nacht in ihrer Wohnung verbracht, was laut der Nachbarin nicht der Fall gewesen war.

»Ich würde sagen, von gestern morgen. Ankunft der ersten Busse aus Lissabon bis jetzt. Es handelt sich um dieselbe Frau, nach der wir neulich bereits gesucht haben. Erinnern Sie sich?«

»Klar. Dauert nur einen kleinen Moment, bis ich die richtige Zeit gefunden habe. Setzen Sie sich.« Dann lachte er sein sprudelndes Lachen. »Dass ich in meinen letzten

Tagen vor der Pensionierung noch mit Ihnen Detektiv spielen darf, das habe ich mir auch nicht träumen lassen.« Seine Augen leuchteten.

»Freut mich, dass ich Ihnen damit eine Freude machen kann.« Cabral grinste.

Fernandes drückte ein paar Knöpfe und schob die Computermaus hin und her. Erneut saßen sie gemeinsam vor dem kleinen Bildschirm und beobachteten die Fahrgäste.

Es ist ein bisschen wie durch ein Schlüsselloch zu spionieren, dachte Cabral. *Aber für einen guten Zweck*, beruhigte er sich selbst sofort.

Als Fernandes schon der Rücken von der ungewohnten Sitzposition zu schmerzen begann, er sich streckte und dehnte und Cabral wieder einmal merkte, dass seine Augen zu brennen begannen, wurden sie erlöst.

»Da! Ist sie das nicht?«, rief Fernandes aufgeregt.

»Sie haben recht. Das ist Fátima da Costa.« Cabral blickte auf die Uhr am unteren Bildrand. Sie war nur eine halbe Stunde vor ihrem Anruf bei ihm aus dem Bus aus Lissabon gestiegen, ohne Gepäck. Sie hatte nicht einmal eine Handtasche dabeigehabt. Cabral schloss daraus, dass sie es bei ihrer Abreise sehr eilig gehabt haben musste. Dieser Eindruck verstärkte sich noch, als sie beobachteten, wie sie mit hastigen Schritten um die wartenden Busse herumgelaufen war, um dann vermutlich die Straße dahinter zu überqueren. Darüber konnten sie nur spekulieren. Die Kamera fing das nicht ein.

»Jetzt müssen wir nur noch abwarten, ob sie irgendwann wieder nach Lissabon zurückgefahren ist«, sagte Cabral.

Fernandes blickte ihn erstaunt an. »Ist sie nicht. Das kann ich Ihnen auch so sagen. Sie hätte ja eine Fahrkarte bei mir kaufen müssen.«

»Hatten Sie denn die ganze Zeit über alleine Dienst? Was ist mit Ihrem Nachfolger, hat der nicht gearbeitet?«

»Jetzt schon krankgeschrieben. Das kann heiter werden in Zukunft. Ich hab doppelte Schicht gearbeitet.« Er strahlte, als wäre das ein Grund zur Freude.

»Sie sind absolut sicher?« Cabral wollte Fernandes nicht zu nahe treten, aber er musste jeden Irrtum ausschließen.

»Aber ja! Hundertprozentig! Nachdem wir neulich schon über diese Dame gesprochen haben, wäre sie mir doch sofort aufgefallen.«

»Ich danke Ihnen.« Cabral erhob sich. Er klopfte Fernandes auf die Schulter. »Sie haben mir sehr weitergeholfen.«

»Bis zum nächsten Mal.« Fernandes lachte.

Cabral stieg in sein Auto. Half ihm das alles wirklich so viel weiter? Wieso hatte Isaura Cardoso nichts davon gewusst, dass ihre Nichte nach Sines gefahren war? Wieso hatte die das Treffen mit ihm buchstäblich in der letzten Sekunde platzen lassen? Und vor allen Dingen, wo war Fátima da Costa jetzt?

39

Bernardes hatte sich in Cabrals Schreibtischstuhl ge-
lümmelt, als wäre es seiner. Nur die Tatsache, dass sie nicht
alleine waren, hielt Cabral davon ab, dies entsprechend zu
kommentieren. Lapa sprang vor lauter Wiedersehensfreude
beinahe wie ein Gummiball an Cabral hoch. Auf dem Stuhl
vor seinem Schreibtisch saß ein Besucher. Es war ein Mann
mittleren Alters in einem fleckigen Monteursanzug.

»Senhor Zé, dies ist Inspektor Cabral. Er ist ebenfalls
mit den Ermittlungen betraut«, sagte Bernardes.

»Ich bin Chefinspektor Cabral. Ich leite die Ermittlungen«, berichtigte Cabral. Er betonte das *Chef,* trat hinter
den Stuhl und legte Bernardes kumpelhaft eine Hand in
den Nacken. Doch seine Fingerspitzen platzierte er genau
dort, wo es am meisten schmerzte, wenn man ein bisschen
Übung hatte. Er übte nur wenig Druck aus, aber Bernardes
begriff und stand auf. Mit einer angedeuteten Verbeugung
überließ er Cabral seinen Platz. Falls dem Mann, der dieses
Schauspiel beobachtete, das alles sehr absurd vorkam, ließ
er sich zumindest nichts anmerken.

»Senhor Zé, was haben Sie uns zu sagen?« Cabral bedeutete Freire mit einem knappen Fingerzeig, dass er Notizen machen sollte.

»Diese Figur aus dem Fernsehen, die hab ich schon mal
gesehen«, sagte Senhor Zé.

»Wo und wann war das?«

»Das ist eine Anwältin oder so, bei der ich die gesehen habe. Die stand in der Wohnung, noch in so einer Transportkiste. Die hatte die gerade aufgemacht. Sah jedenfalls so aus. Alles voller Styroporchips und Holzwolle.«

»Was haben Sie da gemacht?«

»Ich bin Monteur. Die hatte Probleme mit dem Wasseranschluss. Ich glaube, ich kam in einem schlechten Moment.«

»Wie kommen Sie darauf?«

»Weiß nicht. Die war so ungeduldig. Total unter Strom. Als ob sie es wegen irgendetwas eilig hatte und ich sie aufhalten würde. Dabei hat die mich ja angerufen. Trinkgeld gab es auch nicht.«

»Senhor Zé, schreiben Sie uns bitte Name und Anschrift der Frau auf. Und Ihre Telefonnummer gleich mit dazu, damit wir wissen, wie wir Sie erreichen können, falls wir noch weitere Fragen haben.« Cabral schob dem Mann ein Blatt Papier und einen Kugelschreiber über den Tisch. Senhor Zé nahm den Stift mit seinen schmutzigen Pranken, deren Fingernägel aussahen, als hätten sie seit Wochen keine Nagelbürste mehr gesehen. Bernardes blickte angewidert darauf. Der Mann war fertig und schob Cabral den Zettel zurück.

»Ich danke Ihnen, Senhor Zé. Wir melden uns, falls wir Sie noch einmal benötigen. *Boa tarde.*«

Senhor Zé erhob sich und ging. Bernardes trat einen Schritt beiseite, als er an ihm vorbeiging. Vermutlich hatte er Angst, dass sein gestärktes Designerhemd Öl, Schmiere oder sonst irgendetwas abbekommen könnte. Cabral schüttelte den Kopf. Als sich die Tür hinter dem Mann geschlossen hatte, ergriff er als Erster das Wort.

»Wir werden diese Dame aufsuchen und sie zu der Skulptur befragen. Ich werde das übernehmen.«

Bernardes plusterte sich auf. »Wieso übernimmst du immer die Außentermine, insbesondere wenn das weibliche Geschlecht beteiligt ist? Du redest mit der Künstlerin, fährst zu dieser Fátima Dingsda und übernimmst auch das Gespräch mit dieser Anwaltstussi. Hast du es schon so nötig?«

»Diese Termine übernehme ich, weil du überall genau so auftrittst, wie du gerade geredet hast. Das können wir uns nicht leisten. Sollte ich im Laufe der Ermittlungen noch einen Gigolo benötigen, komme ich gerne auf dich zurück.«

Freire hatte diesen Wortwechsel stumm verfolgt. So hatte er sich seine praktische Ausbildung sicher auch nicht vorgestellt. Normalerweise kämpften die Polizisten gegen die bösen Jungs, hier kämpften sie gegeneinander.

»Freire, was haben Sie über die *Linha Vermelha* herausgefunden?«

»Nichts, Chef.«

»Bravo, doch so viel?«

»Ist doch nicht meine Schuld. Wo nichts ist, kann ich auch nichts herausfinden.«

Cabral erwiderte nichts, sondern saß nur da und klopfte den Kugelschreiber rhythmisch auf die Tischplatte. Er wartete.

»Äh, ja. Die GNR hat keine Täter ausfindig machen können«, fuhr Freire fort. »Die waren viel zu spät am Stadion. Und die Schläger waren vermummt. Niemand konnte die beschreiben. Die haben sich plötzlich Tücher über das Gesicht gezogen und das war's.«

»Wann findet das nächste Treffen der Aktivisten statt?«

»Kann ich nicht sagen. Ich habe über Facebook versucht, mit den Followern dort ins Gespräch zu kommen. Aber die mauern total. Die sagen ganz klar, dass sie im Moment nichts über weitere Aktionen bekannt geben. Aus Angst, dass sich wieder so ein Zwischenfall ereignet.«

»Macht Sinn.« Cabral steckte sich eine Zigarette an. »Aber vielleicht fällt mir dazu noch etwas anderes ein.«

Bernardes verzog das Gesicht und wedelte mit der Hand herum. »Musst du jetzt rauchen?«

»Geh mir nicht auf den Sack. Das ist mein Büro. Ich hab dich nicht darum gebeten, hier zu sein.«

Auf einmal knallte es. Der Hund sprang auf und bellte. Cabral und Bernardes zuckten zusammen, als wären sie in einen Kugelhagel geraten. Freire stand da, vor seinen Füßen ein Haufen Scherben. Er hatte seine Kaffeetasse fallen lassen. Oder nicht? Die Untertasse hielt er noch in der Hand.

»Können Sie damit aufhören?« Er sprach leise. Mühsam unterdrückte Wut und all die Kraft, die er augenscheinlich aufbringen musste, um nicht zu platzen, schienen ihm die Luft abzuschnüren. »Ich bin hier, um etwas von Ihnen beiden zu lernen. Aber was Sie abziehen, ist der reinste Zirkus. Ich habe dazu einfach keine Lust mehr. Wenn dieser

Fall beendet ist, werde ich darum bitten, mich aus Sines abzuziehen.«

Mit diesen Worten stellte er die Untertasse sorgsam zurück auf den Tisch, kehrte mit dem Fuß die Scherben zur Seite, so dass sie unter dem Aktenschrank verschwanden, und verließ das Büro.

»Dieser Hosenscheißer«, echauffierte sich Bernardes. »Als ob wir uns damals hätten aussuchen können, mit wem wir zusammenarbeiten wollen.«

»Ja, schade, dass das nicht ging. Dann wärst du mir erspart geblieben.«

Cabral stand auf und ging Freire nach. Er fand ihn im Innenhof, wo er eine Zigarette rauchte.

»Was ist das denn? Sie rauchen? Ich dachte immer, Sie wären Nichtraucher.«

»War ich auch bis heute. Aber anders kann ich Sie beide nicht ertragen. Eigentlich müsste ich betrunken zum Dienst kommen, um das auszuhalten.«

Cabral musste lachen. »Wahrscheinlich haben Sie recht. Gehen Sie nach Hause, betrinken Sie sich. Ich gebe Ihnen den Rest des Tages frei.«

Freire sah ihn misstrauisch an. »Sie verarschen mich, richtig?«

»Nein. Wir können heute nicht mehr tun, als zu der Käuferin zu fahren und mit ihr zu sprechen. Ich werde Bernardes mitnehmen, damit er keinen Blödsinn macht, wenn er alleine ist. Aber wir brauchen da nicht zu dritt auftauchen. Daher können Sie für heute nach Hause gehen. Morgen früh erwarte ich Sie zurück. Frisch und ohne Kater.«

»In Ordnung.« Freire trat die Zigarette aus. »Schmeckt scheußlich.«

»Ja, dachte ich mir, dass Sie das sagen würden. Bis morgen.«

40

Cabral war ein Anhänger des Deutens erster Re-
aktionen. Daher hatte er sich und Bernardes nicht angekündigt. Die Rechtsanwältin Rita Alves öffnete ihnen die
Tür. Sie sah sie überrascht an. Mehr als das. Cabral inter-
pretierte ihre geweiteten Pupillen als typische Schreck-
reaktion. Doch auch er selbst erlebte einen Moment unbe-
stimmter Irritation. Er konnte sich nicht erklären, warum.

Rita Alves fing sich schnell wieder, strich mit einer
schnellen Bewegung eine Haarsträhne aus dem Gesicht,
die sich aus einem ansonsten fest zusammengesteckten
Knoten gelöst hatte. Ihre Kleidung war typisch für eine
Anwältin. Ein marineblaues Kostüm, weiße Bluse, Perlen-
kette. Die Juristenuniform. Allerdings hatte sie die Schuhe
abgestreift und empfing sie barfuß. Sie hatte sich sicher
gerade auf einen zwanglosen Feierabend vorbereiten wollen.

»Was kann ich für Sie tun?«, fragte sie.

Cabral stellte sich und Bernardes vor. Sie ließ sie eintreten, und Cabral kam sofort zur Sache.

»Senhora Alves, ist es richtig, dass Sie die Käuferin
einer Skulptur der Künstlerin Lieke Zeeman sind?«

»Ja, das ist richtig.« Sie blickte Cabral offen und erwartungsvoll an.

»Wir ermitteln in einem Mordfall. Paulo Branco, über

den Sie den Kauf des Kunstwerks abgewickelt haben, wurde ermordet.«

Rita Alves wurde eine Spur blasser. »Das ist schrecklich. Wie kann ich Ihnen helfen?«

»Hatten Sie irgendwelche Probleme mit Branco im Rahmen dieser geschäftlichen Beziehung?«

»Nein, was für Probleme? Ich habe die Skulptur bekommen, er sein Geld.«

»Von dem Geld ist nicht alles bei der Verkäuferin angekommen. Sind Sie sicher, dass Sie die vereinbarte Summe gezahlt haben?«, schnauzte Bernardes dazwischen. Er fing sich einen ärgerlichen Blick von Cabral ein.

»Was mein Kollege sagen will ist, dass Branco offenbar einen Teil des Geldes einbehalten hat. Können Sie uns irgendwelche Kaufbelege zeigen?«

Sie zuckte bedauernd die Schultern. »Ich habe Branco einen Scheck über die Kaufsumme ausgestellt. Den Abgang der Summe von meinem Konto kann ich selbstverständlich belegen. Wenn Sie möchten, sofort.«

»Wenn es Ihnen keine Umstände macht. Es wäre sehr hilfreich«, sagte Cabral.

Rita Alves nickte und ging voraus in ihr Arbeitszimmer. Es war bis unter die Decke mit Regalwänden ausgestattet, in denen sich Aktenordner und Fachliteratur stapelten. Sie setzte sich an ihren Schreibtisch und klappte den Deckel ihres Notebooks auf.

Cabral und Bernardes sahen sich derweil im Raum um. Es gab nichts, was dieses Zimmer in irgendeiner Weise von anderen Arbeitszimmern unterschied. Zwei Orchideen auf der Fensterbank, ein Wandkalender mit Landschafts-bildern, eine kristallene Karaffe mit Wasser gefüllt, zwei Gläser auf verchromten Untersetzern, keine privaten Foto-grafien. Es war so nüchtern wie ihr Kleidungsstil.

»Hier, wenn Sie einmal schauen wollen?« Sie drehte das Notebook herum, und Cabral und Bernardes nahmen die einzelnen Positionen in dem digitalen Kontoauszug unter die Lupe.

Da stand es. Der Transfer von viertausendfünfhundert Euro an Paulo Branco mit dem Verwendungszweck »Lieke Zeeman«.

»Viertausend war die Summe für die Skulptur, fünfhun-dert die Vermittlungsgebühr«, erklärte sie.

»Auf welches Konto wurde die Summe eingelöst?«

»Das war ein Barscheck.« Sie blickte bestürzt drein.

»Na, das ist ja sehr bequem«, tönte Bernardes. »Sie stel-len einen Barscheck aus, Branco löst ihn ein, zahlt nur einen Teil an die Zeeman, den einbehaltenen Betrag teilen Branco und Sie untereinander auf. So haben Sie diese Fi-gur für einen Schnäppchenpreis bekommen.«

Cabral warf Bernardes Blicke zu, die töten könnten.

»Was fällt Ihnen ein?«, fragte Rita Alves. »Nichts davon trifft zu.«

»Vielleicht sind auch Sie in Gefahr. Gier bestraft das Leben. Wenn die Künstlerin herausbekommt, dass Sie die Käuferin sind und mit Branco unter einer Decke steckten, sollten Sie in nächster Zeit aufpassen, wer hinter Ihnen auf der Straße geht. Vielleicht haben Sie sich aber auch die Kaufsumme von Branco zurückgeholt und ihn –«

Cabral packte Bernardes am Arm und zog ihn beiseite. »Reiß dich zusammen, Leonel.«

Rita Alves reagierte gefasst auf die Anschuldigungen. Sie verschränkte die Arme vor dem Körper und sah sie in einer Weise an, die wohl zum Ausdruck bringen sollte, dass sie diese Good Cop, Bad Cop-Spielchen kannte und nicht beeindruckt war. Wieder überfiel Cabral so ein eigenartiges Gefühl.

»Es gibt keinerlei Grund zur Annahme, dass Lieke Zeeman etwas mit dem Mord zu tun hat oder dass Sie in irgendeiner Weise in Gefahr sind«, lenkte Cabral ein. »Auch gibt es bislang keinen Anlass, Sie zum Kreis der Verdächtigen zu zählen. Aber wir müssen alle Hintergründe überprüfen. Wir melden uns, wenn wir noch weitere Fragen haben sollten.«

Er wandte sich ab und wollte zum Ausgang gehen. Doch Bernardes hatte noch nicht genug.

»Wo ist sie denn eigentlich, diese Figur oder Skulptur, um die es die ganze Zeit geht?«, fragte er.

Cabral musste zugeben, dass das keine so dumme Frage war.

»Ich habe sie verschenkt«, sagte Rita Alves.

»Verschenkt? Eine Skulptur für viertausend Euro?« Bernardes lachte. »Wissen Sie, was ich denke? Sie haben die Skulptur vermutlich schon unter Wert von der Zeeman gekauft ...«

Wenn Bernardes noch einmal »die Zeeman« sagt, schoss es Cabral durch den Kopf, poliere ich ihm die Fresse gleich hier.

»… und sie dann zusammen mit Branco auch noch um das bisschen Geld geprellt. Anschließend haben Sie dank Brancos Kontakte einen Käufer gefunden, der einen weit höheren Preis gezahlt hat. Danach haben Sie Branco aus dem Weg geräumt. Den Gewinn haben jetzt Sie alleine auf dem Konto. Ach nein, ich vergaß. Bei Ihnen läuft so was ja über Barschecks.«

»Sie sind ja völlig übergeschnappt«, erwiderte Rita Alves, inzwischen doch zornig. Die Schlagader an ihrem weißen Hals, der mit roten Flecken überzogen war, pochte. »Eben war Lieke Zeeman verdächtig, weil Sie sich an mir und Branco rächen wollte. Jetzt bin ich die Täterin, die Branco beschissen hat. Haben Sie ein Problem mit Frauen? Wissen Sie überhaupt noch, was Sie da reden?«

»Entschuldigen Sie uns einen Augenblick.« Cabral zog Bernardes hinter sich her zum Ausgang. Er schubste ihn durch die Tür nach draußen und folgte ihm. Bernardes wollte den Mund aufmachen, um zu protestieren, aber Cabral ging ohne mit der Wimper zu zucken auf ihn zu. Immer dichter, bis er nur noch zehn Zentimeter von dessen Gesicht entfernt war, und gab ihm eine Kopfnuss.

»Ich hatte dich gewarnt«, sagte er. Er stieß Bernardes rückwärts, so dass der die Balance verlor. Während er noch mit den Armen ruderte, ließ Cabral ihn stehen, ging wieder ins Haus und schloss die Tür hinter sich.

Rita Alves setzte gerade ein Glas Wasser ab. Sie zitterte. Vor Wut oder weil sie sich von Bernardes hatte einschüchtern lassen, konnte Cabral nicht sagen. Die Spitzen ihrer Fingernägel tickten nervös gegen das Glas.

»Senhora Alves, entschuldigen Sie die Unterbrechung. Mich würde nun aber auch interessieren, wo die Skulptur geblieben ist.«

»Es ist so, wie ich sagte. Ich habe sie auf einer Ausstellung gesehen und mich sofort in die Arbeit verliebt. Ich wollte sie unbedingt haben. Aber hier«, sie holte weit aus mit beiden Armen, »passte sie einfach nicht rein. So ein Kunstwerk ist kein falsches Paar Schuhe, das ich umtauschen oder zurückgeben kann. Also habe ich es einem sehr guten, alten Freund im Ausland geschenkt. Zur Silberhochzeit. Es tut mir leid.«

»Ich muss Sie bitten, uns den Namen und die Kontaktdaten Ihres Freundes zu geben.«

Rita Alves sah nicht begeistert aus, doch Cabral blickte ihr ungerührt ins Gesicht. Mit einem Seufzen griff sie nach einem Stift und blätterte in einem Adressbuch. Nach einer Weile sah sie auf, die Miene untröstlich.

»Ich muss in mein privates Adressbuch schauen. Das ist zu Hause.«

»Dann senden Sie uns alles per E-Mail«, sagte Cabral, zog eine Visitenkarte aus seiner Hosentasche und reichte sie ihr. »Bis morgen früh. Wir werden Ihre Angaben dann überprüfen. Vielen Dank, Senhora Alves.«

Cabral verließ das Haus und ging zum Wagen. Bernardes saß auf dem Beifahrersitz und hatte den Kopf in den Nacken gelegt. Auf seiner Stirn prangte eine ansehnliche Beule. Er hatte nichts, womit er kühlen konnte. Cabral konnte beinahe zusehen, wie die Schwellung wuchs und wuchs. Er ließ den Motor an.

»Das wird ein Nachspiel haben«, flüsterte Bernardes. »Wie kannst du nur so verblödet sein und dich von so einer Tussi einwickeln lassen.«

»Halt's Maul, Bernardes. Sie hätte dir ihre langen Kunstnägel einmal durchs Gesicht ziehen sollen für deine Anschuldigungen.«

Plötzlich formte sich ein Bild vor Cabrals innerem Auge. Das Strasssteinchen auf dem Nagel des kleinen Fingers von Rita Alves. So ein Strasssteinchen hatte auch Fátima da Costa auf dem Nagel gehabt. Das war eine weit verbreitete Modeerscheinung, aber jetzt, mit unverzeihlicher Verspätung, wurde ihm klar, warum er bei Rita Alves' Anblick so ein seltsames Gefühl gehabt hatte: Er hatte sie schon einmal gesehen. In der Gruppe der Frauen, die das *Atelier do Carnaval* verlassen hatten. Rita Alves kannte also Fátima da Costa, die Verlobte des ersten Opfers.

Cabral schaltete den Motor wieder aus.

»Hey, bist du bescheuert? Wo willst du hin?«, rief Bernardes, als Cabral mit einem Satz aus dem Auto sprang. Er lief zurück zur Haustür von Rita Alves und klingelte erneut. Sie öffnete.

»Senhora Alves, wir haben uns schon einmal gesehen. Vor dem *Atelier do Carnaval*, als ich mit Fátima da Costa gesprochen habe. Erinnern Sie sich?«

Sie legte die Stirn in Falten, als müsse sie erst gründlich nachdenken. Dann nickte sie langsam. »Ja, richtig.«

»Besuchen Sie diese Gruppe regelmäßig?«

»Ist das für ihre Ermittlungen relevant? Diese Treffen sind eine sehr persönliche Angelegenheit.«

Cabral ignorierte ihre Frage. »Haben Sie Fátima da Costa seitdem gesehen?«

»Nein, sie ist auf einmal weggeblieben. Ohne ein Wort.«

»Wer leitet diese Gruppe?«

»Ich würde das nicht leiten nennen, eher koordinieren. Ich mache das.«

Cabral war sprachlos. Es gab Verbindungen, die er bis eben nicht einmal geahnt hatte.

»Was hat Sie Ihnen erzählt in diesen Treffen? Wie war Ihre Beziehung zu ihrem Verlobten Filipe Neves?«

»Chefinspektor Cabral, wir unterliegen zwar keiner ärztlichen Schweigepflicht, aber dennoch fühle ich mich nicht wohl dabei, diese Dinge auszuplaudern.«

»Wir ermitteln in einem Mordfall.«

»Das ist mir bewusst. Lassen Sie es mich so sagen: Fátima war nicht glücklich. Sie fühlte sich von ihrem Verlobten hingehalten. Sie wollte einen nächsten Schritt, irgendetwas, das ihr signalisierte, nicht nur ein belangloser Zeitvertreib zu sein.« Sie hielt einen Moment inne und schien nachzudenken. »Sie war noch nicht lange bei uns. Sie wirkte manchmal sehr emotional. Da war viel Wut in ihr.«

Cabral bedankte sich bei Rita Alves und verabschiedete sich ein zweites Mal. Was hatte er zu Tio Higino kürzlich gesagt? Wenn sie die Verbindung zwischen beiden Mordopfern fanden, würden sie auch den Täter finden. In Gedanken nahm er diesen Satz zurück. Er tappte völlig im Dunkeln.

41

Bernardes hatte auf dem Rückweg gezetert, gedroht und am Ende sogar angekündigt, eine Beschwerde
einzureichen. Cabral hatte ihn an der Wache kommentar-
los aus dem Auto geschmissen. Er wollte nur noch nach
Porto Covo und schlafen. Er mochte das kleine Fischer-
haus gern, doch es war umständlich und zeitraubend, jedes
Mal noch die zwölf Kilometer Richtung Süden zu fahren.
Er vermisste sein Zimmer in der Pensão Rodrigues, das all-
abendliche Gespräch mit Dona Augusta und die Tatsache,
dass er nur ein paar Schritte hatte machen müssen, bevor er
in sein Bett gefallen war.

Ehe er sich's versah, lenkte er den Wagen durch die
Kopfsteingasse und hielt in gebührendem Abstand am Straßenrand. Die Fenster der Pension waren die einzigen, die
noch hell erleuchtet waren. Es war schon spät. Die meisten
Menschen schliefen bereits. Eine unermessliche Müdigkeit
übermannte auch Cabral. Er könnte einfach hineingehen
und fragen, ob er nur für eine Nacht bleiben dürfte, doch er
verwarf den Gedanken gleich wieder. Dona Augusta würde
den Hund nicht -

Der Hund!

Er hatte ihn schon wieder in der Wache vergessen. Weil er
es so eilig gehabt hatte, Bernardes loszuwerden und zu verschwinden. Verdammt, jetzt musste er noch einmal zurück.

Er sah zum Haus hinüber. Hinter dem Fenster von Dona Augusta bewegte sich ein Schatten. Zu flink für die alte Dame. Teresa? Oder Lourenço, falls der immer noch nicht wieder verschwunden war.

Cabral schob den Sitz zurück und streckte seine Beine aus, so gut es ging. Was tat er hier? Er musste Lapa abholen. Er musste nach Porto Covo. Wolken schoben sich vor den silbrigen Mond. Cabral schloss die Augen, nur für einen Moment. Fünf Minuten Nickerchen, höchstens zehn. Seine Muskeln entspannten sich, der Kopf fiel zur Seite. Sein Atem ging tiefer. Cabral dämmerte weg.

Jemand klopfte an die Scheibe. Er fuhr hoch, seine Knie knallten unter das Lenkrad, die Hand ging automatisch Richtung Handschuhfach, in dem er seine Waffe deponiert hatte. Dann begriff er, wo er war und wer durch das Fenster blickte. Es war Teresa. Cabral kurbelte die Scheibe herunter.

»*Boa noite*. Ich muss wohl eingeschlafen sein.« *Was für eine selten dämliche Information*, dachte Cabral.

»Das habe ich gemerkt. Sie haben laut geschnarcht.«

»Aber ich hatte das Fenster geschlossen.«

»Umso schlimmer, dass ich es dennoch gehört habe«, sagte Teresa amüsiert. Kleine Lachfältchen entstanden um ihre Augen herum. »Und was machen Sie hier? Außer schlafen?«

»Ich wollte mich nur ganz kurz ausruhen und dann nach Porto Covo.« Cabral fuhr sich über den schmerzenden Nacken. Seine Schlafposition war nicht optimal gewesen. »Es war ein langer Tag.«

»Warum sind Sie nicht hereingekommen?«

»Ich ...« Er brach ab. Er wollte nicht wieder mit dem Hund anfangen.

»Und jetzt? Fahren Sie jetzt?«, fragte Teresa.

Cabral überlegte einen Augenblick. »Wo wollten Sie denn gerade hin?«

Teresa hatte sich eine kleine Tasche quer umgehängt.

»Musik hören. *ArteRock*.«

Cabral brauchte noch einen Moment, bis er begriff. Die Bar *ArteRock* im Industriegebiet, im ZIL II. Unweit des *Atelier do Carnaval*. Es war eine angesagte Bar für Fans von Rockmusik. Regelmäßig fanden dort Livekonzerte statt.

»Da gehen Sie hin?« Cabral war ehrlich erstaunt.

»Ab und zu. Wenn ich hier mal raus muss.« Sie deutete mit dem Kopf auf die Pension.

»Wie soll das werden, wenn Sie erst offiziell die Leitung übernommen haben? Wenn Sie es jetzt schon über haben.«

»So ist es ja gar nicht. Es ist nur manchmal ein bisschen ... eng. Aber das wird sich sicher noch alles ändern.«

Cabral fragte sich, woher sie diese Gewissheit nahm. Er bemerkte, dass sie immer noch unbequem vorgebeugt mit ihm sprach.

»Steigen Sie ein. Ich fahre Sie hin. Das ist viel zu weit, um alleine zu Fuß dorthin zu laufen, mitten in der Nacht.«

Sie zögerte. Cabral hatte den Eindruck, dass sie mit sich rang. Der weite Weg in der Dunkelheit schien sie nicht so geschreckt zu haben, wie mit ihm zu zweit im Auto zu sitzen. Er musste sie wirklich entsetzlich geängstigt haben durch seine beiden versehentlichen Attacken.

»Einverstanden«, willigte sie schließlich ein. Sie ging um das Auto herum, stieg ein und schnallte sich an. Cabral fiel wieder einmal der feine Jasminduft auf, der von ihr ausging.

Während der Fahrt redeten sie nicht. Teresa sah aus dem Fenster, Cabral konzentrierte sich auf die Straße. Er brauchte dringend Schlaf. Doch als sie an der Bar angekommen waren, bedauerte er plötzlich, dass sich ihre Wege trennen würden.

»Macht es Ihnen etwas aus …«, begann Cabral.

»Was halten Sie davon, wenn …«, sagte Teresa im gleichen Moment.

»Sie zuerst«, sagte Cabral.

»Was halten Sie davon, wenn ich Sie auf ein Bier einlade? Dafür, dass Sie mich gefahren haben.« Teresa sprach schnell, als wolle sie verhindern, dass sie mitten im Satz der Mut verließ und sie es sich anders überlegte.

Cabral lächelte. »Ich wollte so etwas Ähnliches vorschlagen. Aber ich lade Sie ein.«

Teresa protestierte, nahezu panisch. »Nein, ich zahle. Oder ich nehme alles zurück.«

Cabral runzelte die Stirn. »Sagen Sie nicht, Sie haben so eine völlig irrationale und unbegründete Angst, womöglich in meiner Schuld zu stehen?«

Er spürte förmlich, wie sie sich verschloss. Offensichtlich war das tatsächlich ihre Angst.

»Einverstanden«, sagte er schnell. »Geben Sie einem überarbeiteten Chefinspektor ein Bier aus. Ich nehme an.«

Mit ein bisschen Phantasie konnte man die Bar aufgrund ihrer Architektur bereits von außen für ein modernes Gotteshaus halten. Der Eindruck verstärkte sich innen dramatisch. Es gab keine Zwischendecke, dadurch entstand eine kathedralenartige Höhe. Schmale vertikale Fenster und weiße Säulen erinnerten ebenfalls an Kirchen. Eine geschwungene Treppe führte auf eine Empore, auf der sich in einer tatsächlichen Kirche die Orgel befinden würde. Hier standen Tische unter einer gewölbten Decke, die mit gerahmten, schwarz-weißen Fotografien von Gitarren und Stars der Metal-Szene ausgekleidet war. So entstand der Eindruck einer bebilderten Kassettendecke. Auf der Seite gegenüber der Empore war ein kreisrundes Fenster in die Außenwand eingelassen. Backsteine waren in halbrunden Bögen auf einen Teil der hohen Wände gemauert, wie es in romanischen Kirchen oft zu sehen war. Einen drastischen Kontrast schufen die großen Strahler, die pinkfarbenes und violettes Licht vom Boden aus die Wände hinaufschickten.

Cabral war froh gewesen, dass die Hitze des Tages einer wenigstens etwas frischeren Nachtluft gewichen war. Hier allerdings empfingen sie bereits am Eingang fast ebenso hohe Temperaturen wie auf der Straße um die Mittagszeit. Die Bar war brechend voll, die meisten Gäste waren der Szene entsprechend in Schwarz gekleidet. Kaum ein Mann hatte keine Tattoos auf den Armen.

Und hier fühlte sich Teresa wohl? Offensichtlich war das so. Sie wirkte entspannter, als Cabral sie je gesehen hatte.

»Ich besorge uns zwei Bier«, schrie sie ihn an. Cabral nickte. Zum Antworten war es zu laut. Eine Band auf der kleinen Bühne heizte den Gästen ein. Haare flogen, Finger jagten über die Saiten der Gitarren. Teresa kam zurück mit zwei Superbock. Cabral nahm ihr eine Flasche ab, und sie stießen an. Teresa trank aus der Flasche, während ihr Kopf im Takt zu der Musik wippte. Die Band wechselte von Heavy Metal zu Bluesrock. Cabral kannte das Lied nicht, aber es musste ein bekanntes Stück sein. Die Menge grölte mit, die kleine Tanzfläche füllte sich.

»Ich hätte nicht gedacht, dass es Ihnen hier gefallen würde«, versuchte Cabral, nun doch ein Gespräch in Gang zu bringen. Teresa sah ihn auf einmal wieder ernst an. Sie suchte erkennbar nach den richtigen Worten. Er unterbrach ihre Gedankengänge. »Fühlen Sie sich hier nicht einsam in der Menge?«

Teresa antwortete etwas, aber Cabral sah nur, wie sich ihre Lippen bewegten. Er deutete auf seine Ohren und zuckte mit den Schultern.

»Nach oben?«, brüllte er sie an. Sie nickte.

Sie suchten sich einen Platz am Geländer der Empore, von wo aus sie den unteren Bereich mit der Tanzfläche und den feiernden Menschen vollständig überblicken konnten. Wesentlich leiser war es nicht, aber Cabral war nicht mehr gezwungen zu brüllen.

»Ich habe mich gefragt, ob Sie sich hier nicht einsam fühlen?«

»Hier lässt man mich in Ruhe. Ich kann sein, wie ich bin.«

»Das ist keine Antwort auf meine Frage.«

»Ist das ein Verhör? Ich dachte, Sie haben Feierabend.«

Sie machte zu. Cabral entging das nicht.

»Ich will Sie doch nur verstehen«, versuchte er es noch einmal.

»Was wollen Sie denn unbedingt verstehen?« Sie wurde lauter, als es erforderlich gewesen wäre.

Auch Cabral wurde es zu bunt.

»Teresa, verdammt, immer wenn ich denke, dass wir eine Ebene gefunden, auf der wir miteinander reden können, pralle ich wieder an Ihnen ab.«

»Weil Sie nicht besser sind als die anderen. Alle meinen es gut mit mir, aber keiner sieht mich. Dona Augusta, Tio Mário, Tia Elisabete, Lourenço. Sie bemuttern mich die ganze Zeit über, nehmen mir alles ab, sprechen für mich, behandeln mich wie ein rohes Ei. An Orten wie diesem nimmt niemand Notiz von mir. Ich gehe unter in der Menge. Das ist eine Stille in all dem Lärm, wie ich sie sonst nirgendwo verspüre.«

Tränen schimmerten in ihren Augen. Sie war aufgewühlt. Durch die Mauer, die sie um sich herum errichtet hatte, liefen Risse. Plötzlich stellte sie ihre Flasche ab und rannte davon. Cabral war völlig perplex. Sie sprang die Treppenstufen hinunter, lief auf die Tanzfläche und begann zu tanzen.

In gleichem Takt wie die anderen Leute um sie herum warf sie den Oberkörper vor und zurück. Sie wirbelte um ihre eigene Achse, die zusammengesteckten Haare lösten sich und flogen um ihren Kopf. Cabral beobachtete sie von der Empore. Er staunte. Wie war es möglich, dass zwei so unterschiedliche Persönlichkeiten in dieser Frau wohnten? Die verschlossene, ernsthafte Teresa und die explodierende, lebendige Frau, die die Arme in die Höhe schmiss und selbstvergessen eins mit den Beats wurde.

Cabral ging hinunter. Er bahnte sich einen Weg durch die ekstatische Menge. Er fühlte, wie ein Sog von ihr ausging, dem auch er sich nicht entziehen konnte. Er bewegte sich auf Teresa zu und begann zu tanzen. Die Musik wurde wilder, sie kreischte, peitschte die Menge an. Teresa und er sprangen mit den anderen, sangen sich heiser. Sie tranken immer mehr Bier aus Flaschen, das ihnen über das Kinn und die Kleidung lief, weil sie nicht mehr stillstehen konnten. Cabral war schon lange nicht mehr müde. Er dachte auch nicht mehr an den Dienst am nächsten Morgen. Freire, Bernardes und die Toten, sie waren weit weg. In dieser Nacht zählten nur noch Sounds und Schweiß.

Als sie sich leergetanzt hatten, verließen sie die Bar. Cabral schloss das Auto auf, und sie ließen sich auf die Sitze fallen. Teresa klebten Strähnen ihrer schwitzigen Haare an der Stirn. Auf Cabrals T-Shirt mischten sich Schweißflecken mit denen des verschütteten Biers. Er hatte sich schon lange nicht mehr so gut gefühlt.

»Sie können nicht mehr fahren, oder?«, fragte Teresa.

»Was muss eigentlich noch passieren, bevor wir endlich Du sagen?«, stellte Cabral die Gegenfrage. Teresa lächelte.

»Lächelst du?«, fragte er ungläubig.

»Vielleicht.«

»Gut.«

»Gut?«

»Solltest du viel öfter tun.« Cabral unterdrückte ein Gähnen.

»Wie viele Stunden Schlaf bekommst du noch, bevor du arbeiten musst?«, fragte sie.

»Nicht genug. Aber keine Sorge, so etwas kommt schon ab und zu mal vor.«

»Immer noch der Mordfall? Besser gesagt die beiden?«

Cabral nickte. Er fuhr sich mit der Hand über die vor Müdigkeit brennenden Augen.

»Wie weit seid ihr?«

»Eigentlich sagt man in unserer Branche gerne: Kennst du die Verbindung, kennst du das Motiv und den Täter. Das trifft aber nicht immer zu. Es gibt eine Verbindung zwischen den beiden Morden, aber mir sagt das trotzdem nichts.«

Jetzt blickte Teresa ihn aufmerksam von der Seite an. So gut es ging, denn auch sie hatte keine geringe Menge Alkohol im Blut.

»Habt ihr etwa immer noch den Verdacht gegen *Linha Vermelha*? Ist es das, was die beiden Fälle verbindet?«

»Ganz aus dem Schneider sind die noch nicht. Es gibt diese Verbindung zu beiden Opfern. Das können wir nicht außer Acht lassen. Aber es gibt auch eine Verbindung zu einer Frauengruppe, so eine Art Selbsthilfegruppe. Aber das dürfte ich dir eigentlich gar nicht erzählen.«

Diesmal konnte er es nicht mehr unterdrücken. Er gähnte ausgiebig. Als er die Augen wieder öffnete, bemerkte er, dass Teresa kerzengerade auf dem Beifahrersitz saß. Sie wirkte, als wäre sie schlagartig wieder nüchtern geworden.

»Was für eine Frauengruppe?«, fragte sie.

»Lass uns doch über etwas anderes sprechen als über meine Arbeit. Oder am besten, gar nicht.« Er grinste schief. »Ich glaube, ich bin kein guter Gesprächspartner mehr heute Nacht.«

»Sag mir doch bitte nur, um was für eine Gruppe es sich handelt.«

»Warum interessiert dich das denn so?« Jetzt raffte sich auch Cabral auf und nahm eine aufrechte Position ein.

»Bitte.« Sie sah ihn todernst an.

»Eine Gesprächsgruppe für Frauen, in der es um Beziehungsprobleme, Trennungen bis hin zu häuslicher Gewalt geht.«

Teresa legte eine Hand über ihren Mund und wendete den Kopf ab. Gänsehaut lief über ihre nackten Arme. Nachdem sie eine Weile aus dem Fenster geschaut und Cabral sie gelassen hatte, sprach sie fast flüsternd weiter.

»Finden die Treffen im ehemaligen *Atelier do Carnaval* statt?«

»Woher weißt du das?« Cabrals Herz schlug schneller. Teresa blickte weiter stur in die andere Richtung. Er legte seine Hand behutsam auf ihren Unterarm, der sich kühl wie Porzellan anfühlte. Die Hitze war verflogen. »Teresa?«

Sie drehte ihren Kopf. Cabral erschrak. Alle Leichtigkeit und Gelöstheit der vergangenen Stunden waren einer Leere gewichen, die ihm Angst machte. Da begriff er. Ihre Ehe. Die Trennung. Die Rückkehr nach Portugal. Ihre Bemerkung über das Glück, eine kinderlose Ehe geführt zu haben, und die Unbeherrschtheit ihres Mannes. Wut stieg in Cabral auf. Und gleichzeitig ein solch überwältigendes

Gefühl von Wärme in seinem Brustkorb, wie er es lange nicht erlebt hatte.

Er streckte seinen Arm aus und strich ihr über das zerzauste Haar. Sie ließ es zu. Es brachte die rissige Mauer vollends zum Einsturz. Stumme Tränen rannen ihr über die Wangen. Sie tastete in ihren Hosentaschen nach einem Taschentuch und fand nichts.

»Hier«, sagte Cabral. Er bot ihr den Ärmel seines T-Shirts. Teresa lehnte sich zu ihm herüber, tupfte die Tränen weg, doch der Strom wollte nicht versiegen. Cabral schloss sie in die Arme und merkte, wie sich ihre gespannte Haltung auflöste und sie sich wie ein Kind schluchzend von ihm wiegen ließ.

Irgendwann hatte sie alles aus sich herausgeweint. Ihre Augen waren verquollen, die Nase gerötet. Doch Cabral erkannte auch, dass dieser Dammbruch überfällig gewesen war und Platz geschaffen hatte für neue Kräfte. Allerdings hatte er nicht geahnt, welcher Art diese neuen Kräfte waren, bis sie etwas sagte und er erst glaubte, sich verhört zu haben.

»Wie bitte?« Er fasste sie bei den Oberarmen und hielt sie ein Stückchen von sich weg.

»Ich kann dir helfen. Ich kann mich in der Gruppe umhören, ein paar Fragen stellen.«

Cabral lachte auf. »Kommt nicht in Frage.«

Teresa zog die Augenbrauen zusammen. »Warum nicht?«

»Du bist keine Polizistin. Ich hätte dir das nicht einmal erzählen dürfen.«

»Hast du aber«, erwiderte sie. »Wo ist das Problem? Ich war bisher einmal in dieser Gruppe. Nur um mich vorzustellen. Ich habe gesagt, dass ich wiederkommen würde, wenn ich darüber ausreichend nachgedacht habe. Und das habe ich.«

»Teresa, wenn es in der Gruppe wirklich jemanden gibt, der mit den Morden zu tun hat, wird diese Person schnell merken, dass du eine Menge neugieriger Fragen stellst. Damit bringst du dich womöglich in Gefahr, das kann ich nicht zulassen.«

»Es ist meine Entscheidung.« Bockig und mit einer Entschlossenheit, von der Cabral nicht wusste, wie er sie unter Kontrolle bekommen sollte, schlug sie mit der Hand auf das Armaturenbrett. »Wenn ich dazu beitragen kann, dass *Linha Vermelha* endgültig von jedem Verdacht freigesprochen wird, dann will ich das tun. Mir liegt diese Sache am Herzen, das weißt du.«

»Wenn *Linha Vermelha* nichts damit zu tun hat, wird es sich früher oder später herausstellen. Aber ich kann dich nicht …«

Cabral verstummte. Teresa sah ihn an. Unnachgiebig. Ihre Augen loderten vor Zorn.

»Tu das nicht«, flüsterte sie leise.

»Was?«

»Sei nicht so wie die anderen. Entscheide nicht für mich.«

Cabral fiel im Sitz zurück. Er fuhr sich mit beiden Händen durch das Haar. Wie hatte es so weit kommen können? Das hätte er nicht zulassen dürfen. Aber er las in ihrem Gesicht, dass er es nicht wiedergutmachen könnte, sollte er sie daran hindern.

»Teresa.« Er nahm ihre beiden Hände in seine. »Versprich mir, dass du nichts Unüberlegtes tust. Ich bitte dich.«

Dankbarkeit spiegelte sich in ihren Augen. »Versprochen.«

Als Cabral eine halbe Stunde später seine Haustür in Porto Covo aufschloss, saß Lapa immer noch in der Wache in Sines.

42

Cabrals Nerven waren zum Zerreißen angespannt. Bernardes saß in seinem Büro, und kippelte mit dem Stuhl vor und zurück wie ein Schulkind.

Cabral wusste inzwischen nicht mehr, was Bernardes überhaupt noch in Sines machte. Sie kamen seit zwei Tagen nicht vorwärts. Fátima da Costa hatte sich nicht wieder gemeldet. Niemand konnte sie schließlich zwingen, erneut Kontakt aufzunehmen. Sie war nicht mehr verdächtig, daher konnten sie auch keine Fahndung rausgeben, nur weil sie sich gern mit ihr unterhalten wollten.

Linha Vermelha trat seit dem Vorfall am Stadion nicht mehr in Erscheinung. Es war still geworden um die Gruppe, vielleicht aus Angst vor der eigenen Courage.

Freire benahm sich, als ginge ihn das alles bereits nichts mehr an. Er las Inserate des Wohnungsmarkts in Lissabon.

Der Einzige, der Cabral unverändert freundlich zugetan war, war Lapa. Und das hatte Cabral nun wirklich nicht verdient, was er sich selbst eingestehen musste. Natürlich war die Wache der GNR vierundzwanzig Stunden lang besetzt und somit immer jemand anwesend, der sich um den Hund kümmern konnte. Aber so hatte Lapa sich das sicher nicht vorgestellt, als er ihm an dem Morgen bei *O Guia* ins Auto gehüpft war.

Es klopfte an der Tür.

»Kommen Sie rein!«, schnauzte Cabral. Er täuschte Höflichkeit nicht einmal mehr vor.

Die Tür öffnete sich, und Lieke Zeeman trat ein. Bernardes wäre um ein Haar mit dem Stuhl rücklings auf den Boden geknallt. Selbst Freire hob seinen Blick für einen Moment von der Zeitung. Sie war eine blendende Erscheinung. Die langen blonden Haare umspielten ihre Schultern. Sie trug ein apfelgrünes, ärmelloses Sommerkleid und Sandaletten, die nur durch zwei so zierliche Riemchen am Fuß gehalten wurden, dass es aussah, als würde sie barfuß gehen.

»*Bom dia*, Senhora Zeeman«, sagte Cabral. Ein unmissverständlicher Seitenblick auf Bernardes machte ihr klar, dass sie besser förmlich blieben. Lieke verstand.

»*Bom dia*. Ich war in der Stadt und dachte, ich frage mal nach, ob es neue Erkenntnisse gibt. Ob Sie den Käufer der Skulptur ausfindig machen konnten.«

Bernardes sprang von seinem Stuhl auf und ging zu ihr.

»Und wieso interessiert Sie das?« Er stand so nah bei ihr, dass sie seinen Atem auf dem nackten Oberarm spüren musste. Lieke ließ sich davon nicht aus der Ruhe bringen.

»Nur so.«

Cabral konnte ein Grinsen nicht vermeiden. An Lieke würde sich Bernardes die Zähne ausbeißen.

»Wirklich nur so? Kann es nicht vielmehr sein, dass Sie die Figur –« Bei diesem Wort hielt Bernardes inne. Er ließ seinen Blick von Kopf bis Fuß über Lieke wandern. »Dass Sie die Figur verkauft haben, anschließend vom Vermittler um ihr Geld geprellt wurden und Sie daraufhin Mord-gelüste verspürt haben?«

Lieke sah von einem zum anderen. Dann brach sie in schallendes Gelächter aus. Cabral schaltete sich ein.

»Lieke, komm mit vor die Tür.«

Bernardes klappte der Unterkiefer herunter. »Lieke? So ist das also!«

Sie hörten ihn immer noch unverständliches Zeug hinter ihnen herrufen, als sie bereits draußen vor der Wache standen.

»Ist das wirklich der Grund für deinen Besuch?«, fragte Cabral.

»Nein, nicht wirklich. Ich hatte in Sines zu tun und wollte dich sehen.« Cabral war schon heiß genug in der prallen Vormittagssonne. Er trat einen Schritt zurück.

In diesem Moment kam Teresa um die Ecke. Als sie Cabral und Lieke sah, blieb sie wie angewurzelt stehen.

»Teresa, was machst du denn hier?« Cabral fühlte sich unbehaglich. Lieke sah ihn an. Sie schien zu erwarten, dass er die Frauen einander vorstellte. Er tat es nicht.

»Ich wollte zu dir«, sagte Teresa.

»Nur so?«, fragte Cabral.

»Nein, ich – «

Bernardes trat aus der Tür. Er musste die Szene durch das Fenster beobachtet haben.

»Du bist beliebt heute, Nuno. Ich verstehe nicht, warum«, sagte er.

Teresa trat einen Schritt zur Seite. Bernardes' Präsenz war ihr offensichtlich unangenehm.

Cabral rollte mit den Augen. »Was um Himmels willen willst du, Bernardes? Dies ist eine private Unterhaltung.«

»Privat, sicher. Und Sie sind?«, fragte er Teresa und kam ihr so nah wie zuvor Lieke.

»Bernardes, verschwinde«, sagte Cabral warnend. »Du rufst jetzt in Setúbal an und erklärst deinen Vorgesetzten, dass wir keine Verwendung mehr für dich haben. Ich will dich packen sehen, wenn ich wieder reinkomme.«

Hasserfüllt sah Bernardes ihn an. Dann ließ er ihn ohne ein weiteres Wort stehen.

»Teresa, Lieke, es tut mir leid.«

»Schon gut«, unterbrach Lieke ihn. »Ich muss los. Ich bin schon spät dran. *Adeus*, Teresa.« Sie beugte sich augenzwinkernd zu Cabral und flüsterte ihm ins Ohr. »Du bist verliebt. Das hättest du mir doch gleich sagen können.«

Cabral wollte protestieren. Er riss die Augen auf und schnitt eine Grimasse, um Lieke zu bedeuten, dass sie zu laut sprach.

Lieke grinste. »Du streitest es nicht einmal ab!« Sie drückte ihm einen Kuss auf die Wange und ging.

Cabral drehte sich zu Teresa um. Sie starrte auf ihre Schuhspitzen und schien sich auf irgendetwas sehr Spannendes dort unten zu konzentrieren. Sie hatte es gehört. So viel war klar.

»Gut, dann erzähl mir doch, warum du hier bist.« Er flüchtete in die Sachlichkeit.

»Ich wollte dir von der Gruppe berichten. Ich war gestern bei einem Treffen.«

Cabral hatte immer noch gehofft, dass sie es sich anders

überlegen würde. Er fasste sie am Ellenbogen und führte sie die Straße hinunter. »Lass uns ein Stück gehen.«

»Es waren zehn Frauen gestern, zwei davon leiten die Gruppe.« Cabral dachte an die Aussage von Rita Alves. Sie leitete nicht, sie koordinierte. »Die eine ist eine Rita, die andere Isa. Wir verwenden keine Nachnamen, um eine gewisse Anonymität zu wahren. Das macht es einfacher, sich zu öffnen.«

»Und?«, hakte Cabral nach, als Teresa innehielt. Sie biss sich auf die Unterlippe. »Du musst das nicht tun, Teresa.«

»Ich versuche nur, die richtigen Worte zu finden für das, was ich dort empfunden habe. Ich glaube, das ist sehr wichtig. Die Gruppe hat mir das Gefühl gegeben, verstanden zu werden. Man hat mich aufgenommen wie eine ... Schwester. Hört sich komisch an, aber so hab ich mich dort gefühlt.«

»Das ist doch gut, oder?«

»Ja, das war sehr gut. Aber es hat sich verändert im Laufe des Abends. Ich hatte manchmal das Gefühl, nicht folgen zu können. Wie wenn jemand einen Insiderwitz erzählt, den man nicht versteht.«

»Aber ist das nicht normal, wenn man neu in einer Gruppe ist?«, fragte Cabral.

»Ja, bestimmt. Aber das war noch nicht alles. Die Fragen wurden konkreter. Gar nicht zu meinen Erfahrungen, sondern vielmehr dazu, wie ich zu der Gruppe stehe. Ich dachte die ganze Zeit, die verlangen gleich eine Mutprobe von mir. Oder ich muss irgendein Aufnahmeritual bestehen.«

»Und? War es so?«

»Nein, aber ich hab mich mehr und mehr unwohl gefühlt. Es war beklemmend.«

»Aber das hat alles nichts mit den Fällen zu tun. Wenn
du da weiter hingehen willst, dann tu das. Aber vergiss die
Fälle.«

»Da war noch etwas. Wir haben eine kleine Pause gemacht, und ich war auf der Suche nach der Toilette. Es
gibt da eine Treppe, die nach unten führt. Ich hatte meinen
Fuß schon auf der obersten Stufe, da hat mich Rita zurück-
gehalten.« Cabral sah sie fragend an. »Ich meine, sie hat
mir nicht nur einfach gesagt, dass die Toilette woanders
ist. Sie hat getan, als wäre ich in eine militärische Sperr-
zone eingedrungen. Freundlich, aber so eindringlich, dass
ich das Gefühl hatte, sie würde mich davor warnen, es noch
einmal zu versuchen.«

Plötzlich war Cabral alarmiert.

»Das hört sich nicht gut an.« Cabral rieb sich das Kinn.
»Teresa, ich meine es ernst. Halte dich aus der Sache raus.
Ich kann nicht verantworten, dass du dich in Schwierig-
keiten bringst.«

Trotzig presste sie die Lippen zusammen. Es war hoff-
nungslos. Sie war zu sehr darauf aus, sich durchzusetzen
und keine Schwäche zu zeigen. Je mehr er redete, umso
weniger würde sie einlenken. Also hielt er besser den
Mund.

»Danke, Teresa. Ich weiß noch nicht, was ich mit deinen
Eindrücken anfangen kann, aber vielleicht ergeben sie später irgendwann einen Sinn.«

»Du kannst damit gar nichts anfangen, richtig? Sag es ruhig.«

»Wie ich sagte, ich weiß es noch nicht.« Cabral seufzte. Er musste die Worte vorsichtig wählen. »Ich möchte deine Eindrücke oder Gefühle nicht ... nicht ... kleinreden oder so. Aber für unsere Ermittlungen ist es vermutlich nicht relevant. Tut mir leid.«

»Ja, ich verstehe. Vielleicht habe ich mich ja auch getäuscht. Die neue Gruppe, die Themen dort ... ich war aufgeregt. Da reagiert man schon mal ein bisschen über.«

Cabral versuchte herauszuhören, ob da Bitterkeit mitschwang, sie sich unverstanden fühlte. Aber da war nichts.

»Ich muss da rein.« Cabral deutete mit dem Daumen über seine Schulter.

»Ich muss auch. *Adeus*.« Sie wandte sich zum Gehen.

Das wollte er nun auch wieder nicht.

»Wollen wir etwas zusammen essen heute Abend?«, sprudelte es aus ihm hervor. Er rechnete erst mit einer Absage. Sie sah aus, als passe ihr der heutige Abend überhaupt nicht. Doch dann schenkte sie ihm ein Lächeln.

»Ja, gerne.«

»Gut, ich hole dich in der Pension ab.«

Sie nickte kurz und war im nächsten Moment verschwunden.

43

Cabral hatte sich etwas Besonderes einfallen lassen. Er hatte einen Korb voller Köstlichkeiten zusammen-
gestellt und eine Picknickdecke eingepackt. Alles andere
hätte seiner Meinung nach viel zu sehr den Charakter eines
regelrechten Rendezvous gehabt. Das wollte er vermeiden.

»Wir sind da«, sagte er zu Teresa. Sie waren gerade
einmal fünf Minuten gefahren und immer noch mitten in
Sines. Entsprechend erstaunt sah sie ihn an. Cabral grinste
und deutete auf den Jardim das Descobertas. Da dämmerte
es Teresa.

»Der Musikabend. Ist das heute?«

»Genau. In einer halben Stunde geht es los. Bist du
einverstanden? Wir können auch woanders …«

»Nein, auf keinen Fall. Das ist eine schöne Idee. Ich hab
davon gehört, aber war noch nie dabei.«

»Ist ja auch eigentlich nicht unsere Altersklasse.« Cabral
lachte.

Der Garten der Entdeckungen war eine öffentliche An-
lage mitten in der Stadt. Künstliche Wasserläufe durch-
zogen die Rasenflächen, schattenspendende Palmen mit
Stämmen, die aussahen wie gigantische Ananasfrüchte,
säumten die Gartenfläche. Es war der Treffpunkt für die
Senioren in Sines. Hier trafen sie sich zum Schwatz in dem

kleinen Café, spielten Karten und Brettspiele, und von Zeit zu Zeit gab es Musik und Tanz. Alles war darauf ausgelegt, die Isolation der älteren Bevölkerung zu bekämpfen und deren Lebensqualität zu fördern. Vor nicht allzu langer Zeit war sogar Tio Higino am Abend aus Porto Covo herüber-gekommen, um das Tanzbein zu schwingen. Das war, be-vor er beschlossen hatte, nicht mehr Autofahren zu wol-len. Und bevor sein Dreieck ihm genügte. Wenigstens war er in Porto Covo immer in Gesellschaft und nicht einsam. Heute hatte er sogar einen Übernachtungsgast. Nach harten Verhandlungen war es Cabral gelungen, Lapa bei seinem Großonkel unterzubringen.

»Der Hund ist schon ganz heiser, weil er jeden Tag stun-denlang bellt«, hatte Cabral argumentiert.

»Das würde ich auch, wenn ich den ganzen Tag alleine wäre«, hatte Tio Higino erwidert.

»Er ist ja nicht alleine. In der Wache sind den ganzen Tag Leute.« Selbst in der Nacht, aber das hatte er besser nicht erwähnt, hätte es doch sein sträfliches Versäumnis offenbart.

»Aber du bist seine Bezugsperson. Du hast ihn von der Straße geholt.«

»Da hätte er es vermutlich besser gehabt.«

»Endlich mal ein wahres Wort.«

»Tio, was soll ich denn machen! Ich bin es einfach nicht gewohnt, mich um jemanden zu kümmern.«

»Ja, und genau das ist dein Problem.«

Der Satz hatte gesessen. Es folgten lahmes Protestie-ren und schwache Erklärungen zu dem zeitraubenden Job eines Chefinspektors. Doch Cabral wusste selbst, dass das alles vorgeschobener Blödsinn war. Am Ende hatte Tio Higino eingewilligt. Um die Familienehre zu retten, wie er sagte.

Cabral trug den Korb in den Schatten unter ausladenden Palmblättern und breitete die Decke aus. Sie setzten sich, und er packte aus. Zwei Flaschen Wein, Wasser, ein Laib Brot, knusprig und duftend. Cabral aß es gern, wie es hier üblich war. Nahezu pur, lediglich verfeinert durch ein wenig darüber geträufeltes goldfarbenes Olivenöl. Er hatte davon eine Flasche eingepackt. *Queijo de Ovelha*, ein cremiger Käse aus Schafsrohmilch, aromatisiert mit einem Aufguss aus Disteln. Dazu durften *Petiscos* nicht fehlen, die Kleinigkeiten, die man mit den Fingern aß oder allenfalls mit Zahnstochern aufspießte, lange bevor im Rest der Welt Fingerfood Mode geworden war. Kalter Stockfisch, in Öl eingelegte Möhren, gegrillte Paprika und gebratene Pilze mit viel Koriander. Frittierte Grüne Bohnen und *Rissois*, halbrunde Pasteten mit Fleischfüllung.

Teresa staunte nicht schlecht. Cabral fühlte sich ein bisschen wie ein Hochstapler und gab zu, dass er nicht selbst in der Küche gestanden hatte.

»*O Guia*«, sagte er. »Ich war noch kurz dort, bevor ich dich abgeholt habe.«

Nach und nach trafen immer mehr Leute ein. Auf ihren Krückstock gestützte, alleinstehende Herren. Frauen, meist zu zweit oder zu dritt, die sich untergehakt hatten. Die Musik im Pavillon, der wie eine kreisrunde, überdachte Bühne angelegt war, begann zu spielen. Ein Fado wurde angestimmt. Die Klänge der *Guitarra Portuguesa* schwebten in den abendlichen Himmel. Cabral und Teresa aßen schweigend und beobachteten die alten Leute, die mit glühenden Wangen und glänzenden Augen der Musik lauschten. Sie warteten auf ihren Einsatz, denn es war im Fado üblich, mitzusingen. An den dafür gedachten Stellen forderte die oder der *Fadista* mit einer beiläufigen Handbewegung dazu auf.

Später, als Teresa und Cabral satt und träge an den Palmenstamm gelehnt die Beine ausgestreckt hatten, begann der Tanz. Die Senioren schoben sich mehr oder weniger sicher auf den Beinen über die kleine Tanzfläche vor dem Pavillon. Manche wippten oder wiegten sich nur, ohne sich von der Stelle zu bewegen. Oft waren es auch zwei Damen, die in Ermangelung von genug Herren miteinander tanzten.

Cabral sah zur Seite. Besorgt bemerkte er, dass Teresa den Tränen nah war.

»Alles in Ordnung?«, fragte er.

»Ja, mir fehlt nichts.« Hastig fuhr sie sich über die Augen, bevor die Tränen sich lösten. »Es ist nur … die alten Leute, sie rühren mich. Siehst du die beiden dort drüben?«

Teresa deutete auf ein Paar, das mit ineinander verschränkten Händen und geschlossenen Augen der Musik lauschte. Ein Ausdruck von tiefem Frieden lag auf ihren Gesichtern.

»Ich dachte nur daran, dass es auch das gibt«, sagte sie. »Dass man miteinander alt wird und dankbar dafür ist, dass man einander hat.«

Cabral wusste nicht, was er sagen sollte, ohne dass es

banal klingen würde. Er hatte bei seinen Eltern erlebt, wie hässlich eine Ehe dem Ende zugehen konnte. Er selbst konnte ebenfalls nicht viel zu dem Thema beitragen, nach all den Desastern, die er selbst schon erlebt hatte.

»Ich dachte am Anfang, meine Ehe könnte auch so verlaufen«, sagte Teresa unvermittelt. »Aber so war es nicht. Sie begann mit großen Gefühlen, viel Kitsch und Romantik – wir haben auf einem Schloss geheiratet – und endete mit Tränen, Hass und Gewalt.«

»Dein Mann war gewalttätig?« Cabral war die Frage herausgerutscht. Teresa störte sich nicht daran.

»Ja. Als es beruflich bergab ging. Es begann mit der ausgerutschten Hand. Entschuldigungen, Beteuerungen. Dann kam Alkohol dazu. Er hatte sich immer seltener unter Kontrolle. Bald konnte ich die blauen Flecken nicht mehr verbergen und bin kaum noch aus dem Haus gegangen.«

»Mein Gott, Teresa, das tut mir leid.« Cabral strich vorsichtig über ihren Unterarm.

»Ich hab das viel zu lange mitgemacht. Pflichtgefühl, Skrupel. Ich kann nicht mehr sagen, was mich gehindert hat, früher zu gehen. Vielleicht sogar die irrationale Hoffnung, dass irgendwann doch alles wieder gut werden würde.«

»Das ist verständlich, glaube ich.«

»Ja, wenn es nur mich betroffen hätte.«

»Was meinst du damit?«

Teresa antwortete nicht. Sie blickte nur geradeaus und schien weit weg zu sein. Sie hatte ihre Hände so fest zu Fäusten geballt, dass die Knöchel weiß hervortraten. Cabral beließ es dabei. Er hatte heute bereits viel über sie erfahren.

»Danke, dass du es mir erzählt hast. Es ist sicher nicht leicht, darüber zu reden«, sagte er.

Sie schüttelte sich, als müsste sie Erinnerungen loswerden. »Jetzt weißt du, warum ich die Gruppe besuche. Und warum mir daran liegt zu wissen, ob dort alles professionell zugeht und sich die Frauen in vertrauensvolle Hände begeben. Gestern hat mir mein Gefühl jedenfalls etwas anderes gesagt.«

»Lass uns tanzen«, schlug Cabral vor, um nicht wieder über die Ermittlungen reden zu müssen. Doch Teresa lehnte ab. Sie beteuerte, nicht tanzen zu können, und brachte Cabral damit zum Lachen.

»Das hat neulich aber anders ausgesehen«, sagte er.

»Das war Rockmusik! Das kannst du doch nicht vergleichen.«

In diesem Moment kam ein alter Mann über den Rasen auf sie zugewackelt. Er blieb vor ihnen stehen, deutete eine Verbeugung an und bat Teresa zum Tanz. Altmodisch und formvollendet.

»Wenn Sie gestatten, junger Mann«, sagte er an Cabral gewandt.

»Aber sicher.« Aufmunternd nickte er Teresa zu, deren Blicke sagten, dass sie ihm diesen Verrat heimzahlen würde. Doch sie stand auf, hakte sich bei dem alten Mann ein und schlenderte mit ihm zum Pavillon. Cabral beobachtete die beiden eine Weile dabei, wie sie auf unsicheren Füßen ihre Drehungen vollführten. Dann schloss er die Augen und hielt eine späte Siesta.

44

Die hohen Scheinwerfer des angrenzenden Parkplatzes waren erloschen, der Supermarkt geschlossen. Auch die Angestellten der umliegenden Firmen hatten längst Feierabend gemacht. Hinter den Fenstern war alles dunkel. Cabral stand mutterseelenallein in stockfinsterer Nacht vor dem *Atelier do Carnaval*. Abgesehen von ein paar Ratten, die durch den rundherum abgelegten Müll huschten.

Das Türschloss zu den Büroräumen des Ateliers würde leicht zu knacken sein. Er durfte jedoch keine Spuren hinterlassen. Daher verwendete er einen professionellen Dietrich. Er führte das Werkzeug in das Schloss ein und versuchte, die Stifte in die richtige Position zu bringen, ohne etwas zu beschädigen. Es erforderte eine Menge Fingerspitzengefühl.

Cabral hatte Teresa nach ihrem Picknick an der Pension abgesetzt, war in die Wache gefahren und hatte sich besorgt, was er für sein Unternehmen brauchen würde. Einschließlich seiner Waffe, die im Gürtelholster steckte. Danach war er hierhergefahren. Teresas Bericht über den Keller war nichts, was eine Durchsuchung gerechtfertigt hätte. Ganz sauber kam ihm die Sache jedoch auch nicht vor. Bevor er jemanden aufscheuchte und Chancen versaute, würde er daher lieber erst einmal inoffiziell herausfinden, was es damit auf sich hatte.

Cabral hatte alle Stifte richtig gesetzt. Der Zylinder ließ sich drehen, und das Schloss sprang auf. Er steckte das Werkzeug in die Hosentasche, drückte vorsichtig die Tür auf und leuchtete mit seiner schweren LED-Taschenlampe in den Flur. Nacheinander schritt er die Räume ab. Dabei fand er nichts außer Kartons mit den Resten der Karnevals-gruppen. Bastelmaterial, Stoffe, Farben. Es sah nicht viel anders aus als im Innenhof.

Dann fand er den Raum, in dem ganz offensichtlich die Treffen abgehalten wurden. Darin befand sich ein Tisch, auf dem eine Kaffeemaschine, ein Wasserkocher und et-liche Sorten Tee standen, daneben eine Dose mit Keksen und ordentlich aufgereiht mehrere bunte Tassen. Eine Box mit Taschentüchern. Cabral hatte einen Stuhlkreis erwar-tet, aber da war er wohl seinen Klischeevorstellungen er-legen. Es gab zwei gemütliche Sofas, vier Sessel, Kissen und Wolldecken.

Unterlagen über die Treffen, denen er Namen, Anschrif-ten oder die Geschichten der Teilnehmerinnen entnehmen konnte, fand er nicht.

Cabral ging weiter, bis er die Tür fand, hinter der eine Treppe lag. Vorsichtig stieg er die Stufen hinunter. Der muffige Geruch von ungelüfteten Kellerräumen schlug ihm entgegen. Schimmel, Staub. Auch noch etwas anderes lag schwer in der Luft. Er konnte den Geruch nicht einord-nen. Auch hier unten gab es mehrere Türen, die von einem Gang abgingen. Abgeblätterter Putz knirschte unter seinen Schuhen. Er öffnete die erste Tür und stieß auf einen Hei-zungskeller, der nicht mehr in Betrieb war.

Ein plötzliches Geräusch aus dem Stockwerk über ihm ließ Cabral innehalten. Er schaltete die Taschenlampe aus. Von einer Sekunde zur anderen war um ihn herum nur noch absolute Schwärze. Er hatte sich nicht getäuscht. Diesmal war es keine Ratte. Jemand war im Haus und zog jetzt die Tür des Kellers auf. Ein Lichtkegel fiel die Treppe herunter.

Cabral zog sich hinter die Tür des Heizungskellers zurück und drückte sich flach gegen die Wand. Er löste langsam und so geräuschlos wie möglich die Waffe aus dem Holster und entriegelte die Abzugssicherung. Die Person war unten am Treppenabsatz angekommen und bewegte sich über den Korridor. Cabral spannte die Muskeln in seinem rechten Arm an. Licht fiel in den Heizungskeller. Der andere trat durch die Tür, hinter der sich Cabral verbarg. Noch ein Schritt, dann war er genau auf der Höhe von Cabrals Arm.

»Stehen bleiben! Sofort!«

Ein Aufschrei. Die Taschenlampe schlug mit einem Knall auf dem Boden auf und erhellte die staubigen Fußleisten.

»Treten Sie jetzt langsam in den Raum«, rief Cabral. »Mit erhobenen Händen, keine unbedachten Bewegungen!«

»Nuno?«

Cabral war wie vor den Kopf geschlagen.

»Teresa?« Er schaltete seine eigene Taschenlampe wieder an und strahlte ihr damit direkt ins Gesicht. Schützend hielt sie die Hände vor die Augen. »Was zum Teufel tust du hier?«

»Und du?«, stellte sie die Gegenfrage. Ihre Stimme zitterte.

»Ich bin Polizist, verdammt nochmal.« Cabral konnte seine Wut kaum beherrschen. »Ich hab meine entriegelte Waffe in der Hand und auf dich gezielt. Weißt du, was passiert wäre, wenn du eine plötzliche Bewegung gemacht hättest? Ich hätte womöglich auf dich geschossen! *Foda-se*!«

Cabral sicherte seine Waffe und steckte sie zurück in das Holster.

»Kann ich meine Arme wieder runternehmen?«, fragte Teresa.

»Ja, verdammt!« Plötzlich, ohne lange darüber nachzudenken, war er bei ihr und schloss sie in die Arme. »Wie oft hab ich gesagt, du sollst dich nicht in Gefahr bringen, und dann läufst du mir direkt vor die Knarre. Mach so was nicht wieder.«

»Woher sollte ich denn wissen, dass du hier bist?« Sie machte sich frei.

Cabral fuhr sich durch die Haare. Er sollte die ganze Aktion abbrechen. Andererseits würde er nicht noch einmal herkommen und von vorne anfangen.

»Ins Auto schicken lässt du dich von mir sicher nicht. Aber bleib wenigstens dicht bei mir und schleich nicht alleine durch irgendwelche Räume. Wie bist du überhaupt hereingekommen?«

»Die Tür war offen.«

Cabral hätte um ein Haar laut losgelacht. Sicher, er hatte die Tür ja selbst geöffnet und unverschlossen gelassen.

Zusammen gingen sie weiter und inspizierten noch drei

weitere Räume, die alle leerstanden. Außer Schmutz und Spinnen gab es nichts zu sehen. Erst ganz am Ende stießen sie auf eine abgeschlossene Tür.

»Ich weiß nicht, was wir anderes finden sollten als in den Räumen zuvor. Aber der Vollständigkeit halber ...« Cabral bearbeitete das Schloss mit seinen Werkzeugen.

»Im Gegensatz zu den anderen Räumen ist dieser versperrt. Meinst du nicht, dass das einen Grund hat?« Teresa klang, als hätte sie Lust auf ein Abenteuer.

»Vielleicht haben die nur die Schlüssel verlegt, als nach dem Sturm alles geräumt wurde.«

Mit einem schwachen Klicken sprang das Schloss auf. Cabral drückte die Türklinke herunter und trat ein. Teresa folgte dicht hinter ihm. Cabral hob die Taschenlampe an, um den Raum zu untersuchen.

»Was zur Hölle – !« Er beendete den Satz nicht und blieb wie angewurzelt in der Tür stehen.

»Was ist?«, fragte Teresa angstvoll hinter ihm.

»Die Königin«, sagte er tonlos.

»Was?« Teresa schob sich an ihm vorbei. Sie schlug sich die Hand vor den Mund. »Mein Gott, was ist das?«

»Das ist die Skulptur, die Lieke an Rita Alves verkauft hat. Durch die Vermittlung von Paulo Branco, unserem zweiten Mordopfer. Filipe Neves, unser erstes Opfer, war der Verlobte einer Teilnehmerin dieser Gruppe. Das ist die Kurzversion der ganzen Geschichte.«

»Wieso steht die hier im Keller?«

»Ich hab keine Ahnung. Ich weiß nur, dass Rita Alves uns nicht die Wahrheit erzählt hat.«

Teresa tastete die Wand neben der Tür ab, bis sie einen Lichtschalter gefunden hatte. Einen Augenblick später erhellte sich der Raum. Etwas hier war anders. Cabral fiel auf, dass es anders roch. Nicht der Geruch von Zerfall und Moder dominierte, sondern der von scharfen Reinigungsmitteln und einer eigenartigen Süße.

An einer Seite des Raumes befand sich ein kleines Podest. Darauf stand ein Stuhl mit einer hohen Lehne, die mit kunstvollen Schnitzereien versehen war. Auf diesem Stuhl thronte die Skulptur. Die Füße standen vornehm und schicklich eng nebeneinander. Der linke Arm lag angewinkelt auf der Armlehne. Der rechte wiederum war ausgestreckt auf dem Oberschenkel abgelegt, mit dem Handrücken nach oben.

Teresa näherte sich vorsichtig der Figur, als könne sie zum Leben erwachen und sie anspringen. Sacht fuhr sie mit den Fingerspitzen über die ausgewalzten Metallstücke, die das königliche Gewand bildeten. Im Schein der schummrigen Beleuchtung schimmerte es in verschiedenen Schattierungen. Selbst Cabral musste zugeben, dass er die Skulptur einzigartig fand. Nur das verhängte Gesicht war schaurig. Er fragte sich, was sich dahinter verbarg, trat näher und bewegte die glänzenden Schnüre zur Seite. Nichts. Nur eine glatte Metallfläche. Was also sollte dem Blick des Betrachters verborgen bleiben?

»Sie ist wunderschön«, sagte Teresa. »Tatsächlich majestätisch. Sieh doch nur, wie sie ihre rechte Hand hält. Als würde sie sie den defilierenden Untertanen für einen ehrerbietigen Handkuss entgegenstrecken. Es ist –«

Cabral sog scharf die Luft. Etwas war geschehen. Für den Bruchteil einer Sekunde. Mehr ein Gefühl als ein konkretes Bild. Ein Déjà-vu? Eine Erinnerung?

»Was ist?«, fragte Teresa. »Geht es dir nicht gut?«

»Schhh!« Cabral ließ sich rückwärts an die Wand sinken und rutschte an ihr herunter, die Hände vor dem Gesicht. »Lass mich. Nicht reden.«

Zusammengesunken verharrte er so eine Weile auf dem Boden. Dann sprang er auf die Beine, packte Teresa am Handgelenk und zog sie zur Tür.

»Was ist los? Du machst mir Angst«, rief Teresa.

»Lass uns gehen. Sofort.« Als sich Teresas Arm in seiner Umklammerung versteifte, drehte er sich zu ihr um. »Bitte, Teresa. Jetzt ist keine Zeit für Erklärungen. Aber ich möchte, dass wir sofort diesen Ort verlassen. Ok?«

Die Eindringlichkeit, mit der er sprach, zeigte Wirkung. Sie ließ sich widerstandslos den Gang entlang, die Treppe hinauf und aus dem Gebäude hinaus bis auf die Straße führen. Cabral hatte die Lichter hinter ihnen gelöscht und sorgsam die Türen wieder verschlossen. Sie eilten zu seinem Auto und stiegen ein. Cabral ließ den Kopf auf das Lenkrad sinken.

Er brauchte mehr. Beweise. Wenigstens Anhaltspunkte. Irgendetwas, das ihm sagte, dass er nicht völlig übergeschnappt war. Dass die unmögliche Ahnung, die er im Keller gehabt hatte, nicht nur seinem überreizten Geist entsprungen war. Wenn er recht hatte, so hatte er es mit dem gespenstischsten Fall seiner Laufbahn zu tun.

45

Cabral saß bereits seit mehreren Stunden vor seinem Computer in der Wache. Er hatte angestrengt ohne Unterbrechung auf den Bildschirm gestarrt, so dass seinen Augen inzwischen jeglicher Feuchtigkeitsfilm abhandengekommen war. Es fühlte sich an, als würden die Lider an den Augäpfeln kleben. Reiben machte es nur noch schlimmer. Eigentlich bräuchte er eine Pause, aber je mehr er las, umso mehr hatte er das Gefühl, auf dem richtigen Weg zu sein. Er konnte jetzt nicht aufhören.

Er hatte historische Archive aufgerufen und sich durch wissenschaftliche Texte gelesen, die vornehmlich das 14. Jahrhundert behandelten. Eine ermüdende und trockene Arbeit. Gedichte und Auszüge aus Romanen und Textbüchern waren hingegen in einem blumigen, gestelzten Ton verfasst. Cabral fand das nicht weniger schwer zu ertragen.

Vielleicht hätte er Teresa doch mitkommen lassen sollen. Er hatte sie nur mit Mühe davon abhalten können. Sie hätte sicher mehr Geduld beim Prüfen all dieser Dokumente. Doch wenn er Recht behielt, würde er sie später noch für eine andere Aufgabe brauchen. Spätestens dann würde er ihr von seinem Verdacht erzählen müssen. Und Freire. Selbst Bernardes würde er brauchen. Und Verstärkung durch die GNR, falls genehmigt wurde, was er plante.

Gerade wollte er aufstehen und sich einen weiteren Kaffee aus der Kaffeemaschine im Wartebereich ziehen, als er etwas entdeckte. Er zog den Stuhl näher an den Tisch und den Bildschirm noch dichter vor seine Augen. Flüsternd las er, was dort geschrieben stand. Es war der Hinweis, den er die ganze Zeit gesucht hatte. Er hatte ihn gefunden in den »Lusiaden«, dem Versepos von Portugals bedeutendstem Dichter, Luís de Camões.

Siehe, welch frische Quelle die Blumen gießt, und wie die Tränen Wasser sind, und der Name Liebe.

Cabral sah auf die Uhr. Es war noch nicht einmal Morgen. Er würde Doutor Passos noch nicht erreichen. Er könnte nach Santiago fahren und auf ihn warten, aber was, wenn er heute seinen freien Tag hatte? Was sollte er tun? Er konnte sich nicht hinlegen und schlafen. Er musste dieser Spur folgen, bevor es zu spät war.

Das Internet. Cabral erinnerte sich, dass es tatsächlich zwei Bestattungsunternehmen in Sines gab, die Todesanzeigen inklusive Fotos der Verstorbenen auf Facebook veröffentlichten. Man mochte darüber denken, was man wollte, und Cabral fand es mehr als fragwürdig, doch jetzt kam es ihm gelegen. Beide Unternehmen gaben Datum und Uhrzeit für die jeweilige Trauerfeier und die anschließende Bestattung an. Cabral begann mit der Funerária Santa Casa und scrollte sich in der Chronik nach unten.

Nach einer Weile fiel ihm das Gespräch mit Teresa wieder ein. Tatsächlich waren auffällig viele Verstorbene keine sechzig Jahre alt geworden. Viele waren zum Zeitpunkt ihres Ablebens sogar unter Fünfzig gewesen. Konnte es sein, dass Teresa recht gehabt hatte? Gab es vielleicht wirklich eine ungewöhnlich hohe Zahl an Krebstoten in Sines und Umgebung? Durch seine unmittelbare Nähe zur GNR erfuhr er fast immer, wenn es Unfälle mit Todesopfern gegeben hatte. Sei es im Straßenverkehr, beim Baden im Meer oder auf dem Bau. Und die Zahl, die ihm bekannt war, passte nicht zur Anzahl der Verstorbenen im besagten Alter, die er vor sich auf dem Schirm sah. Es mussten demnach andere Todesursachen vorgelegen haben.

Er war über den Todestag von Branco hinweg, ohne ihn gefunden zu haben. Als nächstes rief er die Agência Funerária Sineense auf und prüfte deren Einträge. Kurz darauf blickte er in das Gesicht von Paulo Branco. Dieser strahlende, sonnengebräunte Mann mit dem gewinnenden Lächeln hatte nichts gemeinsam mit dem Toten am Strand.

Cabral studierte die Angaben.

»Nein!«, entfuhr es ihm. Der Leichnam war bereits am Vorabend zum *velório*, der traditionellen nächtlichen Totenwache, nach Sines überführt worden. Am Nachmittag würde die Totenmesse stattfinden, danach die Beisetzung. Wenigstens entnahm Cabral den Angaben, dass der Leichnam Brancos nicht kremiert werden würde. Es war also noch nicht alles verloren, wenn er auch nicht wusste, wie er den Angehörigen erklären sollte, dass sie den Verstorbenen noch einmal in die Rechtsmedizin zurückschaffen mussten. Oder konnten sie, Doutor Passos und er, die Untersuchung auch vor Ort durchführen? In der Leichenhalle des Friedhofs?

Zuerst musste er bei den zuständigen Behörden in Lissabon die Erlaubnis einholen. Das sollte, wenn er seine Gründe darlegte, kein Problem darstellen. Danach musste er auf dem schnellsten Wege Passos nach Sines schaffen. Cabral schaute abermals auf die Uhr. Noch zwei Stunden, bis er frühestens die zuständigen Stellen benachrichtigen konnte. Er stellte den Alarm auf seinem Smartphone ein und rollte sich im Aufenthaltsraum der GNR auf einer Pritsche zusammen. Zwei Stunden Schlaf. Das musste vorerst reichen.

46

Ganz wie vermutet, hatte Cabral die erforderlichen Genehmigungen erhalten und daraufhin Freire mit einem Einsatzwagen nach Santiago do Cacém geschickt. Verbunden mit der Anordnung, Sirene und Blaulicht einzusetzen, damit er und Doutor Passos so schnell wie möglich zurück wären. Tatsächlich hatten sie es in erstaunlich kurzer Zeit geschafft. Passos' Gesichtsfarbe unterschied sich jedoch nicht wesentlich von der Brancos, als er am Friedhofstor aus dem Auto stieg.

»Eines muss man Ihrem Assistenten lassen«, sagte er zu Cabral und tupfte sich mit einem Taschentuch die Stirn ab. »Fahren kann der Bursche.«

»Gut, dann lassen Sie uns gleich anfangen«, sagte Cabral. »Ich habe den engsten Angehörigen alles erklärt und sie für eine Stunde nach Hause geschickt. Sie sind erstaunlich pragmatisch damit umgegangen. Länger brauchen wir sicher nicht, oder?«

»Nein, ich denke nicht. Ich bin mir sicher, dass ich dieses eigenartige Brandmal nur bei Neves, nicht aber bei Branco gesehen habe. Aber wenn Sie meinen, wir müssen das noch einmal überprüfen ...«

Mit Hilfe eines Cabos der GNR hoben sie den toten Branco aus dem Sarg. Sie legten ihn auf eine Trage, mit der sie in die Leichenhalle verschwanden. Dort legten sie

Branco auf einen bereits vorbereiteten Tisch, über dem eine große Plastikplane ausgebreitet war. Auf einen dafür vorgesehenen Keil bettete Passos behutsam den Kopf.

»Sollen wir ihn gleich ausziehen?«, fragte Cabral und wünschte, Passos würde verneinen.

»Es kommt darauf an, wo sie das Mal vermuten. Im Nacken wie bei Neves war es nicht.« Passos raufte sich die zerzausten Haare. »Und an anderer Stelle wäre es mir doch aufgefallen!«

»Doutor Passos, die Todesursache war ebenso eindeutig zu bestimmen wie bei Neves. Ich will Ihnen nicht zu nahe treten, aber kann es nicht sein, dass Sie daher den Rest des Körpers gar nicht mehr so ganz detailliert untersucht haben?«

Es musste Cabrals Glückstag sein. Passos nahm diese in den Raum gestellte Möglichkeit so gefasst auf, wie Brancos Angehörigen die Tatsache, dass man die Totenruhe schon störte, bevor der Leichnam überhaupt unter der Erde war.

»Kann sein«, murmelte Passos. »Ich weiß es nicht. Ich will es nicht ausschließen.«

»Dann muss es wohl sein, dass wir uns den ganzen Körper vornehmen. Ich hab nämlich auch keine Ahnung.«

Sie gingen bedacht, aber dennoch zügig vor. Von den Zwischenräumen der Zehen über den Schambereich bis zur Mundhöhle und den Ohrmuscheln überprüften sie jeden Zentimeter des Körpers.

»Wie funktioniert dieses Branding genau, Doutor?«, fragte Cabral »Wie bei Tieren?«

Passos ließ sich durch diesen rohen Vergleich nicht aus der Fassung bringen. Sicher war er als Rechtsmediziner Schlimmeres gewohnt.

»Es gibt zwei Möglichkeiten«, erklärte er. »Die heiße und die kalte Variante. Bei beiden wird zuerst das Motiv mit einem oder mehreren Eisenteilen geformt. Dann wird es entweder erhitzt oder mit flüssigem Stickstoff auf mindestens minus achtzig Grad Celsius heruntergekühlt und danach in die Haut gedrückt. Die Ergebnisse sind allerdings nie so zufriedenstellend wie bei Tätowierungen. So eine filigrane Arbeit wie bei Ihnen kriegen Sie nicht mit Brandeisen hin.«

»Verstehe.« Cabral beschlich ein ungutes Gefühl. Ihm fiel spontan nur eine Person ein, die über handwerkliches und künstlerisches Geschick sowie Werkzeuge verfügte. Lieke Zeeman. Für den Moment verdrängte er den Gedanken. Er musste sich konzentrieren.

Doch sie fanden nichts. Das Mal im Nacken von Neves hatte etwa den Durchmesser von einem bis anderthalb Zentimetern gehabt. Das war deutlich kleiner als die meisten herkömmlichen Tattoos, aber doch nicht so klein, dass sie es auf Brancos Körper hätten übersehen können.

»Da ist nichts, ich habe es Ihnen gesagt. Das war alles umsonst.« Passos hatte die Ärmel aufgekrempelt. Er wischte sich erneut Schweiß von der Stirn und aus dem Nacken, obwohl es hier drin wesentlich kühler war als draußen auf dem Friedhof. Dort würde den Trauergästen später die pralle Sonne die Kopfhaut versengen.

Cabral schlug sich mit der flachen Hand gegen die Stirn.

»Die Kopfhaut! Wir haben die Kopfhaut vergessen. Hatten Sie die überprüft, Doutor?«

Passos brach erneut der Schweiß aus. Diesmal wohl, weil er zugeben musste, dass er das versäumt hatte. Zerknirscht schüttelte er den Kopf.

»Also los«, sagte Cabral. »Bei einer Brandwunde wären doch die umliegenden Haare mit versengt, oder?«

»Wenn Sie präzise aufdrücken, wären bei so einem kleinen Motiv vermutlich nur die Haare verbrannt, die direkt zwischen Eisen und Kopfhaut liegen. Wenn wie bei Branco die Haare nicht sehr kurz geschnitten sind, fällt das Deckhaar darüber und schon sehen Sie nichts mehr davon. Ich verstehe allerdings nicht, warum man sich so eine vermeintliche Verschönerung in den Körper brennen lässt, wenn es sowieso unsichtbar ist.«

Cabral untersuchte den Haaransatz, die Kopfhaut hinter den Ohren und arbeitete sich dann weiter Richtung Nacken vor. Und da sah er es. Eine längere Strähne bedeckte eine kahle Stelle. Genau wie Doutor Passos gesagt hatte.

»Ich hab es. Geben Sie mir ein Vergrößerungsglas.« Passos reichte Cabral eine Lupe. Er begutachtete die Stelle. »Kommen Sie hier herum und schauen Sie selbst noch einmal, Doutor.«

Sie wechselten die Seite. Nun hielt Cabral den Kopf des Toten. Sachte drehte er ihn ein wenig zur Seite. Passos ging in die Hocke und betrachtete die Stelle gründlich. Er ließ die Lupe sinken.

»Sie hatten recht, Chefinspektor. Das ist dasselbe zerrupfte Kleeblatt wie bei Neves.«

»Nur dass es kein Kleeblatt ist«, sagte Cabral. Passos sah ihn erstaunt an. »Später, Doutor. Wir müssen das erst dokumentieren. Ich mache Fotos, und Sie fügen die Ihrem Bericht hinzu.«

»In Ordnung.« Passos war recht kleinlaut geworden. Er machte sich vermutlich Vorwürfe, dass er dieses wichtige Detail übersehen hatte.

»Von mir erfährt das niemand, Doutor. Keine Sorge.« Passos sah ihn dankbar an. »Und dann machen wir Branco wieder hübsch, benachrichtigen den Geistlichen und lassen die Familie gebührend Abschied nehmen.«

Sie brachten den Leichnam wieder in die ursprüngliche Position, zogen die Kleidung zurecht und ordneten ein letztes Mal die Haare. Passos verabschiedete sich. Freire würde ihn nach Santiago zurückfahren. Die Familie von Branco traf ein, und Cabral schüttelte mehreren Menschen, von denen er nicht einmal wusste, in welchem Verhältnis sie zu dem Toten gestanden hatten, mit angemessen ernster Miene die Hand. Als sie in der Kapelle verschwunden waren, verdrückte er sich aus dem Seitentor des Friedhofs. Kaum war er außer Sichtweite, rannte er zu seinem Wagen. Er hatte es sehr eilig. Er musste die nächsten Schritte durchdenken.

47

Cabral hatte alle Möglichkeiten wohl hundertmal in Gedanken durchgespielt. Am Ende war ihm immer nur eine einzige davon als wirklich effektiv erschienen. Doch für die brauchte er Teresa. Und das war der Punkt, der ihm Bauchschmerzen bereitete. Er wollte sie nicht in diese Sache hineinziehen, sie womöglich in Gefahr bringen. Andererseits musste sie ihre Rolle nur für eine kurze Zeit spielen und sich dann zurückziehen. Alles weitere würde die PJ erledigen. Er musste mit ihr sprechen.

Cabral traf sie in der Pension an. Sie saß zusammen mit Lourenço über die Geschäftsbücher gebeugt am Schreibtisch in seinem Büro. Der hatte Cabral gerade noch gefehlt. Er musste mit Teresa allein sprechen.

»*Boa tarde*«, sagte er und klopfte nur der Form halber an. Er wartete keine Antwort ab, sondern trat sofort ein.

»Wer hat Sie denn durch den Wolf gedreht? Alles in Ordnung?« Lourenço musterte ihn bestürzt. Er war so verdammt aufmerksam, dass es Cabral auf die Nerven ging.

»Danke, Lourenço. Hatte nur wenig Schlaf in letzter Zeit. Teresa, kann ich dich kurz sprechen?«

Lourenço war natürlich nicht entgangen, dass Teresa und er zum Du übergegangen waren. Verdutzt sah er von einem zum anderen. Aber weder Teresa noch Cabral hielten es für nötig, dazu irgendetwas zu sagen.

»Lourenço, entschuldige mich kurz. Ich bin gleich wieder da.« Teresa stand auf und folgte Cabral, der in den Innenhof vorausgegangen war.

Er zog Teresa hinter eine buschige Pflanze. Lourenço konnte sie von drinnen jetzt nicht mehr sehen, es sei denn, er würde von seinem Platz aufstehen und sich die Nase an der Scheibe plattdrücken. Die Blöße würde er sich sicher nicht geben.

»Teresa, ich brauche deine Hilfe«, begann Cabral.

»Was ist passiert?«

»Ich möchte, dass du weiter in die Gruppe gehst. Und ich möchte, dass du dort erzählst, du hättest in Sines jemanden kennengelernt. Dass du ihm vertraut und dein Herz ausgeschüttet hast.«

»Was soll das, Nuno?« Teresa sah ihn an, als würde er ihr Angst machen.

»Hör mir zu. Dann erzählst du, dass du dich in dem Mann getäuscht hast. Dass er dich nur ausgenutzt hat. So was in der Art. Du musst verzweifelt sein. So tun, als ob du den Glauben an Männer und an die wahre Liebe verloren hättest.«

»Was soll das? Wenn du so weitermachst, muss ich das nicht spielen. Du machst mir Angst.«

Cabral legte ihr die Hände auf die Schultern und sah sie an. »Vertraust du mir?«

Teresas Blick sprang überall hin, nur Cabral sah sie nicht an. Nervös drehte sie sich zur Tür um, hinter der Lourenço darauf wartete, dass sie zurückkam.

»Sag mir, warum ich das machen soll«, fragte sie.

»Je weniger du weißt, desto besser. Es ist zu deiner Sicherheit.«

Teresa stöhnte auf. »So geht das nicht, Nuno. Ich will
wissen, was du vorhast.«

Cabral erwiderte zunächst nichts, stellte ihr die Frage
dann noch einmal.

»Vertraust du mir?«

Diesmal sah sie ihn an. Cabral war sicher, dass er diesen
Blick niemals vergessen würde. Erst recht nicht, wenn irgendetwas schiefgehen sollte. Das würde er sich in seinem
ganzen Leben nicht verzeihen.

»Ich vertraue dir.« Teresa ließ den Kopf sinken, als hätten sie diese drei Wörter all ihre Kraft gekostet. Die Verantwortung, die Cabral auf sich geladen hatte, machte ihm
Angst. Und er hatte ihr noch nicht alles gesagt.

»Wenn sie darauf einsteigen«, fuhr er fort, »sagst du,
dass es sich um einen Polizisten hier in Sines handelt.
Einen von der PJ.«

Teresa riss die Augen auf. Er konnte an ihrem Gesicht
ablesen, dass ihr dämmerte, wie sein Plan aussah.

»Ich kann nur vermuten, was du vorhast. Und ich hoffe,
ich liege falsch.« Sie ließ den Blick durch den Innenhof
schweifen, als suche sie irgendetwas, an dem sich wenigstens ihr Blick festhalten konnte. »In Ordnung, ich helfe
dir.«

»Danke. Ich verspreche, dir alles zu erklären, wenn es
vorbei ist. Vorerst musst du einfach nur ein bisschen schauspielern. Und dich ab und zu mit mir in Sines in der Öffentlichkeit sehen lassen.« Cabral drückte ihre Hand. »Du

solltest wieder reingehen. Lourenço wird sich sonst noch Sorgen machen.«

Bevor Cabral die Pension wieder verließ, öffnete er noch die Tür zu Dona Augustas Wohnzimmer. Sie schreckte hoch.

»Dona Augusta, haben Sie etwa geschlafen am helllichten Tag?« Cabral grinste.

»Senhor, wollen Sie mich beleidigen?«, rief sie empört aus. »Schlafen am Tag ist etwas für alte Leute. Ich habe nachgedacht.«

»Über die Veränderungen, die es hier geben wird?«

»Für eine alte Frau wie mich sind selbst kleine Veränderungen manchmal schwer zu bewältigen.«

»Senhora! Eben noch waren Sie keine alte Frau. Sie sind wankelmütig wie ein junges Mädchen.« Cabral war drauf und dran, sie schelmisch in die Wange zu kneifen, aber das ging dann doch zu weit. »Teresa wird das gut machen. Ich bin sicher, dass Sie die Richtige gefunden haben. Hab ich Ihnen doch immer gesagt, oder? Eines Tages kommt die Richtige.«

Dona Augusta legte den Kopf ein wenig schief. Sie sah Cabral über den Rand ihrer Brille nachdenklich an, so wie sie es schon getan hatte, als er zum ersten Mal die Pensão Rodrigues betreten hatte. »Ja, Senhor. Eines Tages kommt die Richtige.«

»Ich muss los. Die Arbeit ruft. Ich wollte nur nicht einfach gehen, ohne bei Ihnen reinzuschauen.«

»Das hätte ich Ihnen auch sehr übelgenommen, Senhor. Es ist doch recht still hier ohne Sie.«

Hatte Cabral sich verhört? Das war aus Dona Augustas Mund so gut wie eine Liebeserklärung.

»Wir sehen uns bald wieder. Versprochen.« Dann schlug Cabral zum Abschied doch noch über die Stränge. Er umarmte Dona Augusta, was einen überraschten Aufschrei zur Folge hatte. Cabral beeilte sich, die Pension zu verlassen, bevor er Lourenço auf den Plan rief.

48

Als Chefinspektor und leitender Ermittler trug Cabral die Verantwortung, was die beiden Mordfälle anging.
Er traf die Entscheidung, wie sie vorgehen wollten. Durch
den Umstand, dass er und Freire alleine agierten, war es
notwendig, eine Zusammenarbeit mit der GNR über seine
Vorgesetzten in Lissabon einzuleiten. Die Bestätigung vom
Capitão der GNR hatte glücklicherweise schnell vorgelegen, und so war Cabral in der Lage, alle erforderlichen
Kollegen bereits am nächsten Morgen für eine Bespre-
chung zusammenzutrommeln.

Jetzt saßen sie alle im Besprechungsraum der GNR. Cabral, Freire und die Inspektoren Matos und Almeida von
der PJ aus Lissabon, denn aus Setúbal hatte man bereits
Leonel Bernardes abgegeben. Der allerdings nicht anwesend war. Als Cabral beinahe in Furor geraten war über
dessen Abwesenheit, hatte Freire ihn daran erinnert, dass
er selbst ihn weggeschickt hatte. Cabral ärgerte sich. Einen
Mann mehr hätte er jetzt gut gebrauchen können. Außerdem saßen mit am Tisch sechs Männer der GNR. Ein Feldwebel und fünf Männer vom Rang eines Cabo, unter ihnen
Cabo Parreira.

Cabral hatte seinen Plan bereits ausführlich erläutert.
Er war damit erwartungsgemäß nicht überall auf Begeisterung gestoßen. Die Mehrheit fand seine Idee wenig pro-

fessionell, risikoreich und schlecht bis unmöglich zu koordinieren. Dennoch ließ er sich davon nicht abbringen.

»Alles was ich momentan brauche, sind ein bis zwei Männer, die unauffällig an mir kleben. Ich brauche keine Bodyguards. Die Männer müssen da sein, aber unsichtbar. Kriegen Sie das hin?« Die Frage richtete sich an den Feldwebel.

»Das ist nicht im Entferntesten unser Einsatzgebiet.« Die Antwort war knapp und unmissverständlich.

Cabral hatte keine Lust zu diskutieren. Er wandte sich an die beiden Männer von der PJ. »Dann übernehmen Sie das. Sie sind in zivil unterwegs, das ist sowieso besser. Sie können nicht vierundzwanzig Stunden im Einsatz sein, also wechseln Sie sich ab. Wie Sie sich Ihre Schichten einteilen, überlasse ich Ihnen. Geben Sie mir nur jeweils Bescheid, damit ich weiß, wer in meiner Nähe ist. In Ordnung?«

Beide nickten entschlossen. »Alles klar. Wir werden uns später kurz besprechen, wie wir uns einteilen.«

»Freire, Sie sind unsere zentrale Ansprechperson im Innendienst. Sie sorgen für einen reibungslosen Informationsfluss.« Freire nickte. »Sie sind unser Dreh- und Angelpunkt. Ohne Sie geht es nicht«, schob Cabral nach, um dem jungen Inspektor nicht das Gefühl zu geben, der Innendienst sei eine Art Strafe.

»Nun zu Ihnen, Sargento«, wandte Cabral sich wieder an die GNR. »In dem Moment, wo meine Leute Sie alarmieren, brauche ich Sie sofort an Ort und Stelle. Ohne Verzögerung. Das heißt, Ihre Männer müssen vierundzwanzig Stunden in Bereitschaft in der Wache sein.«

»Verstanden.«

»Gut. Dann wissen alle, was sie zu tun haben. Mit der erforderlichen Kommunikationstechnik sind wir alle ausgestattet. Ich wünsche uns viel Erfolg.«

»*Boa sorte*!«, antworteten die Männer wie aus einem Mund.

49

Die folgenden vier Tage gingen unspektakulär ins Land. Teresa ging zu den Gruppentreffen und klagte auf Cabrals Geheiß über ihre neue, doch schon jetzt unglückliche Liebe. Ab und an zeigten sie sich zusammen in der Stadt, kauften ein, aßen irgendwo gemeinsam eine Kleinigkeit. Alles blieb ruhig. Cabral war angespannt, ungeduldig. Er fragte sich, ob sie ihr Schauspiel noch ein wenig weiter forcieren sollten. Teresa jedoch wurde immer blasser. Für ihre Scharade war das nicht von Nachteil. Aber Cabral hoffte, sie so bald wie möglich von dieser Aufgabe erlösen zu können. Am fünften Tag gingen ihr fast die Nerven durch, als sie bei Galegos draußen saßen und einen Kaffee tranken.

»Nuno, wie lange noch? Ich hab das Gefühl, ich werde beobachtet.«

Cabral war sofort alarmiert. Dasselbe hatte Fátima da Costa auch gesagt. Danach war sie verschwunden.

»Hast du wirklich irgendwelche Verfolger bemerkt? Oder ist das nur so ein Gefühl?«, fragte er.

Ihre Augen füllten sich mit Tränen. »Mir ist niemand konkret aufgefallen. Glaube ich. Ich weiß es nicht. Ich bin sicher nur hysterisch.« Jetzt liefen ihre Augen über.

»Du kannst jederzeit aussteigen, wenn das zu belastend für dich ist. Das muss ich dir nicht extra sagen, oder?«

Cabral reichte ihr eine Serviette, damit sie sich die Nase

putzen und die Augen trocknen konnte. Ihre Hände zitterten, als sie sie auseinanderfaltete. Dann schnaubte sie mit Nachdruck.

»Ich will das durchziehen«, sagte sie, »aber es ist –«

In diesem Moment kam Bernardes um die Ecke, gestriegelt wie immer. Als er Cabral und Teresa entdeckte, breitete sich ein diabolisches Grinsen über sein Gesicht aus. Er stoppte und baute sich vor ihrem Tisch auf, als gehöre ihm die ganze Pastelaria.

»So was aber auch. Schon Krach bei dem jungen Glück?« Er schob sich die verspiegelte Sonnenbrille ins Haar und hakte einen Daumen in die Hosentasche seiner Bundfaltenhose.

»Leonel, was für eine Freude«, sagte Cabral. »Wieso bist du immer noch hier?«

Bernardes ignorierte die Frage und warf sich noch mehr in Positur. »Vielleicht bleibe ich sogar noch etwas länger. Ich könnte deine Freundin trösten, falls du ihrer überdrüssig bist. Obwohl ... eigentlich ist es ja andersherum. In der Regel haben sie dich über und kommen ganz von alleine zu mir gelaufen.«

Bei diesen Worten legte er Teresa eine Hand auf die Schulter und strich wie zufällig mit den Fingerspitzen über die nackte Haut in ihrem Nacken. Teresa sprang auf, so dass der Stuhl rückwärts kippte. Mit einem blechernen Scheppern knallte er auf das Kopfsteinpflaster. Mit ausgestreckten Armen machte sie einen Schritt auf Bernardes zu, hieb ihm mit aller Kraft die Fäuste auf seinen Brustkorb und schubste ihn von sich weg.

»Nimm die Hände weg, du Scheißkerl!« Teresas Stimme überschlug sich fast, so aufgebracht war sie. »Und hau ab, aber schnell.«

Bernardes war so überrascht, dass er nur dümmlich glotzte und rückwärts taumelte. Er prallte gegen die an Stangen befestigte Kunststoffplane, die als Wind- und Sichtschutz diente, ruderte mit den Armen und hätte beinahe die gesamte Konstruktion zum Einsturz gebracht. Alles ging so schnell, dass Cabral nicht mehr eingreifen konnte. Gäste kamen aus der Pastelaria gelaufen, und Angestellte aus der gegenüberliegenden Bank reckten die Hälse aus dem Fenster.

»Das wird ein Nachspiel haben.« Bernardes strich sich die gelackten Haare zurück und richtete seine Kleidung.

»Hast du nicht gehört? Hau ab! War doch deutlich genug«, sagte Cabral.

Bernardes stieß noch ein paar unflätige Flüche aus, aber er verzog sich. Die Menschen gingen zurück an ihre Tische, aßen und tranken weiter. Die Köpfe der Bankangestellten verschwanden wieder hinter ihren Bildschirmen. Passanten, die das Schauspiel sensationslüstern beobachtet hatten, setzten ihren Weg fort. Cabral sah ihnen nach und fragte sich, ob dies wohl ihr Highlight des Tages gewesen war und sie heute Abend beim Essen noch immer darüber reden würden.

Sein Blick blieb an einer Frau hängen, die er nur noch von hinten sah, bevor sie um die Ecke bog. Etwas an ihrer Haltung und ihrem Gang erschien ihm vertraut. Doch ihm fiel nicht ein, wo er sie schon einmal gesehen haben könnte. In diesem Moment war es auch egal. Teresa bebte. Sie war kreidebleich.

»Alles in Ordnung? Woher kam das denn gerade? Ich weiß gar nicht, was ich sagen soll«, sagte Cabral mit einer Mischung aus Anerkennung und Befremden.

»Ich war nur so unglaublich wütend. Was meint so ein schmieriger Typ, sich herausnehmen zu können? Es ist immer wieder dasselbe beschissene Spiel.«

Cabral legte tröstend die Hand auf ihren Arm. »Um auf vorhin zurückzukommen, wenn dich das alles zu sehr –«

»Das war doch zumindest glaubwürdig, oder?«

»Das war gespielt?« Cabral sah sie ungläubig an.

»Du hast doch gesagt, ich soll schauspielern«, flüsterte Teresa.

»Ja, aber nicht bei Bernardes.«

»Das konnte ich nicht mehr steuern, tut mir leid. Meine Wut war echt, auch wenn ich normalerweise nie so die Beherrschung verlieren würde in der Öffentlichkeit.« Sie schüttelte den Kopf, als könne sie selbst nicht glauben, was sie gerade getan hatte. Ein zaghaftes Lächeln huschte über ihr Gesicht. »Sieh es als Generalprobe. Das nächste Mal bist du dran.«

»Dann lass uns jetzt gehen«, sagte Cabral. »Für einen Tag haben wir wohl genug Aufmerksamkeit auf uns gezogen.«

50

Ein weiterer Tag, an dem Cabral seinen Plan infrage stellte, neigte sich dem Ende entgegen. Er spielte mit dem Gedanken, Tio Higino zu besuchen, überlegte es sich jedoch anders. Er versuchte, seinen Radius überschaubar zu halten und auf Sines zu beschränken. Außerdem wollte er Menschen von sich fernhalten, die nicht zur PJ und der GNR gehörten und eine Waffe bei sich trugen.

Doch er würde wenigstens versuchen, seinen Großonkel am Telefon zu sprechen. Immerhin war er ein paar Tage nicht mehr im Fischerhäuschen gewesen, und der alte Mann sollte sich nicht sorgen. Darüber hinaus hatte er ihm Lapa aufgeladen.

Cabral ließ es mehrere Male klingeln, doch niemand ging ran. Er versuchte es mit dem öffentlichen Telefon auf dem Largo Marquês de Pombal, hatte jedoch auch da keinen Erfolg. Fehlte nur noch ein Eckpunkt in Tio Higinos Dreieck. Die Bar Arsénio. Cabral besorgte sich die Nummer aus dem zentralen Register für Telefoneinträge und wählte. Jemand nahm ab. An der schroffen Art, sich zu melden, erkannte Cabral die Frau von Arsénio. Sie machte grundsätzlich ein solch vergrätztes Gesicht, dass so manch durstiger Tourist wie ein geprügelter Hund die Bar wieder verließ und davonschlich, ohne etwas bestellt zu haben. Arsénios Frau schüchterte alle ein.

»Chefinspektor Cabral hier. Ist Higino bei Ihnen?« Ein plötzliches Jammern unterbrach ihn, gefolgt von einem Geräusch, das klang, als hätte sie ungeniert die Nase hochgezogen. Hatte sie den Hörer an jemand anders weitergereicht? »Haben Sie mich gehört? Ist alles in Ordnung?«

»Higino ist nicht hier.« Es war doch noch Arsénios Frau am anderen Ende. »Er war schon seit drei oder vier Tagen nicht mehr hier. Wir wussten ja, dass ...«

»Was wussten Sie?«

In diesem Moment sprang die Bürotür auf, und Gouveia stand im Raum. An seinem Gesicht erkannte Cabral sofort, dass es dringend war. Nicht jetzt, verdammt! Aber vielleicht war etwas mit Teresa ...

»Ich rufe später wieder an«, rief er in den Hörer und legte auf. »Mestre, was ist passiert? Sie kommen doch sonst nicht unangemeldet hierher.«

»Mein lieber Nuno, du lässt dich ja nirgendwo mehr blicken. Dona Augusta, Acacio, meine Frau und ich, wir kriegen dich überhaupt nicht mehr zu Gesicht. Dafür wirst du recht oft mit Teresa in der Stadt gesehen.« Bedeutungsschwanger zog Gouveia die Augenbrauen hoch.

Cabral grinste. Sie hatten also die gewünschte Wirkung erzielt.

»Und was gibt es jetzt, Mestre?«, fragte er. »Wenn das alles ist, würde ich gern weiter telefonieren.«

»Nuno, mich interessieren deine Absichten, wenn du es genau wissen willst. Du weißt, ich bin dir wohlgesonnen, seit wir uns kennen. Aber meine Frau macht mir die Hölle heiß, weil sie Verantwortung für Teresa empfindet.«

Cabral wurde ärgerlich. »Sie beide vergessen dabei vollkommen, dass Teresa und ich erwachsen sind. Sie hat immerhin sogar schon eine Ehe hinter sich.«

»Gerade deshalb. Diese Verbindung war unglücksselig genug.«

»Sie hat mir davon erzählt. Ich weiß, was in ihrer Ehe vorgegangen ist. Dafür bin ich aber nicht verantwortlich.«

»Weißt du von dem Kind?«

»Von welchem Kind?« Cabral wurde mulmig zumute. Teresa hatte doch gesagt, sie hätten keine Kinder gehabt.

»Siehst du, das meine ich«, sagte Gouveia. »Du weißt nichts über Teresa.«

»Was für ein Kind?« Cabral würde nicht lockerlassen, bis Gouveia ihm erzählte, was es damit auf sich hatte.

»Teresa hat ein Kind verloren. Das war der Grund dafür, dass sie nach England zurückgekehrt ist.«

»Ein Unfall?« Cabral fühlte sich elend. Und verletzt, weil er nicht ihr volles Vertrauen hatte gewinnen können.

»Nein, kein Unfall.« Gouveia seufzte. »Sie war ungewollt schwanger geworden und hat sich dazu entschieden, die Schwangerschaft abzubrechen. Sie hat es für das Beste gehalten, damit dem Kind erspart blieb, was sie fast täglich aushalten musste. Streit und Gewalt.«

»Warum hat sie ihn nicht verlassen? Sie hätte das Kind behalten können.« Er verstand es nicht.

»Sie hätte doch nicht so einfach das Land verlassen können mit dem ehelichen Kind. Ohne die Zustimmung des Vaters. Sie wäre an ihren Ehemann gekettet gewesen. Er hätte ständig den Zugriff auf sein Kind gehabt.«

»Verstehe.« Cabral war erschüttert. Er kannte diese Frau überhaupt nicht, wusste nichts von ihr.

»Sie hat sich das nie verziehen, Nuno. Das ist es, was sie umtreibt und sie nicht zur Ruhe kommen lässt. Sie hält sich für schwach, weil sie nicht stark genug war, das Kind zu behalten. *Linha Vermelha* ist nur ein Versuch von vielen, darüber hinwegzukommen. Sie reibt sich auf für die Umwelt, für Tiere, für Arme, für Schwache und für was weiß ich nicht alles. Als hätte sie eine Schuld abzutragen.«

»Ich wusste das nicht.« Cabral sackte in sich zusammen. »Das ist schrecklich. Danke, dass Sie es mir gesagt haben. Auch wenn ich wünschte, sie hätte mir das eines Tages selbst erzählt.«

Gouveia legte ihm väterlich die Hand auf die Schulter. Wie er es schon so oft getan hatte, wenn Cabral ratlos war. Oder ohne Hoffnung. Wenn er zornig und ungerecht wurde.

»Ich wollte, dass du weißt, worauf du dich einlässt«, sagte er. »Ich meine es gut mit euch beiden.«

»Ich auch. Also, mit ihr.«

»Versprich mir das.«

»Presidente, ich bin doch nicht bei den Pfadfindern.« Cabral rollte mit den Augen. »Gleich verlangen Sie noch von mir, dass ich mir die Hand aufritze, ein paar Tropfen Blut gebe und schwöre.«

»Ach, Nuno. Du hast ja recht. Ich sollte dir vertrauen.«

Cabrals Smartphone klingelte. Es war Teresas Nummer. Noch vor dem zweiten Klingeln hatte Cabral das Gespräch bereits angenommen.

»Was gibt es?«, fragte er.

»Nuno? Du musst kommen, schnell!«

»Was ist passiert? Wo bist du?«

»Im Atelier. Irgendetwas passiert hier, aber ich weiß nicht was. Die haben uns wieder dieses Zeug über Loyalität und Schwestern und das alles eingetrichtert. Schhh! Da kommt jemand!« Teresa verstummte.

Cabral stürzte auf den Flur, das Telefon an sein Ohr gedrückt. »Freire! Parreira! Es geht los!«

»Aber Sie sind doch hier«, erwiderte Freire verdutzt.

»Los, los, los!« Cabral trieb ihn an. Es war keine Zeit für Erklärungen.

Die Benachrichtigungskette funktionierte. Freire alarmierte die beiden Kollegen der PJ, die aus dem Aufenthaltsraum geschossen kamen und im Laufen ihre Waffen und Munition überprüften. Mit tausendfach eingeübter Präzision standen auch die Männer der GNR parat. Sie trugen Automatikgewehre, kugelsichere Westen, ausziehbare Schlagstöcke aus Metall, Tränengas und Handschellen. Die Einsatzwagen der PJ sowie der Mannschaftswagen der GNR standen mit laufendem Motor bereit. Die Blaulichter zuckten über den Parkplatz. Sie alle warteten nur auf das Zeichen von Cabral.

Der lauschte mit angehaltenem Atem. Gouveia lief auf und ab. Cabral hörte, wie Teresa auf der anderen Seite jemandem zurief, dass sie in Ordnung und gleich zurück sei. Er vermutete, dass sie in der Toilette war.

»Nuno?« Ihre Frage war mehr ein Flehen.

»Ich bin hier.«

»Sie haben uns Wein gegeben. Aber da muss irgendet-was drin gewesen sein. Mir wurde schlecht davon. Ich hab alles wieder erbrochen. Aber die anderen, die stehen unter Drogen. Die sind total willenlos. Beeil dich, Nuno, bitte!«

Cabral konnte ihre Panik fast greifen. Ihre Stimme über-schlug sich, selbst in dem gepressten Flüsterton.

»Wir sind unterwegs. Leg jetzt auf und geh zurück. Wenn du irgendetwas tun sollst, was du nicht willst, täu-sche eine Ohnmacht vor. Verschaff dir Zeit. Ich lege jetzt auf.«

Gouveia flippte auf der Stelle aus. »Du hast es mir ver-sprochen, dass –«

»Nein, hab ich nicht.« Cabral ließ Gouveia stehen und rannte über den Flur zu den Männern, die auf ihn warteten. »Abmarsch!«

51

Sie rasten mit Blaulicht und Sirenen durch die Stadt, um keine Zeit zu verlieren. Erst kurz vor dem Atelier im Industriegebiet schalteten sie beides ab. Sie wollten sich unbemerkt nähern, keine Kurzschlussreaktion auslösen. Auf dem Parkplatz des Supermarktes hielten sie und stiegen aus. Die Männer der GNR gingen vor. Sie überquerten den Grünstreifen und die niedrige Buschreihe, die den Parkplatz vom Grundstück des Ateliers trennten und verteilten sich entlang der Vorderseite des Gebäudes. Sie verständigten sich durch Handzeichen und Kommandos, die sie in gedämpftem Ton mittels Mikro und Headsets untereinander weitergaben.

Das Gebäude lag wie ausgestorben da. Kein Lichtschein fiel durch die Fenster des ehemaligen Bürotrakts. Die GNR hatte das Gebäude gesichert und winkte Cabral, Freire, Matos und Almeida. Sie tauchten nach und nach langsam aus ihrer Deckung auf und näherten sich geduckt im Laufschritt.

»Freire, Sie bleiben hier«, zischte Cabral seinem Assistenten zu.

»Verdammt!« Freire fluchte, ihm passte die Anweisung nicht. Doch er drehte um und kauerte sich wieder in seine Deckung. Solche Zicken konnte Cabral jetzt nicht gebrauchen. Jeder Handgriff, jede Bewegung musste sitzen, laufen wie am Schnürchen. Auch das Erteilen und Befolgen von Anweisungen.

Matos drückte die Klinke der Eingangstür herunter. Sie war nicht abgeschlossen. Langsam zog er die Tür auf und trat zur Seite. Cabral und Almeida schlüpften lautlos hindurch in den schwarzen Flur. Sie benutzten Taschenlampen und hatten ihre Handfeuerwaffen im Anschlag, sicherten sich gegenseitig und gaben sich bei jedem Schritt Rückendeckung.

Sie erreichten die Tür zum Keller. Cabral gab Matos und Almeida ein Zeichen, die sich links und rechts daneben postierten. Den Mittelgang ließen sie frei. Cabral gab über das Mikro die Anweisung an die GNR, vier der Männer ins Gebäude nachzuschicken. Sekunden später rückten sie an und bauten sich hintereinander auf dem Korridor auf. Cabral hob die Hand und zählte mit den Fingern von drei rückwärts. Bei Null stieß die GNR wie ein Terror-Einsatzkommando in den Kellerraum vor. Zwei Männer preschten nach links, zwei nach rechts. Cabral, Matos und Almeida stürmten nach ihnen in den Raum. Alles ging blitzschnell.

»Polícia Judiciária!«

Cabral verstummte. Die Männer sahen sich ratlos an. Der Raum war leer. Bis auf die Königin und eine mit einem Laptop verbundene Kamera auf einem Stativ.

»*Foda-se!*« Cabral brüllte vor Wut. Er schalt sich selbst einen Hornochsen. Hatte er vor dem Gebäude geparkte Autos gesehen? Fahrräder wie beim letzten Mal? Oder hatten sie durch die Kellertür irgendein Geräusch vernommen? Nichts von alledem war der Fall gewesen.

Sie ließen einer nach dem anderen die Waffen sinken. Nur zwei Männer der GNR suchten auch noch die restlichen Kellerräume ab, um sicher zu gehen, dass sich hier niemand mehr aufhielt. Cabral ging zu dem Laptop. Auf dem Bildschirm war eine Datei geöffnet, ein etwa dreißig Minuten zuvor aufgenommener Film, also unmittelbar, bevor sie eingetroffen waren. Cabral steckte sich fahrig eine Zigarette an und klickte auf Wiedergabe.

Der Raum war in schummriges Licht gehüllt, die Kamera frontal auf die Königin gerichtet. Links und rechts von ihr hatten sich die Frauen postiert. Sie wirkten seltsam entrückt. Dann sah er Teresa, die nervös und so unauffällig wie möglich immer wieder einen schnellen Blick zur Tür schickte. Ob sie überlegt hatte zu fliehen? Oder hatte sie nur verzweifelt gehofft, dass Hilfe kommen würde? Die Kamera senkte sich zum Boden vor den Füßen der Königin. Cabrals Herz pochte heftig. Die anderen schauten ihm über die Schulter. Sie zogen ebenso wie er scharf die Luft ein.

Zu Füßen der Königin, mit dem Rücken zur Kamera, kniete ein Mann. Seine Hände waren auf den Rücken gefesselt, über seinen Kopf ein Sack gestülpt. Den Lauten nach zu urteilen, die er von sich gab, hatten sie ihn auch geknebelt.

»Verdammte Scheiße, wir müssen sie finden«, sagte Cabral. »Sonst wird das unser nächstes Opfer.«

Eine Frau trat vor. Sie trug ein blutrotes ärmelloses Kleid, das vorn zu einem tiefen V-Ausschnitt zusammenlief, der erst auf Höhe des Solarplexus endete. Ab der Taille fiel es in mehreren fließenden Stoffbahnen bis auf den Boden. Die Frau war barfuß, ihr Haar fiel in üppigen Wellen über ihre Schultern. Cabral wusste nicht, ob sie ihn mehr an eine Priesterin oder eine Gespielin Draculas erinnerte. Die Kamera zoomte ihr Gesicht heran. Es war Rita Alves, die biedere Anwältin. Sie entrollte ein Papier und las laut vor.

»Du hast dich der folgenden Vergehen schuldig gemacht: Ausnutzung der dir zur Ausübung deines Berufes verliehenen Rechte in Form von Androhung verschiedener Konsequenzen, mittels anzüglicher Blicke, sexualisierter Sprache sowie unerwünschter Berührungen. Du hast deine übergeordnete Stellung dazu benutzt, mit Hilfe dieser Belästigungen Zeuginnen und andere Frauen einzuschüchtern.«

»Wieso Zeuginnen?«, fragte Cabral.

»Ich versteh kein Wort«, sagte Matos.

»Du bist ein verabscheuungswürdiger Narzisst«, fuhr Rita Alves fort, »der sich Frauen sucht, die aus gescheiterten Beziehungen kommen und die geeigneten Opfer darstellen, um sie in emotionale Abhängigkeit zu bringen. Diese Frauen hast du betrogen und hintergangen, sie zerstört und allein zurückgelassen. Keiner dieser Frauen hast du ernsthafte Gefühle entgegengebracht, dennoch mehr als einer die Ehe versprochen, wissend, dass du diese nie eingehen würdest. Wir, die Schwestern der Schwesternschaft *O sangue de Inês*, fällen daher folgendes Urteil: Tod durch die Klinge. Wie es unserer Schwester erging, so soll es auch dir ergehen.«

Der Mann protestierte durch unverständliche Laute, wollte sich erheben, wurde jedoch sofort von zwei Frauen wieder auf den Boden gedrückt. Er wimmerte wie ein Kind.

»Bevor wir das Urteil vollstrecken, Leonel Bernardes, werden wir dich mit dem Zeichen der Inês versehen. Danach wirst du unserer Königin huldigen und ihre Hand küssen.«

»Bernardes?« Cabral wirbelte herum. »Das ist Bernardes! Parreira, fordern Sie Verstärkung an!«

Cabral drehte sich wieder zum Bildschirm. Bernardes wurde von zwei Frauen rechts und links unter die Arme gefasst und noch immer auf Knien über den Boden geschleift. Sie rissen ihm den Sack vom Kopf und packten ihn im Nacken.

»Die verpassen ihm das Brandmal, das darf doch nicht wahr sein.« Cabral ging näher an den Bildschirm heran. Eine der beiden Frauen kam ihm bekannt vor. Er sah genau hin. Natürlich, das war sie. Isaura Cardoso, die Museumstante. Sie gehörte zu der Gruppe von Mörderinnen. Das musste die Isa sein, von der Teresa gesprochen hatte. Cabrals Gedanken verdüsterten sich. Fátima da Costa war nicht zufällig verschwunden oder hatte es sich anders überlegt, als sie die Verabredung mit ihm hatte platzen lassen. Dessen war er sich jetzt sicher.

Isaura Cardoso zog eine Schale heran, in der eine offene Flamme flackerte. Über der Flamme lag ein Eisenstab, an dessen Ende etwas glühte. Das musste das Motiv sein. Das Zeichen der Inês. Kein dreiblättriges Kleeblatt, wie Cabral herausgefunden hatte, sondern ein Herz und eine

Träne. Bernardes wusste, was jetzt kam und sträubte sich. Doch sie öffneten ihm den Kragen und rissen das Hemd so weit herunter, dass der Nacken freilag. Sie packten ihn und drückten ihn nieder. Er hatte keine Chance. Isaura Cardoso hob das Eisen aus der Schale, stellte sich hinter Bernardes und drückte ihm mit einer ruckartigen Bewegung das glühende Brandzeichen in die Haut.

Bernardes jaulte auf wie ein Tier, bog sich unter dem heißen Schmerz. Cabral fasste sich unwillkürlich mit einer Hand in den Nacken. Dann war es vorbei. Es hatte nur wenige Sekunden gedauert, aber Bernardes fiel schlaff in sich zusammen. Wieder wurde er von beiden Seiten gepackt. Sie zerrten ihn noch näher vor die Königin.

»Huldige unserer Königin.« Mit harter Stimme, ohne jede Gefühlsregung, erteilte Rita Alves den Befehl.

Bernardes beugte den Oberkörper und schwankte. Er senkte seinen Kopf, bis er mit der Nase das eiskalte Metall erreichte. Er gab sich einen kleinen Ruck und hob dann den Kopf wieder.

»Schwestern!«, rief Rita Alves. »Nehmt den Verurteilten und lasst uns zum Ort der Vollstreckung fahren.«

»Fahren!«, sagte Cabral. »Also ist es weiter weg. Die sollen in der Zentrale das Kennzeichen von Rita Alves herausfinden und eine Fahndung einleiten. Auch das von Isaura Cardoso. Vielleicht ist sie diesmal mit dem Auto nach Sines gekommen. Mehr Namen haben wir leider nicht.«

Cabral sah noch, wie sie Bernardes auf die Füße hievten und aus dem Raum führten. Zum ersten Mal sah Cabral aus dieser Perspektive auch das Gesicht des Inspektors. Es war schmerzverzerrt und voller Angst. Bernardes wusste, dass die Frauen nicht nur drohten oder spaßten. Sie machten ernst. Es bedeutete seinen Tod.

Und plötzlich wurde Cabral bewusst, dass eigentlich er an der Stelle von Bernardes hätte sein sollen. Teresa und er hatten alles getan, um die Frauen auf ihn aufmerksam zu machen. Er war der Lockvogel gewesen. An welcher Stelle war ihr Plan gescheitert?

Der Film war vorbei. Der Raum auf dem Bildschirm hatte sich geleert. Cabral streckte die Hand aus, um den Laptop zu schließen, da sah er Teresa, die hastig hinter die Skulptur schlüpfte und dort etwas deponierte. Danach verschwand sie aus dem Bild.

Cabral durchquerte den Raum und ging um die Skulptur herum. Der Stuhl, der den Thron darstellte, war mit Kissen und einer Stoffbahn aus tiefrotem, besticktem Samt bedeckt. Cabral ließ seine Hand unter den Stoff gleiten. Er hätte jubeln können vor Freude. Dort lag Teresas Handy. Er ließ das Display aufflammen. Die Memofunktion war geöffnet. *Pedra do Homem* war dort zu lesen. Der Felsen der Männer, an der Costa do Norte.

»In die Wagen!«, rief Cabral. »Wir müssen zur Costa do Norte, *Pedra do Homem*. Auch die Verstärkung soll dorthin kommen. Und nehmt den Laptop mit! Da sind womöglich auch Neves und Branco drauf.«

Eine Minute später rasten die Einsatzwagen an die Küste. Cabral hoffte, dass sie nicht zu spät kamen.

52

Der starke Wind und die tosenden Wellen machten es unmöglich, auf der Wasserseite der Dünen die Motorengeräusche der ankommenden Einsatzwagen an der Straße wahrzunehmen. Wie zuvor beim Atelier, hatten sie weder Sirenen noch Blaulicht eingesetzt. Am Strand selbst gab es jedoch keine Möglichkeit, sich der Gruppe zu nähern, ohne selbst gesehen zu werden. Cabral blieb nur eine Möglichkeit. In einiger Entfernung, unsichtbar im Dünengras, positionierte er seine Männer als Scharfschützen, die im Falle eines Falles zuschlagen würden. Er hatte längst entschieden, dass er selbst derjenige sein würde, der Kontakt zu Rita Alves aufnahm.

Er ging nicht davon aus, dass die Frauen auch über Schusswaffen verfügten, dennoch legte er eine kugelsichere Weste an. Auch ließ er sich verkabeln, um mit den zurückbleibenden Männern in Verbindung zu bleiben.

»Runter«, befahl Cabral, als sie den höchsten Punkt der Dünen erreicht hatten. Die Männer der GNR, Matos, Almeida und auch Freire schmissen sich der Länge nach in den Sand. Es war keine Zeit gewesen, Freire davon abzuhalten, dabei zu sein. Die anderen würden ein Auge auf ihn haben. Das musste reichen.

»Ich gehe jetzt«, sagte Cabral.

»Viel Glück«, antworteten die Männer.

Cabral stapfte über den Dünenkamm. Mit den schweren Einsatzstiefeln war es noch anstrengender als sonst. Auch die Weste hing plötzlich wie Blei an seinem Körper. Schweiß rann zwischen seinen Schulterblättern den Rücken hinab.

Und da sah er sie. Die Frauen hatten sich wie für ein heidnisches Ritual in einem Halbkreis um die Felsen herum aufgestellt. Die Nacht war sternenklar. Nur ab und zu trieb der Wind einzelne Wolkenfetzen vor den fast vollen Mond. Es verlieh der Szenerie etwas noch Dramatischeres. Sein Blick wurde gefangen genommen von dem, was sich auf der obersten Spitze des Felsens abspielte.

Bernardes kniete, noch immer mit auf dem Rücken zusammengebundenen Händen. Hinter ihm stand Rita Alves. Eine Hand griff in Bernardes' Haare, in der anderen hielt sie ein Messer. Die Klinge blitzte im Mondlicht. Ihr langes Kleid flatterte im Wind, zerrte an ihren Beinen. Die langen Haare schlugen ihr wie Peitschenhiebe ums Gesicht. Eine zornige Justitia. Cabral löste sich aus den sanften Hügeln der Dünen und trat auf den offenen Strand.

»Senhora Alves!«, rief er ihr zu. Die Frauen fuhren erschrocken herum. Bernardes wollte sich umdrehen, doch Rita Alves versetzte ihm einen Tritt in die Seite. Für einen Moment ließ sie den Arm sinken, hob ihn jedoch gleich wieder. Isaura Cardoso baute sich vor dem Felsen auf, als würde sie Cabral davon abhalten wollen, ihn zu erklimmen. Teresa trat einen Schritt zur Seite, aus der Gruppe heraus. Er musste jetzt sehr vorsichtig sein.

»Was wollen Sie?«, rief Rita Alves zurück. »Dieser

Mann wird seiner gerechten Strafe zugeführt. Wie Neves und Branco zuvor. Sie können uns nicht davon abhalten. Niemals.«

»Ich habe den Film gesehen. Alles, was Sie über Bernardes gesagt haben, stimmt.« Bernardes gab unartikulierte Protestlaute von sich, fing sich jedoch nur einen weiteren Fußtritt ein. »Doch was Sie tun, ist ein Verbrechen. Lassen Sie mich dafür sorgen, dass Bernardes für sein Fehlverhalten bestraft wird. Dass er aus dem Polizeidienst entlassen wird. Er hat niemanden getötet. Ihre Vergeltung ist unangemessen.«

Er hatte einen Fehler gemacht. Die Alves kreischte vor Wut. »Sie begreifen nicht. Genauso wenig wie die anderen. Seit Jahrhunderten sind Frauen Opfer von Intrigen, Spielball politischer Interessen. Die Geschichte von Inês wurde verklärt und romantisiert, in der Absicht, das eigentliche Verbrechen in Vergessenheit geraten zu lassen. Doch wir, die Schwesternschaft des Blutes von Inês, vergessen nicht. Wir sind unbestechlich!« Sie hob das Messer.

»Sie geben den Frauen Drogen, damit sie Ihr Spiel mitspielen!«, rief Cabral, doch Rita Alves hörte ihn nicht mehr.

»Wir sorgen für Gerechtigkeit! Wir bestrafen!« Eine Welle brach sich am Felsen. Salzwasser spritzte Rita Alves ins Gesicht. Sie holte aus, griff in Bernardes' Haare, bog seinen Kopf in den Nacken und setzte an zum Schnitt.

Ein Schuss krachte. Alles war wie erstarrt. Der Wind beruhigte sich, als wäre sein Einsatz beendet, das Spiel vorbei. Doch kein Vorhang senkte sich. Rita Alves ließ das Messer fallen. Sie sackte neben Bernardes auf die Knie. Der begriff, was passiert war, und kroch auf seinen Knien weg von Rita Alves. Aus der Wunde unterhalb ihres Schlüsselbeins strömte Blut über ihre bleiche Haut und tränkte das Kleid.

Bewegung kam in die Menge. Die Frauen erwachten wie aus einer Trance. Sie redeten durcheinander, weinten, wussten nicht, was sie tun sollten. Bis auf Isaura Cardoso. Die streifte ihre Schuhe ab und begann zu rennen. Teresa setzte ihr nach. Sie war schneller als die ältere Frau. Nach nur wenigen Metern hatte sie sie erreicht und zu Boden gerissen.

Die Einsatzkräfte kamen auf den Strand gelaufen, strömten aus wie ein Schwarm Bienen, und machten dem Ganzen endlich ein Ende. Sie nahmen Isaura Cardoso und die Frauen in Gewahrsam und führten sie ab zu den Mannschaftswagen.

»Wir brauchen einen Krankenwagen!«, schrie Cabral und sprang mit wenigen flinken Schritten den Felsen hinauf. Er kniete sich neben Rita Alves und hob ihren Kopf an. Rotz und Tränen rannen über ihr Gesicht, das sich unter den Schmerzen zu einer hässlichen Fratze verzerrte. Immer noch funkelten ihre Augen wie wahnsinnig.

»Warum lassen Sie mich nicht einfach hier liegen?«, stieß sie röchelnd hervor.

»Weil auch Sie eine gerechte Strafe bekommen werden. Das ist unser Rechtssystem. Selbstjustiz ist niemals die Lösung.«

Aber hatte er nicht auch eine seltsame Genugtuung und

Lust an Bernardes' Angst empfunden? Vielleicht einen Moment zu lange gezögert? Er war es nicht gewesen, der den Schuss abgefeuert hatte. Warum nicht?

Rita Alves lächelte, als könnte sie seine Gedanken lesen. Dann verlor sie das Bewusstsein. Cabral trug sie auf den Strand. Die Sirene der Ambulanz näherte sich. Gleich würde sie versorgt werden. Sie hatte viel Blut verloren, er hoffte, dass es nicht zu spät sein würde.

Cabral blickte sich suchend nach Teresa um. Sie stand ganz allein am Strand. Jemand hatte ihr eine Jacke umgehängt, Wasser spülte um ihre Füße. Sie schien es überhaupt nicht zu bemerken. Cabral ging zu ihr.

»Teresa?«, sprach er sie vorsichtig an. »Bist du in Ordnung?«

Sie drehte sich zu ihm, sagte nichts, ließ sich nur wortlos an seine Brust sinken. Cabral schloss seine Arme um sie, und endlich löste sich die Anspannung der letzten Stunden. Teresa wurde von einem Weinkrampf geschüttelt, ihr ganzer Körper war Beben und Entladung. Cabral ließ sie, bis sie die Kraft verließ, ihr Schluchzen verebbte und die Tränen lautlos über ihre Wangen rannen.

»Sieh mal«, sagte er und nahm mit der Fingerspitze eine der Tränenperlen auf. Sie hatte sich mit Teresas Wimperntusche vermischt. »Eine schwarze Träne. Du weinst mit dem Meer.«

Cabral war sich nicht ganz sicher, aber er meinte, die Andeutung eines Lächelns gesehen zu haben.

»Komm, wir gehen«, sagte er, legte den Arm um Teresa und führte sie vom Strand. An der Straße angekommen, die jetzt in zuckendes Blaulicht getaucht war, winkte er einen Sanitäter herbei.

»Mir geht es gut, ich brauche keine Hilfe«, sagte sie abwehrend.

»Kümmern Sie sich um sie«, wies Cabral den Sanitäter an. Dann wandte er sich an Teresa. »Lass dich untersuchen, dir wenigstens etwas zur Beruhigung geben. Du stehst vermutlich noch unter Schock. Ich bin hier noch nicht durch. Wir sprechen uns später.«

Cabral ging hinüber zu den Männern der GNR. »Sauberer Schuss. Danke, Männer.«

»Danken Sie nicht uns. Das war einer Ihrer Leute«, sagte Cabo Parreira, der sich seiner Einsatzmontur entledigte. Er wies hinüber zu Freire, der im Begriff war, mit Matos, Almeida und der verhafteten Isaura Cardoso auf dem Rücksitz des Einsatzwagens zur Wache zu fahren. Cabral erwischte ihn, bevor er in den Wagen stieg.

»Das waren Sie?«, fragte er Freire. Er konnte seine Verwunderung nur schwer verbergen.

»Schießen konnte ich schon immer. Jahrgangsbester an der Polizeischule. Wenigstens etwas.« Sein Lächeln entbehrte nicht einer gewissen Bitterkeit.

»Sie werden Ihren Weg machen, Freire.« Cabral klopfte dem jungen Mann auf die Schulter. »Danke.«

53

»›Sieh, welch frische Quelle bewässert die Blumen. Die Tränen sind das Wasser und der Name Liebe.‹« Dona Augusta ließ das Buch von Camões sinken und klappte es zu.

»Das ist die wahre Botschaft von Herz und Träne«, sagte Teresa, die es sich auf dem Sofa in Dona Augustas Wohnzimmer gemütlich gemacht hatte. »Nicht das, was diese Frauen daraus gemacht haben.«

»Und so fahren noch heute verliebte Paare zur *Quinta das lágrimas* in der Nähe von Coimbra, um die beiden Quellen zu besuchen und sich dort ewige Liebe zu schwören«, fuhr Dona Augusta fort. »Die Quelle der Liebe und die Quelle der Tränen.«

»Daher das Motiv für die Brandmale. Ein Herz und eine Träne«, ergänzte Teresa.

»Quelle der Liebe verstehe ich. Aber wieso Quelle der Tränen?«, fragte Acacio Fernandes.

»Weil dort auch die Ermordung von Inês de Castro stattgefunden haben soll«, erklärte Dona Augusta. »Während Dom Pedro I. auf der Jagd war, schickte sein Vater, König Afonso IV., drei Schergen in das Landhaus, in dem sein Sohn mit Inês lebte, und ließ die unerwünschte Geliebte enthaupten.«

»Mit dem Durchschneiden der Kehlen wollten die selbsternannten Nachfahrinnen von Inês von der Schwestern-schaft *O sangue de Inês* die Enthauptung andeuten oder nachstellen«, führte Teresa fort. »Sie sind der Meinung, dass Inês nicht hätte sterben müssen, wenn Dom Pedro sich für ihre Verbindung stark gemacht und sie geehelicht hätte. Er hatte sich stattdessen mit dem Verbot seines Vaters, eine Heirat betreffend, arrangiert und es vorgezogen, mit Inês im Konkubinat zu leben. Das konnte nur ein schlechtes Ende nehmen. Rita Alves und die anderen Frauen haben sich auf die Fahne geschrieben, sich an Männern zu rächen, sofern diese ihre Frau oder Freundin schlecht behandel-ten, sie ausnutzten, mit ihren Gefühlen spielten oder diese missbrauchten.«

»Eine bizarre Mission«, tönte es in diesem Moment von der Eingangstür. Gouveia war eingetroffen. Er hatte die letzten Sätze mitgehört, während er sich die Schuhe abstreifte. »Und eine total verzerrte Auslegung der Ge-schichte. Immerhin hat Dom Pedro seine Inês über den Tod hinaus abgöttisch geliebt. Er war nicht derjenige, der sie schlecht behandelt hat. Das war der Schwiegervater, so er denn einer war. Denn über die Frage, ob Dom Pedro Inês vielleicht heimlich geheiratet hat, streiten sich noch heute die Historiker.«

»Nach dem Tod von Dom Pedros Vater«, ergänzte Te-resa, »ließ er den gesamten Hofstaat an der mumifizier-ten Leiche seiner Geliebten vorbeiziehen, damit sie ihr als angeblich rechtmäßiger Königin huldigten und die Hand küssten.«

Fernandes schüttelte sich angewidert, als würde er sich

die Szene gerade bildlich in allen Einzelheiten vorstellen. Schnell wechselte er das Thema.

»Mário, wie ist es gelaufen mit diesen Journalisten?«

»Hochinteressant!« Gouveia setzte sich zu Teresa auf das Sofa. Sein Gesicht leuchtete vor Begeisterung. »Es waren auch ein paar Reporter von regionalen Blättern vor Ort, aber die von der *National Geographic* waren ganz aus dem Häuschen.«

Erneut öffnete und schloss sich die Eingangstür.

»*Boa noite*!« Cabral trat ins Wohnzimmer. Er drängelte sich zwischen Teresa und Gouveia auf das Sofa. »Waren Sie bei dem Treffen, Mestre? Haben Sie mit den Journalisten gesprochen?«

»Ja, habe ich. Sie werden doppelseitig über die Ausgrabungen, die Nekropole berichten. Die Archäologen sind sich aufgrund der Funde sicher, dass Sines ein Dreh- und Angelpunkt im Sklavenhandel war. Ein wichtiger, wenn nicht der wichtigste Eckpunkt an der portugiesischen Küste im Dreieck Afrika, Lateinamerika und Portugal.«

»Noch ein unrühmliches Kapitel mehr in der Geschichte unseres Landes«, stellte Fernandes nüchtern fest.

»Ich hab noch etwas, was dieser Schwesternschaft gefallen hätte«, fuhr Gouveia fort. »Eines der Skelette war eine Frau, die nach dem Tod mit Absicht entstellt wurde. Man vermutet, aus Aberglauben.«

Alle Anwesenden stöhnten auf und winkten ab. Keiner wollte sich vorstellen, was die Frauen daraus vielleicht gemacht hätten. Fernandes schenkte lieber großzügig Wein in ihre Gläser.

»Apropos«, sagte Gouveia an Cabral gewandt. »Wie lief es im Krankenhaus?«

»Gut. Wir konnten Rita Alves verhören. Ihr Anwalt und die Staatsanwältin waren dabei. Sie hat nichts abgestritten. So dumm ist sie nicht. Sie weiß, dass sich Kooperieren strafmildernd auswirken kann. Wo sie Fátima da Costa festgehalten hatten, wussten wir schon von Isaura Cardoso. Die GNR hat sie aus einem Farmhaus befreit, das der Cardoso gehört. Fátima da Costa war zwar der Meinung, dass ihr Verlobter einen Denkzettel verdiente, aber als sie erfahren hat, dass er umgebracht wurde, wollte sie die Gruppe verlassen. Ihr war bis dahin scheinbar nicht bewusst, was in der Schwesternschaft, in die ihre Tante sie eingeführt hatte, passierte. Sie war erst kurze Zeit dabei. Dann haben sie sie unter Druck gesetzt, damit sie den Mund hält.«

»Und Isaura Cardosos Angst vor der platzenden Beförderung war erfunden?«, fragte Gouveia.

»Nein, das war durchaus auch ein Grund für das ganze Theater im Fernsehen. Aber eben nur ein Grund.«

»Dann haben sie erfahren, dass Fátima sich in der Bibliothek mit dir treffen wollte, sind ihr gefolgt und haben sie aus dem Verkehr gezogen«, schlussfolgerte Gouveia. Cabral nickte.

»Aber was wollten sie denn mit ihr machen? Sie auch umbringen? Die eigene Nichte? Sie hätten sie doch nie wieder freilassen können, ohne zu riskieren, dass sie zu euch geht und aussagt.« Teresa schüttelte den Kopf. So viel Skrupellosigkeit konnte sie nicht fassen. Dabei war sie diejenige, die die Schwesternschaft hautnah erlebt hatte und eigentlich nicht mehr überrascht sein sollte.

»Die Antwort sind uns Cardoso und Alves schuldig geblieben«, sagte Cabral. »Es war übrigens purer Zufall, dass Neves' Leiche am Strand beim *Banho 29* angespült wurde, nachdem sie vom Felsen ins Meer entsorgt worden war. Aber als dann irgendwie die Runde gemacht hat, dass die Aktivisten dadurch ins Visier der Polizei gerieten, hat man die Leiche von Branco ganz bewusst dort abgelegt, wo die Leute von *Linha Vermelha* den Strand gesäubert haben. Wo das war, war ja kein Geheimnis.«

»Und Bernardes?«, wollte Gouveia wissen.

»Jammert und flucht, haben mir die Schwestern erzählt. Ich habe nicht mit ihm gesprochen. Der ist bald wieder der Alte. Hat ja außer der Brandwunde keine Verletzungen davongetragen, nur einen Schock und eine Kreislaufschwäche.« Cabral lachte grimmig. »Dieses Großmaul.«

»Wo haben Sie denn dann so lange gesteckt, Senhor Cabral?«, fragte Dona Augusta. »Sie haben den schönen Teil verpasst.«

»Dona Augusta hat uns aus den ›Lusiaden‹ vorgelesen«, erklärte Teresa.

»Kenn ich alles. Während meiner Recherche bin ich auch auf Camões gestoßen. So hab ich das vermeintliche Kleeblatt entlarvt. Die Geschichte ist mir also wohl bekannt. Ich war noch bei Lieke Zeeman, um ihr die Ermittlungsergebnisse mitzuteilen.« Er lehnte sich zurück und nahm mehrere große Schlucke Wein, als wäre es Wasser. Gouveia runzelte die Stirn, wohl auch, weil ihm nicht entgangen war, dass Cabral von Lieke sprach, als wäre sie eine alte Bekannte. »Rita Alves hat bestätigt, dass Lieke nichts mit den Morden zu tun hat. Sie waren Zeugen der Auseinandersetzung von Lieke und Branco bei der Ausstellungseröffnung geworden. Branco hatte die Frau beschissen, die ihnen die Königin verkauft hatte. Das war sein Todesurteil. Diese falsche Journalistin kam von der Schwesternschaft. Sie sollte nur noch mehr Informationen einholen.«

»Ich frage mich nur«, sagte Teresa nachdenklich, »warum diese Künstlerin nicht auch in den Kreis der Schwestern aufgenommen wurde.«

»Hab ich Alves auch gefragt. Sie hätte mir wohl am liebsten ins Gesicht gespuckt, so abwegig fand sie diese Vorstellung. Lieke ist Holländerin. Wie sollte die denn das Blut von Inês in sich tragen?«

»Du lieber Himmel, das auch noch!«, rief Fernandes.

»Lassen Sie uns miteinander anstoßen«, sagte Dona Augusta, der die sich auftuenden Abgründe offensichtlich zu tief wurden. Sie hob das Glas. »Darauf, dass wir nun friedlich beisammensitzen.«

Alle nickten zustimmend, stießen klirrend ihre Gläser aneinander und tranken zufrieden.

»Das hat ja schon Tradition«, sagte Fernandes, »dass wir am Ende hier sitzen und auf den gelösten Fall anstoßen. Wie im letzten Jahr, als wir alle auf den armen Óscar Lima getrunken haben.«

»Stimmt«, sagte Cabral. »Nur dass Joana heute fehlt.«

»Wer ist Joana?«, fragte Teresa.

Cabral spürte die Blicke, die ihm von Gouveia und Dona Augusta zugeworfen wurden. Wie spitze kleine Pfeile, die sich in sein Gesicht bohrten. Für ihn hätte man ein Brandzeichen mit dem Wort Hornochse entwerfen und ihm in die Zunge brennen müssen.

»Eine Journalistin, die in den Fall involviert war.«

Und die ziemlich heillos in mich verliebt war und mit der ich fast ... Cabral dachte den Gedanken besser nicht zu Ende.

»Dona Augusta, lesen Sie doch noch ein bisschen für uns«, lenkte er ab. Die alte Dame sah ihn strenger denn je über ihre Brillengläser hinweg an. Dann schlug sie das Buch auf, blätterte einen Moment, bis sie die Seite gefunden hatte, die sie suchte, und las.

»›Ich werde ein Liebeslied singen, so süß, so gesegnet mit harmonischen Klängen. So treu dem Namen der Liebe, wird es entzünden auch die mit toten Herzen in der Brust.‹«

54

Es ging Cabral oft so, dass er das Gefühl hatte, für das, was er mit seiner großen Klappe angerichtet hatte, etwas wiedergutmachen zu müssen. So auch diesmal. Obwohl er wirklich nicht so ganz einsehen wollte, was an der Bemerkung zu Joana so schlimm gewesen war. Und dennoch stand er heute Morgen in der Pensão Rodrigues und fragte Teresa, ob sie ihn zu seinem Großonkel Higino begleiten würde. Cabral hatte Lapa bereits viel länger in seiner Obhut gelassen, als er es geplant hatte. Teresa hatte sofort zugestimmt.

»Ich will nur vorher Bescheid sagen, dass wir kommen. Ansonsten suchen wir das ganze Dreieck ab«, sagte Cabral zu Teresa, die ihn fragend ansah. »Sein Haus, der Largo Marquês de Pombal und die Bar Arsénio.«

Teresa lachte. Sie schien zu mögen, was sie bisher über Tio Higino gehört hatte. Auch wenn das ausschließlich kleine Schrulligkeiten gewesen waren. Doch Dona Augusta, die versonnen nickte, hielt große Stücke auf Higino, und das sollte etwas heißen, wusste inzwischen auch Teresa.

Zu Hause erreichte Cabral niemanden. Er versuchte den Trick mit dem Anruf auf dem Largo, ebenfalls vergeblich. Zuletzt wählte er die Nummer von Arsénio. Nach drei Freizeichen nahm jemand ab.

»Cabral hier. Ist Higino bei Ihnen?« Schweigen. »Hallo? Sind Sie noch dran?«

»Ich wollte es Ihnen ja schon vor ein paar Tagen sagen, aber Sie haben einfach aufgelegt.« Es war Arsénios Frau. Das abgebrochene Telefonat mit ihr hatte Cabral vollkommen vergessen. »Higino ist schon seit ein paar Tagen im Krankenhaus.«

»Was ist passiert?« Cabrals Herz raste. »Ist er gestürzt?«

»Sie wissen es gar nicht, oder?«

»Was denn, verdammt nochmal?«

Teresa sah ihn erschrocken an. Er war wohl zu laut gewesen.

»Er ist im Hospital do Litoral Alentejano in Santiago do Cacém. Seit dem Tag neulich, als Sie hier angerufen haben. Die Lunge.«

»Was hat er denn mit der Lunge? Eine Entzündung?« Cabral wurde bewusst, dass er gestern in genau dem Krankenhaus gewesen war, um mit Rita Alves zu sprechen, ohne zu ahnen, dass sein Großonkel auch dort war. Es fühlte sich nicht gut an.

»Fahren Sie hin«, sagte die Frau von Arsénio. »Und warten Sie nicht mehr lange.« Sie legte auf.

Cabral starrte das Telefon in seiner Hand an. Tio Higino im Krankenhaus? Er konnte sich nicht daran erinnern, dass sein Großonkel jemals zuvor im Krankenhaus gewesen war. Dann, als hätte man ihn mit einem Fingerschnipsen aus der Hypnose geholt, brach die Panik aus.

»Ich muss sofort nach Santiago ins Krankenhaus. Teresa, es tut mir leid, es ist wohl kein guter Zeitpunkt.« Er war vollkommen durcheinander, drehte sich um die eigene Achse, suchte seinen Autoschlüssel.

»Sie haben ihn in Ihrer Hosentasche, Senhor«, sagte Dona Augusta, die ihn aus angsterfüllten Augen ansah und auf einmal weiß war wie die Wollknäuel in ihrem Schoß. »Fahren Sie um Himmels Willen vorsichtig. Ein Unfall nützt niemandem.«

»Ich fahre mit«, sagte Teresa. »Noch besser, ich fahre.«

»Kommt nicht in Frage.« Untätig auf den Beifahrersitz verbannt, das würde er nicht aushalten. Er blickte in zwei Augenpaare, die ihn besorgt und bittend ansahen. Er seufzte. »Na schön, dann komm schon mit.«

»Grüßen Sie Higino von mir«, rief Dona Augusta ihnen nach. »Meinen alten Freund.«

Eine halbe Stunde später erreichten Cabral und Teresa das Krankenhaus und ließen sich am Empfang Station und Zimmernummer nennen.

»Palliativstation, Zimmer Sieben.«

Palliativ? Das bedeutete schwerstkrank, nicht heilbar, mit begrenzter Lebenserwartung. Cabral rauschte das Blut in den Ohren. Er rannte durch die Gänge, verzichtete auf einen Aufzug und sprang im Treppenhaus drei Stufen auf einmal hoch. Teresa folgte ihm wortlos. Dann stand er vor dem Zimmer. Er sammelte sich, um sprechen zu können. Er klopfte und trat ein, ohne eine Antwort abzuwarten.

Tio Higino lag in einem Bett am Fenster. Er schien zu schlafen. Über einen Zugang in der Armbeuge tropfte stetig Flüssigkeit aus einem Plastikbeutel in seinen Körper. Grüne Schläuche steckten in seiner Nase, von einem Brustgürtel liefen mehrere Kabel zu den Geräten am Kopfende, die die Vitalfunktionen überwachten.

Lapa lag in der Zimmerecke auf einer zusammengefalteten Wolldecke. Er hob den Kopf, erkannte Cabral und sprang auf ihn zu. Doch der hatte jetzt keinen Sinn dafür.

»Ein Hund im Krankenzimmer? Ist das erlaubt? Was ist denn mit der Hygiene?«, fragte Cabral die Schwester, die gerade eintrat, um Lapa eine Schale mit Wasser hinzustellen. Teresa setzte sich auf einen Besucherstuhl und tätschelte den Kopf des Hundes, damit er sich wieder beruhigte.

Die Schwester lächelte. »Wir hatten keine Chance. Higino hat damit gedroht, sich die Schläuche aus dem Arm zu reißen, wenn der Hund draußen bleiben muss. Und der Hund hätte uns wohl eher zerfleischt, als dass wir ihn von dem alten Mann hätten trennen können.« Ein Schatten überflog ihr Gesicht. »Wir versuchen hier, die verbleibende Zeit der Patienten so angenehm wie möglich zu machen.«

Verbleibende Zeit? Dieses Gerede machte Cabral wütend. Gleichzeitig fehlten ihm die Worte.

»Wecken Sie ihn ruhig auf. Er wird sich freuen, Sie zu sehen. Er wartet schon die ganze Zeit auf Sie.«

Sie machte es mit jedem Satz schlimmer.

Cabral zog sich einen Stuhl ganz dicht an das Bett. Er strich über den Arm seines Großonkels. Vorsichtig, als könne er ihn zerbrechen.

»Tio?« Seine Stimme klang krächzend. Er räusperte sich. »Tio Higino?«

Der alte Mann regte sich, bewegte Arme und Beine unter der Decke und drehte den Kopf zu Cabral. Er öffnete die Augen und brauchte ein paar Sekunden, bis er ihn erkannte.

»Nuno! Das wurde aber auch Zeit. Ich dachte schon, ich müsste dir eine Einladung schicken.«

Cabral lachte. Er klammerte sich an die irrationale Hoffnung, dass es so schlecht nicht um seinen Tio bestellt sein konnte, wenn der seinen Humor noch nicht verloren hatte. Gleichzeitig merkte er, wie Tränen seine Augen füllten. Er versuchte, einen Schluchzer wegzuhusten.

»Tio, was machst du denn für Sachen? Seit wann …?« Er konnte nicht weitersprechen. Stattdessen nahm er die Hand des alten Mannes, die sich kalt und trocken anfühlte, und ließ seine Stirn darauf sinken. Tio Higino drückte seine Hand, aber Cabral merkte, wie wenig Kraft er noch hatte.

»Vor einem halben Jahr. Schatten auf der Lunge. Bei einer Routineuntersuchung haben sie es festgestellt. Da war es schon zu spät.« Sein Atem ging rasselnd.

»Warum hast du nie etwas gesagt?« Cabral schämte sich im selben Moment für die Frage. Es war ein jämmerlicher Versuch, die Verantwortung für sein Nichtwissen an den Kranken abzugeben. Hätte er denn die Zeit gehabt, um zuzuhören? Hatte er nicht sogar bemerkt, dass der Husten von Tio Higino in letzter Zeit immer schlimmer wurde? Hatte er sich darum gekümmert? Das hatte er nicht.

»Ich bin alt. Was soll der ganze Zirkus noch? Die sollen sich lieber um die jungen Leute kümmern.« Er drehte den Kopf ein Stückchen weiter und sah Teresa an. »Noch bin ich ja da, junge Dame, aber ich sage Ihnen eins: Lassen Sie ihm seine Marotten nicht durchgehen. Er braucht jemanden, der ihm ab und zu mal den Kopf wäscht. Können Sie das?«

Cabral erschrak. Tio Higino brachte Teresa in eine unangenehme Situation. Sie waren doch gar nicht … Doch Teresa stand auf, ging zu Tio Higino, beugte sich zu ihm herab und flüsterte ihm etwas ins Ohr. Tio Higino gab ein leises, röchelndes Lachen von sich.

»Die ist richtig, Nuno! Das wurde aber auch Zeit.« Er grinste immer noch.

Lapa wurde wieder unruhig. Teresa nahm die Leine und ging mit ihm zur Tür.

»Ich mache einen kleinen Spaziergang. Bis später, Senhor Higino.« Leise schloss sie die Tür hinter sich.

»Mein Junge, ich habe für alles gesorgt. Das Haus habe ich dir bereits überschrieben. Alles andere wird ein Anwalt mit dir besprechen.«

Cabral wollte ihn unterbrechen, wollte das nicht hören. Er fühlte sich wieder wie ein kleiner Junge, der sich am liebsten die Ohren zugehalten hätte, wie damals, wenn seine Eltern sich gestritten hatten. Doch Higino packte mit unerwarteter Kraft sein Handgelenk.

»Hör mir zu. Ich möchte, dass du das weißt. Ich bin mit mir im Reinen. Und du, Nuno, auch wenn du genauso viele Macken hast wie ich und ich mich frage, warum du ausgerechnet diese Familiengene abbekommen hast …« Er hustete, und die Adern an seinem schlaffen Hals traten hervor. »Du bist wie ein Sohn für mich. Hörst du? Ich hab dir das nie gesagt, aber ich …«

Cabral sah einen Schimmer in den Augen seines Großonkels, was er noch nie zuvor erlebt hatte.

»Ich liebe dich auch, Tio.« Er strich Tio Higino über die
kratzige Wange.

»Und jetzt ist Schluss mit der Gefühlsduselei. Wir führen uns auf wie zwei alte Weiber. Bring mir den Hund wieder her. Und dann geh zu der jungen Frau und führ sie aus
oder tut, was man eben so tut, wenn man noch kein alter
Knacker ist wie ich.« Er kicherte.

»Du bist unverbesserlich«, sagte Cabral. »Ich komme
morgen wieder. Und bevor ich es vergesse, ich soll dir
Grüße von Dona Augusta bestellen.«

Tio Higino lächelte. Cabral war sich nicht sicher, ob er
etwas murmelte, was sich anhörte wie »meine alte Freundin«. Es war zu undeutlich und zu leise. Tio Higino schlief
wieder ein. Cabral drückte seine Hand und ging.

Eine halbe Stunde später kam der Anruf aus dem Hospital.

55

Alle waren versammelt. Mário Gouveia und Dona Elisabete, Acacio Fernandes, Teresa und Lapa, Andressa, die Männer aus der Bar Arsénio und vom Largo. Selbst Dona Augusta. Sie hatten sie nicht fragen müssen. Entschlossen, wie Cabral sie noch nie erlebt hatte, hatte sie bestimmt, dass man sie nach Porto Covo fahren solle. Mit der Hilfe von Fernandes und Teresa hatte sie es auf ihren Krücken bis zu den Klippen am Praia Grande geschafft, wo alle bereits auf sie warteten. Aufrecht wie eine Gallionsfigur stand sie jetzt dort am Rand der Felsen und nickte Cabral zu. Sie war bereit. Ohne von Papier abzulesen, rezitierte sie einen Text. Es war der letzte Vers aus einem Gedicht von Alexandre O'Neill, dem portugiesischen Lyriker, dem Tio Higino immer besonders zugetan gewesen war.

»Du hast Schönheit gesungen und die Wahrheit geäußert

Du hast nicht einen, sondern den einen Grund gefunden für das Sein

Du hast das Wort Glück verstanden

Und in einer extremen Jugend, unter dem kostbaren Gewicht der Einfachheit

Hast Du alles gesagt

Du hast gesagt, was du sagen musstest.«

Als Dona Augusta die letzten Worte gesprochen hatte, trat Cabral vor bis an den Rand der Klippe. Er nahm den kleinen Behälter aus dem Rucksack und öffnete ihn. Er zögerte. Der allerletzte Moment war gekommen. Zeit loszulassen.

»*Adeus*, Tio. Bis wir uns wiedersehen.« Tränen rannen über sein Gesicht. Er hob den Arm und kippte den Behälter. Die Asche von Higino wurde von einer Böe aufgenommen und in die Höhe getragen. Sie vermischte sich mit dem Wind und den Wellen, die an die Felsen schlugen. Lapa zerrte an seiner Leine.

Cabral wischte sich mit den Hemdsärmeln über das Gesicht. Er ging zu jedem Einzelnen und bedankte sich für das Kommen. Zuletzt ging er zu Dona Augusta. Noch nie hatte Cabral sie so niedergedrückt gesehen. Die Freundschaft zwischen Dona Augusta und seinem Großonkel war eng gewesen, das war ihm bewusst. Aber er würde niemals vollends verstehen können, wie es war, wenn einen eine Vergangenheit verband wie die von Dona Augusta, Tio Higino, Gouveia und Fernandes.

»Dona Augusta, jetzt müssen Sie mich adoptieren. Ich habe keine Familie mehr«, sagte er.

Der letzte Satz schnitt sich in sein Herz. Doch er rang sich einen halbwegs humorvollen Ton ab, um die alte Dame ein wenig aufzumuntern. Aber er schien es damit nur schlimmer gemacht zu haben. Sie nahm seine beiden Hände in die ihren und drückte sie fest. Cabral wusste nicht, ob sie ihm Halt geben wollte oder selbst welchen suchte. Auf Dona Augustas Gesicht zeichnete sich in diesem Moment blanke Verzweiflung ab.

»Senhor Cabral, da gibt es etwas …« Sie brach ab und blickte zu Boden.

»Was wollen sie mir sagen, Dona Augusta?«

Sie sah wieder auf, räusperte sich und nahm einen zweiten Anlauf. »Ich wollte Ihnen nur sagen, dass Sie gerne wieder in die Pension ziehen können, wenn Sie wollen. Mit dem Hund.«

»Mit Lapa? Aber wieso?«

»Teresa hat mir erzählt, dass er in Higinos letzten Stunden bei ihm war. Higino hätte es so gewollt. Der Hund verdient ein Zuhause. Genau wie Sie.«

»Ich denke darüber nach, Dona Augusta. Vielen Dank.«

Sie ließ seine Hände los, drehte sich um und verließ die Klippen. Cabral war gerührt, wenngleich ihn auch das Gefühl beschlich, dass sie eigentlich etwas anderes hatte sagen wollen.

Vielleicht würde er wenigstens irgendwann verstehen, warum Teresa vor ein paar Tagen seinen Vorschlag, die *Quinta das lágrimas* zu besuchen, abgelehnt hatte. Sie hätte eine andere, bessere Idee, hatte sie gesagt. Zu gegebener Zeit würde sie ihn wissen lassen, was es war. Er würde sich gedulden müssen.

Die kleine Gruppe löste sich auf, die Freunde zerstreuten sich in alle Himmelsrichtungen. Manche würden bei Arsénio heute noch mindestens einen Aguardente auf Higino trinken. Fernandes würde Dona Augusta nach Hause fahren. Gouveia und seine Frau hatten sich ebenfalls bereits verabschiedet.

»Fahren wir auch zurück?«, fragte Cabral.

»Nein, ich habe etwas vor«, sagte Teresa.

Cabral fühlte einen kleinen Stich. Ausgerechnet heute? Würden sie ihn alle alleine lassen? Ihn und Lapa? Er ging in die Hocke. Der Hund war eine Belastung, ständig musste er sich selbst daran erinnern, ihn zu versorgen, musste Alternativen organisieren, wenn er wirklich keine Zeit hatte. Aber war Lapa nicht auch sein einzig wahrer Freund? Er drückte sein Gesicht in das weiche Fell und spürte den Herzschlag des Hundes an seiner Wange.

»Aber ich möchte, dass du mitkommst«, sagte Teresa plötzlich.

»Wohin?«, fragte er überrascht und rappelte sich wieder auf.

»Wirst du schon sehen.«

56

Cabral fragte sich mehr als einmal, was Tio Higino gesagt hätte, wenn er ihn so sehen könnte. Er hätte sich sicher vor Lachen nicht eingekriegt. So sollte er jetzt wirklich nach draußen treten? Unter Leute? Er fühlte sich ja schon hier im Inneren des Campingmobils wie ein Clown. Es half auch nicht, dass alle anderen genauso bescheuert aussahen wie er. Vielleicht hätte er sich vom Teatro do Mar irgendeine Maske leihen sollen, wenigstens einen falschen Schnurrbart. Es half alles nichts. Er würde das hier durchziehen müssen.

»Bist du so weit?«, fragte Teresa. Sie warf einen prüfenden Blick auf sein Gesicht und seinen Körper. »Dreh dich mal.«

»Drehen? Soll ich jetzt auch noch die Ballerina machen?«

»Ich will nur sichergehen, dass du die Tinte gleichmäßig verteilt hast. Sieht gut aus. Ich glaube, du bist überall gleich schwarz.«

»Na, da bin ich aber froh.«

»Beschwer dich nicht. Du tust etwas sehr Wichtiges. Und vergiss nicht, zuerst die Wolle entrollen, dann die Transparente.«

Zusammen mit den anderen Aktivisten verließen sie den Camper. Die ersten Minuten waren keine Freude für Cabral. Er zierte sich. Selten hatte er sich so lächerlich gefühlt wie jetzt, nur mit Badeshorts bekleidet und in jeden Zentimeter seiner Haut eingeriebener Tintenfischtinte. Aber ein einziger böser Blick von Teresa reichte. Murrend packte er ein Transparent, betrat das Innere des Kreises, der aus knallroter Wolle gebildet worden war, und hielt es hoch. Lahm begann er, die Parolen der *Linha Vermelha* zu rufen. Doch dann plötzlich stimmten die Badegäste am Strand mit ein und applaudierten. Ein unerwarteter Adrenalinrausch flutete Cabrals Körper. Er rief lauter, hob das Transparent höher. Je mehr Menschen ihn umringten und Beifall klatschten, desto besser fühlte er sich.

Eitel war er schon immer gewesen.

ENDE

DANKE

Mein Dank von Herzen geht an meine Schreibmädels: Ricarda Oertel, Katrin Thiele, Leonie Lastella und Maja Schendel. Unsere Arbeitstreffen und Frühstücksgelage, euer Feedback, das Tränenlachen und Diskutieren mit euch sind unersetzlich.

Danke an Tom und seine Mannschaft von der »Gazelle« in Bad Bramstedt, die uns jedes Mal mit leckerem Essen und Getränken versorgt haben.

»Die Königin« in der Geschichte ist inspiriert von der Skulptur »Die Sammlerin« von Tabea Wimmer. Tabea gehört zur Künstlergruppe Sopa dos Artistas in Odemira und fertigt unter anderem wundervollen Schmuck. Danke, dass ich Deine Arbeit als Vorbild verwenden durfte.

Die ArteRock Bar öffnet nur noch für Konzerte, aber Vitor Seromenho bleibt seiner Leidenschaft auch in der neuen ArteVila Bar im Zentrum von Sines treu. Wer wie Nuno Cabral gute Rockmusik hören und ein paar Biere trinken will, geht dorthin.

Zuletzt geht mein Dank an die Campanha Linha Vermelha, über deren engagierte Kampagne gegen die Expansion von Öl- und Gasförderung entlang der portugiesischen Küste ich in diesem Buch ebenfalls schreiben durfte. Wer mehr erfahren möchte, besucht die (portugiesischsprachige) Seite www.linhavermelha.org.